Anne B. Ragde

Die letzte Reise meiner Mutter

Roman

Deutsch
von Gabriele Haefs

btb

Die Originalausgabe erschien 2014 unter dem Titel
»Jeg har et teppe i tusen farger« bei Forlaget Oktober, Oslo.

FSC
www.fsc.org
MIX
Papier aus verantwortungsvollen Quellen
FSC® C014496

Verlagsgruppe Random House FSC® N001967

2. Auflage
Deutsche Erstveröffentlichung Mai 2016,
btb Verlag in der Verlagsgruppe Random House GmbH,
Neumarkter Str. 28, 81673 München

Umschlaggestaltung: semper smile, München
Umschlagmotiv: © plainpicture/Elektrons 08
Satz: Uhl + Massopust, Aalen
Druck und Einband: GGP Media GmbH, Pößneck
cb · Herstellung: sc
Printed in Germany
ISBN 978-3-442-74984-3

www.btb-verlag.de
www.facebook.com/btbverlag
Besuchen Sie unseren LiteraturBlog www.transatlantik.de

»Verstreut meine Asche am Strand in Dänemark« – bis Anne B. Ragde ihrer Mutter diesen letzten Wunsch erfüllen kann, vergehen lange Monate des Wartens. Monate, in denen Anne an ihrem Bett sitzt und die Zustände im Pflegeheim hautnah mitbekommt. Monate, in denen sie sich manchmal nur ein schnelles, friedliches Ende für ihre Mutter wünscht. Monate, in denen sie ihr zuhört, den Geschichten von früher, aus Annes Kindheit, aber auch aus der Jugend der Mutter, von ihren Träumen und Wünschen – und so entsteht allmählich, wie ein Puzzle, das Bild einer ganz außergewöhnlichen Frau: stark, schwach, liebevoll, streng, exzentrisch, ganz normal – das Bild einer Mutter.

Anne B. Ragde wurde 1957 im westnorwegischen Hardanger geboren. Sie ist eine der beliebtesten und erfolgreichsten Autorinnen Norwegens und wurde mehrfach ausgezeichnet. Zuletzt mit dem Preis der Norwegischen Akademie für Sprache und dem Norwegischen Buchhandelspreis. Mit ihrer Trilogie »Das Lügenhaus«, »Einsiedlerkrebse« und »Hitzewelle« schrieb sie sich in die Herzen der Leserinnen und Leser; ihre Romane erreichten in Norwegen eine Millionenauflage. Anne B. Ragde lebt heute in Trondheim.

Für Eva

I

»ES MUSS GANZ SCHRECKLICH für dich gewesen sein, mich als Mutter zu haben, Anne. Als du klein warst.«

»Ach?«

»Ja. Du Arme.«

Es war Sommerwetter und Nachmittagssonne auf meiner Veranda zu Hause in Ila in Trondheim, ich hatte gerade angefangen, das Geschirr in die Spülmaschine zu räumen, nachdem ich erst einmal eine geraucht hatte.

Wir hatten auf der Veranda und im Garten eine Menge Besuch gehabt, von Nachbarinnen aus alten Zeiten. Aus meiner Kindheit, aus Mamas Kindheit und Erwachsenenleben. Ich hatte Daim-Eistorte serviert, Waffeln mit Erdbeeren, Brownies voller Nüsse und Schokolade und einige Gläschen trockenen Madeira für die, die so etwas zu sich nehmen durften: die nicht fuhren, die keine blutverdünnenden Mittel nahmen. Es war ein schöner und munterer Nachmittag gewesen, bis zum Schluss. Locker und lustig und entspannend.

Seit Mama nach Oslo gezogen war, lud ich immer ihre alten Freundinnen zu mir ein, wenn sie im Sommer nach Trondheim kam, auch wenn sie jedes Mal abwehrte und meinte, das wäre doch *viel zu viel* für mich. Wie so oft unterschätzte sie mein tägliches Aktivitätsniveau, oder vielleicht kokettierte sie und meinte eigentlich, ich sollte mir doch nicht die Mühe machen, ihre alten Freundinnen zu unterhalten.

Aber ich folgte diesem mir selbst auferlegten Brauch nun seit vielen Jahren, seit Mama in ihrer Verzweiflung in den Süden gezogen war, um dem Trondheimer Klima und ihrer Arbeit als Maschinenführerin in einer Plastiktütenfabrik voller Kommunisten zu entgehen und als Zeitarbeitskraft für Manpower zu arbeiten, fünfhundertzwanzig Kilometer von ihrem einzigen Enkelkind entfernt, meinem damals vier Jahre alten Sohn. Ein Verrat, von dem ich eigentlich nie begriffen habe, wie sie damit leben konnte.

»Ja, ich verlange nicht, dass du mich liebst, Anne, das nun wirklich nicht.«

»Na gut. Nun übertreib nicht. Und wieso fällt dir das gerade jetzt ein?«

Sie saß da in einer eierschalenfarbenen Bluse, die über den großen Brüsten ein wenig spannte, einer Bluse, die ich an diesem Morgen für sie gebügelt hatte, aus Dankbarkeit, weil sie für mich in den Laden gegangen war, sobald der um neun Uhr aufgemacht hatte.

Das war, rein egoistisch betrachtet, das Beste an ihren Besuchen, nämlich die Fürsorge, die sie mir am frühen Morgen erwies, lange, ehe ich selbst aufstand. Ich war daran gewöhnt, immer alles zu machen, aber wenn Mama hier war, konnte ich zu frischen Brötchen, frisch aufgebrühtem Kaffee und Zeitungen aufstehen, und alles auf meiner Einkaufsliste war schon erledigt. Sie nahm auch immer die leeren Flaschen mit, die sie unter dem Spülbecken fand, sie wusste, wie ich es hasste, wenn sich leere Flaschen auftürmten, sie wusste auch, dass ich die Flaschen ab und zu in die Mülltonne warf, zu ihrer tiefen Missbilligung. Außerdem hatte sie das Geschirr vom Vorabend aus der Spülmaschine geräumt und alle Arbeitsflächen in der Küche abgewischt. Und sie sagte erst etwas zu mir, wenn sie hörte, dass ich mir die erste Zigarette des Tages ansteckte.

Ein Morgen mit Mama zu Besuch war einfach wunderbar, ich kam mir vor wie eine echte Tochter, hatte das Gefühl, ihr wichtig zu sein.

Ich war also guter Laune, als ich Kuchenteller und Likörgläser aufeinanderstapelte, und ihre Bemerkung traf mich wie ein Blitz aus heiterem Himmel. Wenn auch nicht total überraschend, ich war durchaus an Blitze aus heiterem Himmel gewöhnt, wenn es um Mama ging. Nicht zuletzt, wenn wir einige Stunden miteinander und mit dem Leben der anderen verbracht hatten, und wenn auf der hintersten Kochplatte ihres Gehirns düstere Gedanken vor sich hin köchelten, während wir über alles Mögliche plauderten.

»Mir fallen immer zwei Dinge ein, wenn ich mit den Damen zusammen bin. Sie waren liebevolle Mütter, Anne. Das war ich nicht.«

»Was für ein Unsinn. Damals waren alle Mütter gleich, alle putzten und kochten und hatten keine Zeit für ihre Kinder. Keine war eine liebevolle Mutter. Heute dreht sich das Weltall um jedes einzelne Kind. Ihr hattet keine Zeit für so was.«

»Sieht das in deiner Erinnerung so aus?«

Sie sah mir ins Gesicht, ihre graugrünen Augen wirkten hinter den dicken Brillengläsern stark vergrößert.

»Warte mal, ich bring nur den letzten Rest hier ins Haus, und dann bekommst du noch einen Madeira. Und ich brauche ein Bier, Madeira und Erdbeeren stehen mir schon bis sonst wohin.«

»Ich bring auch keinen Madeira mehr runter.«
»Vielleicht einen Eierlikör?«
»Ja, das wäre keine dumme Idee. Einen kleinen.«

Ich räumte die Spülmaschine ein, presste das kleine, in Folie gepackte Spültab in das Fach und drückte auf den Startknopf. Das Rauschen des sauberen Wassers, das sofort in das ausgeklügelte Spülsystem strömte, beruhigte mich ein wenig. Lieber hätte ich mich jetzt ganz still mit einem kalten Bier hingesetzt, die letzten Stunden waren voller Stimmen gewesen, die sich vermischten, voller Lachen, gemeinsamer Vergangenheit, alter Geschichten, es hätte gutgetan, alles jetzt einsinken zu lassen, mir fielen immer die seltsamsten Dinge aus meiner Kindheit ein, wenn ich mit den Damen zusammen war. Sie hatten mich als kleines Mädchen gesehen, als Mädchen, das ich nicht mehr war, und ich verschlang jede einzelne Anekdote, in der dieses Mädchen einen Teil der Handlung ausmachte, es wäre schön gewesen, das alles erst einmal verarbeiten zu dürfen.

Plötzlich wünschte ich mir, dass jetzt ein unerwarteter Besuch unten an der Haustür klingelte, denn dieses Gespräch konnte ich fast nicht ertragen, ich wusste, was kommen würde. Sie saß dort draußen und wartete auf mich, in ihrer eierschalenfarbenen Bluse, und bald würde sie ein Getränk in der gleichen Farbe vor sich stehen haben und vor Reue und dem mir bekannten Bekenntnisdrang geradezu überlaufen.

Ich goss ein wenig Cognac in den Likör, sie würde das nicht merken, auch wenn sie nur wenig vertrug, da sie fast nie Alkohol trank. Aber vielleicht würde der Cognac sie aus dieser Melancholie holen und zu einem anderen Gesprächsthema schwemmen, das sie wieder munter stimmen könnte. Ich wollte, dass sie fröhlich war, ich wollte doch nur, dass sie fröhlich war, und sicher war sie fröhlich, wenn lustige Dinge passierten, aber danach kam die Melancholie, weil es hinter ihr lag, es war verschwunden, es war Vergangenheit.

Mama war eine Spezialistin in der Kunst, alles Gute, das ein Ende nimmt, ausgiebig zu betrauern. Und jetzt ging es also um diesen schönen Nachmittag in der Sonne, mit alten Freundinnen und Waffeln und Erdbeeren.

Ich stellte das Likörglas vor sie und das Bier vor mich selbst auf den Tisch und nahm mir eine Zigarette. Ihre Haare waren an der Kopfhaut dunkel und feucht, es war warm, sicher vierundzwanzig Grad im Schatten, die Haare über dem Schweißrand hatten die klassische Pudelfrisur, sie ließ sich alle sechs Wochen eine neue Dauerwelle legen und kämmte sich jeden Tag nur nach dem Duschen.

»Weißt du, was ich einmal irgendwo gelesen habe, Anne?«

»Nein, Mama.«

»Man hat die Pflicht, seine Kinder zu lieben, aber nicht die Pflicht, seine Eltern zu lieben.«

»Du sollst Vater und Mutter ehren, das steht in der Bibel.«

»Was für ein Unsinn, Anne. Bist du betrunken?«

»Von drei mikroskopisch kleinen Gläsern Madeira? Nein. Das nun nicht gerade.«

»Die Bibel … meine Güte. So was hab ich ja noch nie gehört. Außerdem ist ehren nicht dasselbe wie lieben. Ehren bedeutet einfach, den Mund zu halten und zu gehorchen.«

»Sag mal, Mama, hast du nicht damals geholfen, Bibeln in die Sowjetunion zu schmuggeln? Hallo?«

»Das ist ja wohl etwas ganz anderes. Es ging doch um *Aufruhr gegen das Regime!* Wenn es keine Bibeln gewesen wären, dann eben Schwimmringe oder Staubsauger. Alles, was verboten war. Das musst du doch verstehen.«

»Tja … aber dennoch.«

»Ich habe meine Mutter doch gehasst.«

»Ja, das weiß ich. Prost, Mama, auf einen wunderschönen Nachmittag.«

Ich prostete ihr mit meinem Bierglas zu, sie machte sich an dem Likörglas zu schaffen, wollte mich nicht ansehen.

»Wir sind alle so alt geworden …«

»Knapp über siebzig? Das ist ja wohl nicht alt!?«

»Doch, Anne. Das ist alt. Natürlich ist das alt. *Natürlich* ist das alt. Alles ist zu spät. Alles.«

Sie hob das Likörglas. Für einen Moment glaubte ich, sie wollte mir den Inhalt ins Gesicht schleudern, und ich wollte schon den Kopf einziehen, als sie es auf einen einzigen Zug leerte. Ihr Kehlkopf war spitz und sonnenbraun, sie briet sich so oft sie konnte in der Sonne, eingeschmiert mit Euterfett, und ging den ganzen Winter hindurch zweimal pro Woche ins Solarium. Ich sog den Zigarettenrauch ein, dass meine Mundhöhle nur so brannte, mein Mann würde frühestens in zwei Stunden zu Hause sein, das hier drohte wirklich ein langer Nachmittag zu werden. Zum Glück fiel mir das Essen ein, und ich sagte:

»Ich mache einen Auflauf mit Kartoffeln und Petersilie und Knoblauch und Koriander, und dazu gibt es Schinken und Erbsen, klingt das nicht gut? Und ich habe eine richtig gute Rotweinsoße im Tiefkühlfach. Die ist mit Hühnerbrühe gekocht, aber sie passt trotzdem sehr gut.«

»Das wird sicher lecker, Anne. Kochen kannst du.«

»Hab ich ja auch von dir gelernt.«

»Ja, ihr könnt beide gut kochen, du und Elin, das darf ich ja wohl sagen.«

»Das darfst du.«

»Auch wenn ich überhaupt kein Geld hatte.«

»Du hast es trotzdem geschafft, weil du eben so lecker kochen konntest, egal, was es war.«

»Immer reichlich Fett und Salz, Anne. Butter, wenn ich mir das leisten konnte, Margarine, wenn nicht. Der beste Geschmacksverstärker auf der Welt.«

»Es macht solchen Spaß, mit dir übers Essen zu reden, Mama.«

»Es zu kochen, es zu verzehren, darüber zu reden. Aber kannst du dich erinnern, dass ich dich jemals auf den Schoß genommen und mit dir geschmust habe? Dir nahe war?«

Ich konnte meinen Blick gerade noch davonwandern lassen, ehe er ihrem begegnete.

»Das nun nicht gerade, aber du hast mir immer viel vorgelesen«, sagte ich.

Jetzt war ich ins tiefe Wasser geraten, das wusste ich sofort, als diese Wörter meinen Mund verlassen hatten.

»Großer Gott … was war ich für eine Mutter. Vorgelesen! Als ob das Liebe ersetzen könnte!«

»Ich bin doch Schriftstellerin geworden. Das kann ja auch damit zu tun haben, dass du mir vorgelesen hast.«

»Schriftstellerin bist du ganz von selbst geworden, Anne. Die Ehre kann ich mir nicht zuschreiben.«

»Aber natürlich kannst du das. Ich bin doch von Büchern umgeben aufgewachsen.«

»Ich hab es mit Elin ein bisschen besser geschafft. Vielleicht, weil sie so oft krank war und mir in regelmäßigen Abständen fast unter den Händen weggestorben wäre. Ich habe mit ihr geschmust und getan, auf jeden Fall, bis sie in die Schule kam. Mit dir habe ich das aber nie gemacht. Ich habe dich gestillt, bis du sechs Monate alt warst, da warst du ganz nah bei mir, aber danach … Ich habe Elin nicht viel vorgelesen, das habe ich nicht geschafft. Vielleicht geht es darum, entweder Bücher oder Liebe.«

Sie fing an zu weinen, nahm die Brille ab, der kleine Schuss Cognac hatte offenbar genau die entgegengesetzte Wirkung, die ich erhofft hatte. Sie rieb sich mit der Faust die Augen, als kleines Kind hatte ich es immer schrecklich gefunden, ihr dabei zuzusehen.

»Ach, jetzt heul ich auch noch los …«

»Ich begreife ja nicht, wie du gerade jetzt daran denken kannst. Und dann tropft es auch noch auf deine feine Bluse. Soll ich dir einen Kaffee kochen? Noch einen Eierlikör holen? Einen Captain Morgan?«

»Anne! Ich kann doch jetzt nicht auch noch Rum trinken, nach allem anderen!«

»Kannst du dich nicht einfach damit zufriedengeben, dass wir einen wunderschönen Nachmittag mit der Bande aus dem Block hatten?«

»Nein. Das schaffe ich nicht. Und tausend Dank dafür, dass du alles so schön gemacht hast. Ich bin ungeheuer dankbar, das kannst du mir glauben.«

Ich hörte ihre Schritte auf der Wendeltreppe, es waren schwere Schritte. Ich drückte die Zigarette aus und brachte ihr Glas ins Haus, wusch es mit der Hand ab, weil die Maschine schon lief, spülte den Spüllappen gründlich aus und wischte Verandatisch und Gartentisch ab. Sie hustete unten im Gästezimmer, aber ich hörte zum Glück kein Weinen in diesem Husten. Wenn sie aufwachte, würde sie sich über ein leckeres Essen freuen, munter mit meinem Mann plaudern und sich danach mit irgendeiner Fernsehsendung amüsieren. Oder wir könnten Trivial Pursuit spielen, da fegte sie uns immer von der Bahn, und sie freute sich, wenn ihr das gelang, und es brachte dann ihre Laune in Schwung.

HABE ICH MAMA GELIEBT? Das kann ich mich selbst fragen, wieder und wieder.

Wenn ich mich darüber freute, sie zu sehen, dann, weil ich geplant hatte, etwas für sie zu tun. Etwas, das ihr gefallen würde, etwas, über das sie sich *freuen* würde. Ich lebte mit dieser ewig langen Hoffnung, sie zufriedenstellen zu können, ihren Tag gut werden zu lassen, ihr eine schöne Erinnerung zu geben, mit der sie weiterleben könnte. Vor allem jetzt, wo sie älter wurde, war das so.

Als sie jünger war, war sie immer in Fahrt, immer war etwas los, und ich musste sehen, wie ich mit ihr Schritt hielt. Sie verlangte wenig, sie lebte ihr eigenes Leben, nach ihren eigenen Prämissen. Aber als sie damit aufhörte, so ungefähr mit sechsundsechzig, wurden andere Saiten aufgezogen.

Von nun an redete Mama über den Tod, sie war jetzt in Rente und in eine Sozialwohnung gezogen. Alles in Schränken und Schubladen war jederzeit sorgsam aufgeräumt und geordnet, und alles Überflüssige wurde weggeworfen.

»Dann wird es für dich und Elin einfacher, euch zurechtzufinden, wenn ich tot bin.«

Fünfzehn Jahre vergingen dann noch, ehe Elin und ich uns mit diesen Schränken und Schubladen befassen mussten. Fünfzehn Jahre lang war Mama bereit.

Sie warf immer wieder etwas weg und hatte ganz hinten in Schränken und Schubladen gar nichts liegen. Das Einzige, was sie nicht wegwarf, auch wenn sie es in der nächsten Zukunft nicht brauchte, waren Kleider für die verschiedenen Jahreszeiten, eine kleine Schachtel mit Christbaumschmuck und Bücher. Was Kleider angeht, ist das allerdings nicht die ganze Wahrheit.

Der Winter überraschte sie immer vollständig, die Winterkleider aus dem Vorjahr waren verschlissen, da sie immer nur das Billigste kaufte, von Stiefeln bis zu Jacken. Sie kaufte ihre Sachen nie im Winterschlussverkauf, so verdrängte sie den Gedanken an einen weiteren Winter und wollte nichts damit zu tun haben, bis sie im Herbst in Matsch und Schnee mehrere Paar Sommerschuhe ruiniert hatte. Erst dann griff sie mutlos und widerwillig zu den verschlissenen Kleidungsstücken aus dem Vorjahr, bis sie sich dann geschlagen geben und neue Stiefel und eine neue Jacke kaufen musste, die billigsten, die sie finden konnte.

Sie fror den ganzen Winter hindurch, weil ihre Neueinkäufe von so elender Qualität waren. Sie durchlitt jeden einzelnen Winter und lief fluchend in Stiefeln umher, die Wasser aufsogen wie ein Schwamm, hin und her zu den beiden extravaganten Solariumstunden der Woche, bloße Zehen in den Stiefeln, niemals Strümpfe oder Strumpfhose unter der langen Hose, bis das Thermometer unter zehn Grad minus sank. Es war einfach, ihre kleine Wohnung zu leeren, ihre Habseligkeiten zu verteilen, zwischen Müllcontainer, Kartons, die wir mit nach Hause nehmen wollten, und Nachbarn, Freundinnen und dänischer Verwandtschaft, denen sie etwas hinterlassen wollte.

Einen Teil des Hausrats gaben wir dem Hausmeister im Stovner Senter 14, er war auch zuständig für Nummer 16. Und er hatte gern einen kleinen Vorrat von notwendigen Dingen, da neue Bewohner oft eingewiesen wurden, ohne irgendetwas mitzubringen, nicht einmal eine Kaffeekanne, ihnen wurden die Wohnungen von Menschen zugeteilt, die verstorben oder im Krankenhaus oder in der Psychiatrie gelandet waren, hier wohnten Drogensüchtige und psychisch Kranke, und der Feueralarm lief fast ohne Unterbrechung.

Der Hausmeister sollte Tassen und Teller und Besteck bekommen, Bügeleisen und Bügelbrett, Kochtöpfe und Bratpfanne und Stövchen und Bettwäsche, um das alles weiterreichen zu können, er bekam sogar Mamas Bett. Er kam summend mit einer großen Schubkarre aus dem Fahrstuhl und lud sie voll, sorgfältig und umständlich, damit auf der langen Fahrt fünf Stockwerke nach unten nichts herunterfallen konnte.

Elin und ich hatten von allem genug. Und Mama besaß weder Dachbodenraum noch Kellerverschlag, nur einige kleine Schränke. Hier gab es für Elin und mich wahrlich keine Kartons voller Kindheitserinnerungen zu holen, keine alten Muttertagskarten oder Kinderkleider oder Puppen und Spielzeug, über die wir in Nostalgie versinken könnten.

Einmal hatte ich mehr Zeit als sonst gehabt, als ich beruflich in Oslo gewesen war, es war sicher aufgrund eines abgesagten Interviews zwischen vielen anderen gewesen, und ich kam mit dem Taxi zur unangemeldeten Stippvisite, ich brachte Sushi und Kuchen aus dem Deli de Luca mit. Neben dem Rollator stand auf dem Gang ein schwarzer Müllsack.

Ich schaute kurz hinein.

»Fotoalben?«, fragte ich.

»Hm …?«

»Du kannst doch keine Fotoalben wegwerfen!«

Ich nahm das oberste heraus. Es war von der Reise nach England, die Mama und Elin unternommen hatten, als Elin fünfzehn war. Mama hatte zwei Jahre lang gespart, sie brauchten nur die eigentliche Reise zu bezahlen, sie konnten bei Mamas Jugendfreundin Audrey in Southampton wohnen und essen.

»Lass das liegen. Können wir zum Sushi Tee trinken? Geht das? Wenn ich gewusst hätte, dass du kommst, hätte ich doch eine Flasche Limonade gekauft. Oder Wein.«

»Mama! Du kannst doch nicht einfach ein Fotoalbum wegwerfen!«

»Ich werde nur traurig, wenn ich reinschaue. Und ich schaue ja auch gar nicht mehr rein, ich werde schon traurig, wenn ich die Alben nur da liegen sehe. Das Leben, das vergangen ist, wie munter wir waren, wie schön alles war.«

»Hast du Elin gefragt, ob sie das Album vielleicht haben will?«

»Nein.«

»Ich finde, das solltest du aber tun.«

»Sicher. Aber sie ist ja immer so beschäftigt, ich sehe sie so selten.«

Tatsache war, dass Elin sie fast jeden Tag anrief oder bei ihr vorbeischaute, sie wohnte nicht sehr weit entfernt. Elin und ich lachten oft darüber, am Telefon, das mussten wir, wir mussten einfach darüber lachen, uns blieb nichts anderes übrig, und es ist fast nicht zu fassen, dass Mama nicht begriff, dass wir ihren Bluff durchschauten, dass er *für immer* entlarvt war, jedes Mal, wenn sie das sagte.

Aus dem Taxi zurück zum Hotel rief ich Elin an und erzählte von den Alben, sie konnte einen Tag später einige retten, nahm sie mit nach Hause, aber nach Mamas Tod entdeckten wir, dass noch weitere Alben verschwunden waren.

Wenn Fremde in die Wohnung gekommen wären und hätten raten sollen, was für ein Mensch dort wohnte, dann hätten sie auf eine viel jüngere Person getippt. Mama besaß nicht mehr als eine gut ausgerüstete Bewohnerin eines Studentenheims, aber die Wohnung war gemütlich und einladend, mit ihrem eng stehenden Schatz an grünen Pflanzen vor dem einen kleinen Wohnzimmerfenster zum Balkon, und den Büchern vom Boden bis zur Decke. Bücher und Pflanzen und ein brauchbarer Fernseher, dessen Bild nicht schlingerte und dessen Ton nicht aussetzte, das war das Wichtigste für sie.

An Esstellern mit identischem Muster gab es höchstens drei, die Bratpfanne war unten verbeult und von der billigsten Sorte, Mama besaß drei kleine Kochtöpfe, aber sie konnte in einer Wohnung von achtunddreißig Quadratmetern auch keine großen Feste veranstalten. Die Fremden hätten sicher auch bemerkt, dass es eine ziemlich saubere Wohnung war, und daraus vielleicht geschlossen, dass hier doch kein ganz so junger Mensch wohnte.

Bücher waren das, wovon sie am meisten hatte. Sie waren ihr liebster Besitz, sie lebte und atmete für Belletristik, für Romane und Poesie. Sie liebte klassische Lyrik, ganz besonders Herman Wildenvey, Karin Boye, Emily Dickinson, Steen Steensen Blicher. Als ich eine Biografie über Sigrid Undset für Jugendliche schrieb, stellte ich fest, dass Steen Steensen Blicher auch ein Lieblingsautor von Sigrid Undset gewesen war, und Mama fühlte sich sehr geschmeichelt.

»Da siehst du, Anne«, sagte sie. »Mein Literaturgeschmack liegt doch nicht so ganz daneben, sie hat ja schließlich den Nobelpreis bekommen.«

Außerdem besaß und liebte Mama Sachbücher über alles vom Tal der Könige in Ägypten und Petra in Jordanien bis zu den Maya, aber in den Orten, über die sie las, musste es warm sein. Ihre Abscheu vor Kälte führte auch dazu, dass mehrere meiner Romane, die sie immer als Manuskript lesen durfte, ihr eine unerwartete Gänsehaut bescherten. Sie konnte nicht fassen, dass ich es auch nur über mich brachte, über Kälte zu schreiben, ganz zu schweigen davon, dass ich sie noch dazu aufsuchte, und sie deutete eine mögliche Vertauschung auf der Wochenstation an.

Sie sammelte auch Bücher über bildende Kunst. Marc Chagall war ihre große Leidenschaft, sie identifizierte sich stark mit ihm, immer ein Heimatloser zu sein, immer anderswo sein zu wollen, immer mit geräuschvollen Kindheitserinnerungen umgehen zu müssen. Als ich in den Neunzigerjahren einmal nach Berlin musste, während dort gerade eine große Chagall-Ausstellung gezeigt wurde, und als ich ihr erzählte, dass ich kehrtgemacht hatte, als ich die lange Schlange sah, die bei sengender Sonne vor dem Eintrittskartenschalter stand, knallte sie den Hörer auf die Gabel und ging tagelang nicht ans Telefon.

Sie räumte ihre Bücherregale in regelmäßigen Abständen um, neue Regale wurden dort angebracht, wo noch Platz war, und alle paar Monate wurde ein Buch nach dem anderen sorgfältig staubgesaugt und abgewischt. Dafür konnte sie mehrere Tage brauchen, sie vertiefte sich in einzelne Bücher und setzte sich damit hin und blätterte hin und her, bis sie die ganze Geschichte wieder klar im Kopf hatte. Sie warf Bücher niemals weg, aber oft verschenkte sie eins und sagte:

»Das habe ich viermal gelesen, jetzt kannst du es haben.«

Das passierte zum Beispiel mit Marc Chagalls »Mein Leben«.

Das war allerdings vor Berlin.

Es hätte mich nicht gewundert, wenn sie es danach zurückverlangt hätte. Aber so weit kam es nicht, sie dachte sicher, ich hätte es noch nicht gelesen, denn dann hätte ich ja wohl beim Anblick der unglaublich langen Schlange nicht die Flucht ergriffen.

Sie hatte recht.

Ich hatte es noch nicht gelesen.

Jetzt habe ich. Und ich schäme mich. Statt mich atemlos in die Schlange zu stellen, setzte ich mich fröhlich mit zwei Freundinnen vor das Hotel Adlon, um Austern zu essen. Im deutschen Binnenland, mitten im Sommer, wenn Austern so schäbig und elend sind wie sonst nie. Wir wurden nicht krank, aber das wurde Mama, beim bloßen Gedanken, obwohl sie zum Glück nicht wusste, womit ich mich hier vollgestopft hatte.

Und zum Glück konnte ich es ein wenig wiedergutmachen, als Mama und ich im Dezember 2009 in Wien die MoMA-Ausstellung besuchten und sie sich mitten in dem Saal mit den Chagall-Bildern auf ein braunes, flaches Kunstledersofa setzen und sagen musste: »Ich möchte nur weinen, wenn ich diese Bilder sehe. Siehst du, Anne? Verstehst du jetzt?«

»Ja, Mama. Jetzt verstehe ich. Entschuldige.«

Und ich schaffte es, sie zu umarmen, es war nicht so schwer, eine kleine, alte Dame wie sie zu umarmen, das Schwierige war die Frage, ob sie es wagen würde, sich für mich zu öffnen, in dieser Umarmung, das war ihre größte Angst, denn genau in diesem Augenblick würde die Umarmung wohl ein Ende nehmen. Aber das tat sie nicht, ich wurde angenommen. Dennoch nahm ich den Widerstand wahr. Nicht einmal ihrer eigenen Tochter konnte sie voll und ganz vertrauen und sich von ihr umarmen lassen.

Da ihre Wohnung so klein war, lieh sie sich oft Bücher in der öffentlichen Bibliothek von Stovner aus, sie las die Buchrezensionen in *Dagbladet, VG* und *Aftenposten* immer genau und ließ sich in die Warteliste für die Bücher eintragen, die sie lesen wollte, in der Sekunde, in der sie erschienen. Als Merethe Lindstrøm mit dem Literaturpreis des Nordischen Rates ausgezeichnet wurde, war meine Mutter völlig außer sich, denn sie hatte noch nie etwas von ihr gelesen, und sie stauchte mich telefonisch zusammen, weil ich sie nicht auf diese Autorin hingewiesen hatte!

»Ich verschwinde aus meinem Leben, wenn ich lese. Und das ist doch wirklich Grund genug.«

Als ich im Jahre 2005 anfing, richtig gut zu verdienen, fing ich zugleich mit dem Versuch an, ihr etwas von diesem Geld abzugeben. Aber das führte nur zu Tränen.

»Es müsste doch andersrum sein, Anne, wenn ich mich im Leben richtig verhalten und vernünftig überlegt hätte«, schluchzte sie. »Ich kann kein Geld von dir annehmen, das bringe ich nicht über mich, ich schäme mich so.«

Also kaufte ich von nun an rechtzeitig, im Spätsommer, Winterkleider und Stiefel und schickte sie in großen Postkartons. Auch das führte zu Tränen. Weil sie so dankbar sei, behauptete sie, aber vor allem, weil es sie daran erinnerte, dass der Winter kurz bevorstand.

»Alles, was du gekauft hast, ist so schön, Anne, und ich bin so dankbar.«

»Hast du die Mäntel und die Stiefel denn schon anprobiert?«

»Nein …«

»Warum nicht?«

»Nein, denn dann hab ich gleich das Gefühl, es ist schon Winter. Und diese Vorstellung ist einfach unerträglich.«

Wenn in Oslo der erste Schnee des Jahres fiel, saß Mama

mit einer Decke um die Schultern vor dem Fernseher und lugte vorsichtig zu den rieselnden Flocken hinüber, während ich immer das Schneelied aus »Pu der Bär« sang, tamteram, und mich am Christbaumschmuck zu schaffen machte.

»Jetzt brauchst du jedenfalls nicht zu frieren. Das sind gute Stiefel, und wasserdicht sind sie auch, und beide Mäntel sind dick gefüttert.« – »Ja, das sehe ich, Anne. Das ist Qualität. Ich sehe es. Ich bin nicht dumm. Das ist offenbar sehr hohe Qualität.«

Wie um diesen Tatsachen und Gegebenheiten zu trotzen, konnte sie dennoch mitten im Winter mit den Stiefeln und einem der Mäntel, die ich ihr geschickt hatte, bei Elin ankommen und blaue Lippen haben, weil sie vergessen hatte, einen Schal umzubinden, Handschuhe oder eine Mütze anzuziehen, oder weil sie bei vielen Graden unter null in den Stiefeln barfuß war.

Wie ein Kind.

Aber wenn es um Bücher ging, dann war sie anders. Mit beiden Händen und mit großen Plastiktüten nahm sie an. Zweimal im Jahr, von 2005 bis zu ihrem Tod 2012, verabredeten wir uns zum Mittagessen in der Bibliothekbar des Hotel Bristol. Sie wusste, was bevorstand, auch wenn wir vorher niemals darüber sprachen, wir sprachen nur darüber, dass ich sie zum Essen einladen würde. Anfangs protestierte sie auch dagegen, aber diesen Protest konnte ich schon ganz früh durch die Lüge ersticken, dass mein Verlag absolut alle meine Ausgaben bezahlte, wenn ich im Bristol wohnte. Die Wahrheit war, dass außer dem Zimmer alles auf meine Rechnung ging.

Sie war verrückt nach Kuchen und Desserts und allem Süßen, aber sie kämpfte sich doch zuerst durch ein turmhohes Krabbenbrot, immer mit demselben Kommentar:

»Großer Gott, die haben ja so viel auf einer Scheibe Brot, das muss doch eine ganze Dose gewesen sein. Ich hätte zu Hause mit dieser Menge mindestens fünf Krabbenbrote belegen können!«

Danach trippelte sie glücklich zum Kuchenbüfett hinüber und füllte einen Teller mit guten Sachen, in der sicheren Überzeugung, dass Verlagsleiter Berdahl vom Oktober Verlag alles begleichen würde, ich konnte sie bisweilen sogar zu einem kleinen Eierlikör zum Kaffee überreden. Mit roten Wangen und gefülltem Magen ließ sie sich dann zurücksinken, und ich sagte, wie immer:

»Dann schauen wir jetzt mal bei Tanum vorbei.«

»Bei Tanum?«, wiederholte sie und ließ ihren Blick mit aufgesetzter Gleichgültigkeit umherwandern.

»Ja, du hast doch sicher eine Liste gemacht?«

»Eine Liste?«

Natürlich hatte sie eine Liste. Und einen Briefumschlag mit ausgeschnittenen Rezensionen. Alles war in ihrer Handtasche, auch eine Plastiktüte mit einem sauberen, feuchten Lappen, den sie jetzt hervorzog, um sich sorgfältig die Hände zu säubern, ohne auf die Blicke von den Nachbartischen zu achten.

»Man darf auf Bücher keine Fettflecken machen, weißt du, Anne. Das sieht doch unmöglich aus.«

Sie war so froh, wenn wir zu Tanum gingen, sie war so froh wie sonst fast nie, es war eine zügellose Freude, die wirklich wochenlang anhielt, es war das größte Geschenk, das ich ihr machen konnte, tausendmal größer als warme Winterkleidung.

Die Buchhändlerinnen rannten herum und holten Bücher, während sie die Titel nannte, ich riss dann auch noch etliche an mich, um dem Besuch einen Anflug von alltäglichem Einkauf zu geben, so, als hätte ich ohnehin zu Tanum gehen wollen, auch das gehörte mit zum Spiel. Ab und zu schaute sie aufgeregt und fragend zu mir auf.

»Wenn du noch mehr auf der Liste hast, Mama, dann sag schon.«

»Aber ich kann das doch gar nicht alles tragen …«

Das war das Stichwort für die nächste rituelle Mitteilung meinerseits: »Du nimmst natürlich ein Taxi, ich gebe dir fünfhundert Kronen mit, und du schickst mir dann die Quittung mit der Post. Ich krieg das vom Verlag doch zurück, weißt du.«

Damit rannten die Tanum-Frauen wieder los.

Nur einmal irrte sie sich mit einem Buch, ein dicker Wälzer von arabischem Wörterbuch, das über tausend Kronen kostete. Sie war wie erschlagen beim Gedanken an diesen Preis, und es dauerte Wochen, bis sie am Telefon alles zugab:

»Das war wohl ein bisschen zu … heftig für mich. Was sollen wir tun, Anne? Ich habe es kaum aufgemacht. Und es sind keine Fingerabdrücke auf dem Umschlag, und außerdem habe ich es in Zellophan eingeschlagen.«

»Du tauschst es einfach um.«

»Großer Gott, nein, das trau ich mich nicht. Wie peinlich! Ich habe dieser netten Frau doch gesagt, ich könnte ein bisschen Arabisch, und sie war so beeindruckt. Das geht also nicht.«

»Dann mach ich das. Überhaupt kein Problem.«

»Aber wie …«

»Ich nehm es mit, wenn ich dich das nächste Mal besuche, oder du hinterlegst es im Bristol, wenn du in der Stadt bist.«

»Ich muss nächste Woche zum Optiker. Dann mach ich das.«

»Schreib auch einen Zettel, welche Bücher du stattdessen möchtest. Dann besorg ich die.«

»Geht das denn?«

»Ja, Mama. Das ist dein Buch.«

»Aber du hast doch selbst … das ist nicht von Oktober?«

»Das nicht. Aber für Bücher hat man immer Geld. Egal, wie.«

Und da stimmte sie mir zu, hier sah sie die Logik ganz deutlich, und sie konnte mit weit offenen Armen annehmen. Aber als ich sie dann endlich überreden konnte, mich ein neues Bett für sie kaufen zu lassen, das Bett, das der Hausmeister nach ihrem Tod dann summend davonrollte, gelang ihr das Kunststück, keine Obermatratze dazuzunehmen.

Ich staunte, als sie mir fünfzehnhundert Kronen zurücküberwies, aber ich dachte, vielleicht hätte sie ein Schnäppchen gemacht. Bis ich selbst in diesem Bett schlafen musste, als ich in den letzten drei Monaten ihres Lebens in Stovner war und feststellte, dass sie sechs Jahre lang direkt auf dem glatten und leicht nachgiebigen Lattenrost gelegen hatte. Um Hexenschuss und Ischias und noch schlimmere Dinge zu vermeiden, musste ich das Bett mühsam mit Decken und Kissen unter dem Laken anreichern, und als ich sie fragte, wie das alles möglich sei, antwortete sie nur, so eine Matratze oben auf allem anderen wäre ihr doch arg »gekünstelt« vorgekommen, wie ein überflüssiger Luxus.

Die Bücher überließ Elin nach Mamas Tod mir. Und mit großem Respekt vor Mamas Liebe zu ihnen nahm ich mir ein Buch nach dem anderen vor. Kein einziges stand an einer zufälligen Stelle, und meine Hände wurden warm, als ich sie anfasste, hier war sie, das hier waren ihr Leben und ihr Glück. Alle meine eigenen Bücher, mit der Widmung »Für Mama«, standen sauber und schön in einem eigenen stolzen Regal, und die wollte ich mit nach Hause nehmen.

Die guten Helferinnen in der Bibliothek von Stovner waren

glücklich, als ich einen im Supermarkt vorübergehend entwendeten Einkaufswagen gefüllt hatte und ihn durch die Bibliothekstüren bugsierte.

»Sie fehlt uns so. Sie wusste so viel. Es war eine Freude, mit ihr über Bücher zu reden.«

Ich machte zwei Touren mit dem Einkaufswagen. Ich fand es lustig, ihn über den unebenen Asphalt zu schieben, der noch immer vom Streusand des Winters bedeckt war, es war Anfang April und es konnte weiterhin Schnee und Nachtfrost geben, deshalb waren die Bürgersteige noch nicht abgespült worden, und Einkaufswagen haben keine Stoßdämpfer. Die Fahrt über den groben Sand klang wie hallendes Donnergrollen, Mama hätte es wunderschön gefunden, dass ihre Bücher einen solchen Radau machten. Jetzt würden sie von anderen ausgeliehen und gelesen und geliebt werden.

Als das Fieber um die Trilogie, die meinen eigentlichen Durchbruch bedeutete, seinen Höhepunkt erreichte, und als ich in einer Kakophonie von Reisen und Aufträgen lebte, deren Umfang sicher schwer zu erfassen ist, rief Mama mich an einem Tag im September an.

»Kannst du nicht hierher in die Bibliothek kommen, Anne? Wir haben doch unsere Buch-Donnerstage. Ich habe versprochen, dich zu fragen. Alle, die in der Bibliothek arbeiten, wissen ja, dass ich deine Mutter bin.«

»Ach? Wie soll das denn laufen? Interviewt mich da jemand über die Bücher?«

»Nein, das können … das wäre zu teuer. Hier wohnen ja vor allem Pakistaner und andere Zuwanderer und Rentner, weißt du, die Bibliothek bekommt nicht besonders viel Geld. Also musst du alles selbst machen. Vor allem kommen norwegische Rentner, nicht so viele Zuwanderer, die haben ja doch keine Lust, Norwegisch zu lernen, und die haben leider keine

Ahnung, wer du bist, sie sehen kein norwegisches Fernsehen und lesen keine norwegischen Bücher oder Zeitungen. Und es kostet hier auch nie Eintritt. Deshalb wäre es zu teuer, einen Moderator für dich zu mieten.«

Solche Buchgespräche mit einem Moderator sind immer entspannend, ich kann mich auf die Antworten konzentrieren, jemand anderes führt Regie, und ich bin eine Art Gast. Alles selbst machen zu müssen, ist anstrengender, es erfordert Vorbereitungen. Zu einem Buchgespräch kann ich fröhlich und unvorbereitet kommen, voller Energie und ohne Lampenfieber.

»Weiß nicht, ob ich die Zeit habe.«

»Knut Jørgen Røed Ødegaard war einige Male hier. Der brauchte keinen Moderator.«

»Aber ich weiß doch nicht, ob ich genug Zeit habe!«

»Wohl nicht. Aber du kannst dir aussuchen, an welchem Donnerstag.«

»Du ahnst ja nicht, wie mein Leben gerade aussieht, Mama. Ich renne nur durch die Gegend und packe den Koffer ein und aus …«

»Stovner ist doch nicht so weit weg vom Flughafen. Vielleicht wenn du unterwegs zu irgendeinem *anderen* Ort bist?«

Wie ich sie in diesem Moment hasste, weil sie kein Teil meines Lebens war und nicht begriff, wie mein Alltag aussah. Aber natürlich musste ich kommen, das war mir klar, sowie wir das Gespräch beendet hatten, und ich blieb stehen und starrte mein Telefon an und hasste sie noch mehr. Denn natürlich musste ich hinfahren.

Zur Bibliothek in Stovner, wo von Mama und den Bibliothekarinnen billige Holzstühle in einem Halbkreis aufgestellt worden waren. Ich legte los und erzählte über meine ganze schriftstellerische Karriere, vom ersten Kinderbuch bis heute. Ich redete fast zwei Stunden lang ohne Pause.

Und da saß sie, in einer weißen, frisch gebügelten Bluse und einer Art Jeansjacke, den Rollator hatte sie dicht an ihren Stuhl gezogen, und eine Hand lag darauf, wie um sicherzugehen, dass niemand ihn ihr wegziehen konnte, denn es war erst zwei Jahre her, dass sie sich auf einer Berghütte den Knöchel gebrochen hatte und Elin sie über der Schulter mehr als einen Kilometer weit tragen musste, wo ein Krankenwagen aus Lillehammer auf sie wartete.

Mama liebte ihren Rollator, sie wusch ihn alle zwei Tage mit milder Seifenlauge, und sie zog Wegwerfduschhauben über die Räder, wenn sie ihn in die Wohnung holte und kein Schneematsch auf dem Fußboden schmelzen sollte, Duschhauben, mit denen ich sie durch meine vielen Hotelaufenthalte immer versorgen konnte.

Da saß sie also und sah mehr das Publikum als mich an, wenn ich etwas Komisches sagte, und das geschah ziemlich oft. Sie saß da und strahlte, umgeben von Bücherregalen, in ihrem wahren Element, glühend vor Glück. Und wenn das Publikum laut lachte, kicherte sie selbst leise und unterdrückt, wie um klarzustellen, dass sie das alles schon kannte, natürlich kannte sie das, das war Schnee von gestern, alte vertraute Geschichten und komische Pointen, ich war doch ihre Tochter, sie war die Mutter der Hauptperson und hatte alles im Blick.

»Ich finde, das ging doch ziemlich gut«, sagte sie danach. »Du hast mich ja überhaupt nicht blamiert, Anne.«

II

ICH GING DURCH EINEN Korridor nach dem anderen, sie teilten sich in Winkeln von genau neunzig Grad, und ich lief so schnell ich konnte über bleichen, mintgrünen Linoleumboden, ich wusste genau, in welchem Zimmer Mama wohnte.

Wenngleich »wohnte« vielleicht übertrieben ist. Sie durfte bis auf Weiteres hier im Pflegeheim Stovnerskogen bleiben, nach wiederholten Viertagesentscheidungen, nach ihren ersten beiden Chemotherapien, mehr wussten wir nicht. Wir brauchten deshalb einen Plan, der kurzfristig umgesetzt werden konnte, wir mussten ja Mamas Kleider und Toilettensachen packen, Elin musste ihre Dienstzeiten bei der Polizei entsprechend regeln, und ich musste zwischen Trondheim und Stovner pendeln, eine Entfernung von fünfhundert Kilometern.

Es gab nur uns drei Menschen in diesem kleinen, mühsam erkämpften standhaften Teil der Familie.

Was wir auch nicht wussten oder begriffen hatten, war, dass Mama zu diesem Zeitpunkt unter paradiesischen Verhältnissen lebte, auf ihrem Kurzzeitplatz. Wir hatten keine Vergleichsmöglichkeiten, Mama war ja noch nie in einem Pflegeheim gewesen.

Ich hatte mir einfach vorgestellt, es wäre wie ein Krankenhaus, nur freundlicher und offener und lockerer, mit Topfblumen auf der Fensterbank statt Schnittblumen in einer

Metallvase auf einem Nachttisch, und mit Rundgesang zu Gitarrenbegleitung jeden Sonntag im gemeinsamen Aufenthaltsraum.

Elin und ich waren beide gleichermaßen unvorbereitet.

Natürlich hatten wir die tristen Berichte registriert, die in regelmäßigen Abständen in den Zeitungen auftauchten, ohne aber jedes Wort oder Komma zu lesen, es hatte uns nicht mehr getroffen als alle anderen besorgniserregenden Dinge, mit denen man bombardiert wird und die man nur mit halbem Auge liest. So gesehen war Mama viel besser vorbereitet, denn sie hatte solche Meldungen in sich aufgesaugt, hatte seit Jahren jedes Wort gelesen, mit Angst im Herzen.

Schon an ihrem sechzigsten Geburtstag sagte Mama mit einer von zwei Gläschen Eierlikör aufgeputschten Ehrlichkeit:

»Wenn ich hilflos in einem Pflegeheim lande, Anne, dann musst du mich erschießen.«

»Dann komm ich ins Gefängnis, Mama, und das wünschst du deiner Tochter doch wohl nicht?«

»Dann nimm Gift. Dir wird schon was einfallen, du hast doch so viele Krimis geschrieben.«

Aber hier in Stovnerskogen hatten alle Einzelzimmer, nichts stimmte mit dem überein, was die Journalisten die Angehörigen in den Zeitungen hatten erzählen lassen, ich ertappte mich bei dem Gedanken, die seien sicher so verzweifelt gewesen, weil ihre Angehörigen sterben mussten, und da hätten sie irgendwem die Schuld zuschieben müssen, ihre Trauer und die klassische Ohnmacht, von der man bei der Begegnung mit dem Tod in die Knie gezwungen wird.

Hier war alles sauber und neu, im Eingangsbereich standen grüne, echte und teilweise große und üppige Pflanzen, und dort hing auch eine große gerahmte Fotografie, die Königin Sonja einige Jahre zuvor bei der Einweihung des Heims zeigte. Wir konnten mit dem Pflegepersonal Norwegisch sprechen, wenn es auch bei einigen gebrochen klang, aber es war niemals unvollständig oder verwirrend.

Und die Badezimmer, von denen jedes Zimmer eins besaß, waren fast so groß wie das Zimmer an sich. Größe und Funktionalität des Badezimmers werden beinahe surrealistisch wichtig, wenn man krank und pflegebedürftig ist, ob man nun alt ist oder jung, denn hier darf der Körper sich in seiner ganzen Krankheit gehen lassen, hier und im Bett, vor allem aber im Badezimmer, in Form von Ausfluss aus allen Hohlräumen des Körpers, kontrolliert oder unkontrolliert, und aus diesem Zimmer soll man zurückkehren, rein und gereinigt und zurechtgemacht, würdevoll und nach Seife duftend. Alle Tabus versammeln sich im Badezimmer, alles, was mit Kotze und Stuhlgang und Eiter und Blut und Rotz zu tun hat, soll ganz privat geschehen, aber wenn man sehr krank ist, muss ein anderer Mensch danebenstehen, bezahlt und professionell, aber eben doch ein anderer Mensch, und auch für diesen Menschen muss im Badezimmer Platz sein.

Hier war das der Fall.

Wenn ich so schnell ging, wie ich konnte, dann nicht, um früher zu Mama zu kommen, eigentlich nicht, einige Sekunden mehr oder weniger spielten keine Rolle.

Ich lief so schnell, um nicht in die anderen Zimmer blicken zu müssen, zu den vielen anderen hilflosen alten Menschen, die auch vorübergehend hier untergebracht waren, und in denen, sowie sie vor der offenen Tür Schritte hörten, eine

Art Hoffnung entzündet wurde, eine vage Hoffnung, die so schmerzlich sichtbar in den Blicken lag, die sie mir in den kurzen, leuchtenden Sekunden schickten, wenn unsere Augen einander begegneten. Es war unmöglich zu deuten, worauf diese Hoffnung sich bezog.

Besuch von der Familie?

Linderung in Tablettenform, gespendet von einer Pflegerin?

Eine Zeitreise zurück nach damals, als sie besonders stark waren, noch immer mit geschmeidiger Jugendlichkeit und guter Gesundheit?

Oder möglicherweise nur Hoffnung auf eine Unterbrechung im ewigen Kreislauf der Gedanken um die Tatsache, dass nun alles so enden würde.

So.

Hier.

So unendlich weit von zu Hause. Ozeane entfernt von perfekt gebundenen Schlipsknoten, zierlich gestalteten Kreuzstichdeckchen, Aufsichtsratssitzungen und Geschäftsreisen, hausgemachten Frikadellen, komplizierter Kunsttischlerei. Vielleicht nur wenige Kilometer, aber dennoch unendlich weit, weil man aus irgendwelchen Gründen eines Tages nicht mehr fähig war, den eigenen Körper zu bekleiden, sich ein Ei zu kochen, ein Zimmer zu durchqueren, ohne sich an Wände und Möbel zu klammern, oder zu wissen, nach welchem Tablettenröhrchen man zu einem bestimmten Zeitpunkt greifen sollte. Die Topfpflanzen standen verwelkt auf der Fensterbank, hinten auf der Toilettenbrille klebten Exkremente, der Boden wies Urinflecken auf. Seit langer Zeit waren keine Rechnungen mehr bezahlt worden. Die Umschläge lagen ungeöffnet in einer chaotischen und muffig riechenden Diele, wenn sie nicht im überfüllten Briefkasten steckten, während die Überweisungsvordrucke unter alte Zeitungen am Ende des Couchtischs gerutscht waren. Und die Zahnbürste war schon vor langer Zeit auf den Badezimmerboden gefallen, es war unmöglich, sie aufzuheben, ohne selbst dort zu landen, der Mund schmeckte nach Wolle und Mandeln und hatte eine unebene Oberfläche an allen Stellen, die die Zunge traf.

Deshalb endete es hier, in diesem Pflegeheimzimmer, nachdem Nachbarn oder Angehörige aktiv geworden waren und die Formulierung benutzt hatten, man könne sich nicht mehr selbst versorgen.

»Sich selbst«, das Kostbarste von allem, aber nicht imstande, sich darum zu kümmern, es zu versorgen. Deshalb war dieses Selbst in weißer, wäschereisauberer Bettwäsche in einem stählernen Bett gelandet, mit einer hellbraunen Pappschale auf dem Nachttisch und den wichtigsten Habseligkeiten in einer kleinen praktischen Büroschublade gleich darunter, ein Morgenrock an einem Haken an der Wand, eine winzige Auswahl an Kleidern in einem fremden Kleiderschrank in der Zimmerecke, weil die Angehörigen aus schmerzlicher Erfahrung wussten, dass diese kleine Pause von den Sorgen nicht von Dauer sein würde.

Es reichte nicht, alt und hilflos zu sein, man musste noch dazu sehr krank sein, am besten vollkommen hilfsbedürftig, und doch durfte man vielleicht nur wenige Tage hier verbringen, das hatte ich den Gesprächen mit dem Personal entnommen. Pflegebedürftige Menschen konnten nämlich von den Angehörigen gepflegt werden, deshalb wurden die, die am häufigsten Besuch von besorgten und liebevollen Verwandten bekamen, auch als Erste nach Hause geschickt.

Aber Mama hatte aggressiven Lymphkrebs, und weder Elin noch ich sahen die Gefahr, dass sie vor die Tür gesetzt werden könnte.

Wir kamen einfach nicht auf diesen Gedanken.

Wir beschäftigten uns zu diesem Zeitpunkt eher mit ihrem Krankheitsbild als mit der Möglichkeit, dass der Stadtteil Stovner jede Verantwortung für sie von sich weisen könnte. Wir waren Neulinge, und Mama waren bisher drei zusammenhängende Kurzaufenthalte in Stovnerskogen bewilligt worden, zwölf Tage insgesamt, wir glaubten wohl eigentlich, es sei nur eine Frage der Zeit, bis sie einen Dauerplatz bekommen und ein Zimmer in einem anderen Stock beziehen würde, sie war doch so krank. Wenn ich draußen stand und auf ein Taxi zu Mamas Wohnung oder zum Flughafen wartete, konnte ich zu diesen Fenstern hochschauen, vorbei an Geranien in allerlei Töpfen, zu Gemälden und Familienfotos an den Wänden, Lichtgeflimmer von Fernsehapparaten.

Wie ein kleines Zuhause. Und das Pflegepersonal in beruhigender Nähe.

Aber hier, im Erdgeschoss, in der Abteilung für Kurzzeitplätze, lagen oder saßen die Kranken in steril eingerichteten Räumen an langen Gängen, und alle Türen standen offen. Sie befanden sich in einem so leichten Dämmerzustand, dass sie von meinen eiligen Schritten geweckt wurden und mich mit diesen bettelnden Blicken ansahen, die ich jetzt schon verachtete, weil ich nichts für sie tun konnte. Ich konnte nicht schnell genug gehen, am liebsten wäre ich gerannt oder hätte einen kleinen Roller genommen, um durch die Gänge zu sausen. Ich hatte mit meinen Problemen genug zu tun, lass mich doch verdammt noch mal in Ruhe, bitte mich um nichts, ich kann dir nicht helfen, ich bin keine Zauberkünstlerin, ich habe wahrlich selbst genug Probleme, du siehst doch, dass ich zu jemandem unterwegs bin, dass ich keine Zeit habe, dass ich normale Straßenkleidung trage und keine Pflegerin bin, du siehst doch, dass ich nicht dir gehöre, sondern jemand anderem. Und du siehst doch, dass du mir schreckliche Angst machst, weil du meine bohrende Furcht weckst, eines Tages in der gleichen unwürdigen Situation zu landen; ohne zu wissen, krank und in hohem Alter, wo ich in der nächsten Nacht schlafen werde.

Ich bin sechsundfünfzig Jahre alt, und die Zeit geht unmerklich und makaber schnell. Es ist nicht besonders lange her, dass ich dreißig war. Ergo ist es auch nicht besonders lange hin, bis ich achtzig sein werde.

Als ich bei »Mamas Zimmer« ankam, saß sie im Sessel und schlief mit dem Kopf auf der Brust, der war noch nicht zwischen ihre Knie gekippt, wie ihr das im tiefen Schlaf immer wieder passierte.

Sie lächelte im Schlaf. Ich registrierte, dass die beiden winzig kleinen Hörapparate in ihren Ohren steckten. Also brauchte ich sie nicht dazu zu bewegen, sie einzusetzen, wenn sie erwachte.

Ich hatte mich vorsichtig die letzten Meter bis zu ihrer Tür geschlichen, und ich ließ mich lautlos auf den Stuhl sinken. Ihr schlafendes Gesicht war wie das eines Kindes, kokett und gespannt, wie ein kleines Mädchen, das in den Händen hinter dem Rücken etwas versteckt.

»Welche Hand willst du haben? Links oder rechts?«

Mehrere Minuten vergingen, ehe sie bemerkte, dass ich gekommen war, zuerst begann sie mit einem Schnaufen, den Kopf zu heben, noch immer mit geschlossenen Augen, dann drehte sie mir ihr Gesicht zu und sah mich.

»Anne.«

»Jepp. Hier bin ich, siehste.«

»Ja, ich dachte schon, ich könnte den Zigarettenrauch riechen. Sitzt du schon lange hier?«

»Nicht doch. Bin eben erst gekommen.«

»Ich will nicht, dass jemand mich ansieht, wenn ich schlafe und schnarche und sicher sabbere.«

»Du sabberst und schnarchst nicht, da kannst du also ganz beruhigt sein.«

»Du würdest es aber nicht sagen, wenn es anders wäre.«

»Du hast noch nie geschnarcht, Mama. Du schläfst ganz lautlos. Dafür bist du berühmt.«

»Ha! *Fifteen minutes of fame*, weil ich nicht schnarche. Was du so redest.«

»Aber du hast bestimmt etwas Schönes geträumt.«

»Wieso meinst du das?«

»Du hast im Schlaf gelächelt.«

»Jetzt lächele ich nicht mehr, jetzt fällt mir ja alles wieder ein. Aber ich freue mich, weil du hier bist.«

»Was hast du denn geträumt?«

»Ich muss einen Schluck Wasser haben. Mein Mund fühlt sich an wie der Boden eines Hamsterkäfigs.«

»Vielleicht hast du ja von Caroline geträumt.«

»Nein, du. Das auf jeden Fall nicht. Aber ich habe einen Trick entdeckt.«

»Einen Trick? Was für einen denn?«

»Um wegzukommen. Ich nenne es nicht Schlaf, ich nenne es Ruhen.«

»Damit hast du doch keine Probleme. Nicht jetzt, wo du krank bist, du nickst doch zwischendurch so oft ein.«

»Wozwischen?«

»Zwischen zwei Sätzen.«

»Ja… aber das ist nur so ein kurzes Nickerchen. Wie irgendwo zum Aufladen zu liegen. Dann träume ich nicht, ich bin nur für einen Moment weg.«

»Und das hier ist anders?«

»Ja, das hier ist eine Art wache Ruhe mit geschlossenen Augen, das ist einfach wunderbar. Ganz wunderbar. Nur wegen dieses Tricks. Und es ist fabelhaft effektiv, das kannst du dir nicht vorstellen. Jetzt bring mir schon das Wasser, Anne.«

»Das muss ich erst ein bisschen laufen lassen, es ist fast lauwarm. Und was für ein Trick ist das also?«

»Nein, stell dir vor, das will ich nicht verraten, ich will ihn für mich behalten, ich glaube nicht, dass er noch so gut wirkt, wenn ich jemandem davon erzähle.«

»Ach?«

»Ja, so ist das. Vielleicht ein andermal.«

Ein andermal …

Dass sie noch immer glaubte, sie habe die freie Wahl zwischen anderen Malen.

Das war Ende Januar. Sie war einundachtzig Jahre alt.

»JA!«, RIEF ICH LAUT, als mir aufging, dass ich über Mama schreiben musste. Denn es würde garantiert eine verdammt harte Reise werden, aber eben auch eine sehr interessante Reise, das war mir sofort klar.

Aber warum hatte ich es nicht schon früher begriffen? Dass ich über sie schreiben musste? Über das alles? Einige Monate waren vergangen, aber mir kam es vor wie Jahre, seit den Höllentagen in Wien im vergangenen November, als Mamas Krankheit explodiert war, von dem, was wir zunächst für eine zwar kräftige, aber normale Erkältung hielten, die, davon wich sie keinen Millimeter ab, diese Tage, die sie zu allem Überfluss auch noch gewonnen hatte, nicht ruinieren sollte, sie hatte eine Reise für zwei Personen mit Karten für *La Bohème* und einer Vorführung in der Spanischen Hofreitschule gewonnen. Die Reise nach Wien hatte sie bei einem Strauß-Konzert mit den K&K Philharmonikern im Osloer Konzerthaus erbeutet, nur eine Einzige im ganzen Saal hatte das geschafft, eben Mama.

Am Tag der Abreise wollten wir uns am Flughafen Gardermoen treffen. Ich kam mit dem Flugzeug aus Trondheim, sie mit dem Taxi aus Stovner, ich hatte versprochen, vor der Abflughalle auf sie zu warten. Am Vorabend hatten wir telefoniert, und sie keuchte und schnaufte dabei.

»Bist du sicher, dass du gesund genug zum Verreisen bist, Mama?«

»Ja, natürlich bin ich das! Diese Reise wollen wir uns doch wirklich nicht entgehen lassen, so was hab ich noch nie gehört!«

Als das Taxi vorfuhr, konnte sie sich kaum aus dem Rücksitz quälen, ich musste ihr helfen, und sie blieb stehen und schwankte mit geschlossenen Augen an ihrem Stock. Ich holte einen Rollstuhl, mit dem ich sie zum Flugzeug bringen konnte. An Bord bat ich eine Flugbegleiterin, auch für die Ankunft einen Rollstuhl zu bestellen. Aber als wir vor dem Hotel aus dem Taxi stiegen, konnte sie sich nur auf ihren Stock und meinen Arm stützen, und es ging im Schneckentempo, mit langen Pausen und pfeifendem Atem.

»Himmel, Mama, du bist doch krank!«

»Nur ein bisschen erkältet. Das ist nicht meine erste Erkältung, und ich weiß genau, wie so eine Erkältung sich anfühlt.«

Und sie konnte wirklich drei Tage durchhalten, mit einem Ausflug auf einen kleinen Weihnachtsmarkt, wo sie einen Glasengel für Elin kaufte, und der Vorführung in der Spanischen Hofreitschule, ehe Schluss war und sie schon nach wenigen Schritten klang, als ob sie erwürgt würde. Ich musste einen Arzt aufs Hotelzimmer kommen lassen, und der bestellte fast sofort einen Krankenwagen.

Jetzt waren also einige Monate vergangen, seit sie und ich in einem Gemeindekrankenhaus in Österreich gestrandet waren, mit Rückflugtickets, die ich zu stornieren vergaß, als Mama eingewiesen worden war.

Der Standard in einem öffentlichen Krankenhaus in einem Land, in dem es von Privatkliniken nur so wimmelt, ist alles andere als erstklassig. Und die geriatrische Abteilung in einem öffentlichen Krankenhaus in Österreich ist noch einige Klassen tiefer angesiedelt. Wir waren dort unten gelandet, weil

Mama gelogen hatte, als sie vor der Abreise versichert hatte, ja, natürlich habe sie eine alles deckende Auslandsreisekrankenversicherung.

Die Wahrheit war, dass ihre beiden früheren Herzklappenoperationen den Versicherungsgesellschaften grünes Licht dafür gegeben hatten, eine jährliche Versicherungssumme zu verlangen, die dem Preis eines gut erhaltenen Gebrauchtwagens entsprach, was sie wutschnaubend abgelehnt hatte. Dieses Geständnis kam wie ein schluchzender Wasserfall im Hotelzimmer gleich um die Ecke von der Wiener Staatsoper, während die beiden jungen Sanitäter wissen wollten, in welches Krankenhaus sie uns bringen sollten. Der Arzt, den das Hotel besorgt hatte, stand mit großen Augen kopfschüttelnd da, als ihm aufging, dass hier keine Reisekrankenversicherung einspringen würde.

Mama schluchzte und weinte und rang um Atem.

»Entschuldige, Anne. Entschuldige, entschuldige … weil ich … gelogen habe. Ich … dachte, sonst … kommst du nicht … mit nach Wien.«

»Mama. Voriges Jahr waren wir doch in Oman! Warst du da auch nicht versichert?«

»Nein …«

»Na gut. Öffentliches Krankenhaus in Oman. Das hätte richtig interessant sein können. Aber dann müssen wir es wohl diesen reizenden jungen Männern hier überlassen, das nächstgelegene Krankenhaus auszusuchen. Das nächstgelegene öffentliche Krankenhaus.«

»Entschuldige, Anne. O Gott …«

Sie rang nach Atem, und ich musste meinen Zorn hinunterschlucken, einen Zorn, der zwar meiner Fürsorge entsprang, der aber doch einer guten altmodischen rot glühenden Wut glich. Es war so typisch für sie, nicht weiter als höchstens zwei Züge in die Zukunft zu sehen.

Ich selbst hatte drei verschiedene Reiseversicherungen, aber in diesem Fall galt keine davon, da Mama und ich zu Hause in Norwegen keinen gemeinsamen Haushalt führten. Wenn ich die Tickets mit meiner Mastercard gekauft hätte, hätte das den Unterschied gemacht, aber die Tickets waren mit der Post gekommen, gratis, sie waren ja bei der Verlosung gewonnen worden. Und waren Mamas großes Reisegeschenk für mich.

»Weil du mir diese fantastischen Wochen in Dubai und Oman voriges Jahr geschenkt hast«, hatte sie gesagt, als sie mir am Telefon von ihrem Gewinn erzählte.

»Wir bringen dich jetzt in den Krankenwagen. Da bekommst du Sauerstoff.«

»Du bist nicht böse? Anne?«

»Nicht doch. Jetzt wird alles gut.«

»Du musst… vielleicht morgen allein… in *La Bohème* gehen… wenn ich nicht…«

»Das findet sich schon noch, Mama. Komm jetzt. Die reizenden jungen Herren werden dir helfen.«

Nach den Tagen in Wien, wo die Ärzte nicht feststellen konnten, was ihr fehlte, außer, dass es nicht Asthma, Lungenentzündung oder Wasser in der Lunge sein konnte, nach einer traumatischen Heimreise, die geprägt war von Mamas stöhnender Atemnot, mit Umsteigen in Kopenhagen, mit immer neuen Rollstühlen und einem Strom von Lügen für das Personal in zwei Flugzeugen, Mama leide an Flugangst und sonst fehle ihr rein gar nichts, damit sie nicht eine ernsthafte Krankheit mutmaßten und sich weigerten, uns mitzunehmen, und nachdem Mama aus purem Trotz zwei Tage lang in ihrer Wohnung in Stovner gesessen hatte, ohne ans Telefon zu gehen, ehe sie kurz vor dem Ersticken selbst den Notarzt verständigte, hatten Verzweiflung und Hilflosigkeit wirklich alle Stunden und Tage und Wochen und Monate gezeichnet, und das Einzige, was ich hatte schreiben können, war ein kurzer Text für *Dagbladet* über den Terroristen von Utøya und dem Regierungsviertel.

Mein nächster Roman befand sich noch im Planungsstadium, er bestand bisher nur aus einem flachen A4-Ordner, der unzusammenhängende und kunterbunte Notizen und Ausdrucke aus dem Internet enthielt. Ein Embryo von Roman.

Dieser Ordner, der dunkelblau war, mit einem dicken Gummiband verschlossen wurde, und der noch immer in der rechten unteren Ecke ein weißes Etikett mit Strichcode aufwies, lag zäh und breit und grausam aufdringlich auf meinem Schreibtisch neben dem Mac.

Ich sah den Ordner jeden Tag, immer, wenn ich zu Hause war, wenn ich mein Arbeitszimmer betrat, um Mails zu lesen oder im Internet nach Mamas Krankheit zu suchen. Und jedes Mal fuhr ein Stich aus glühend heißem Adrenalin durch meinen Bauch ins Brustbein hoch, weil der erste Spatenstich zu einem neuen Roman dort einsam und verlassen herumlag, ich hatte keine Zeit dafür, ich schlug nicht einmal den Ordner auf, um einen Blick auf den Inhalt zu werfen, um das Thema lebendig und verheißungsvoll bleiben zu lassen, es kam mir unmöglich vor, je wieder in diese Romanidee einzusteigen.

Aber ich wagte auch nicht, den Ordner in einen Schrank zu legen.

Er musste dort liegen, als Strafe, als Erinnerung, als ekelerregende kleine Eiterbeule, die von Monaten ohne Arbeit, ohne Plan berichtete. Der einzige mildernde Umstand, an dem ich mich in dieser Zeit hochziehen konnte, war, dass ich unglaublicherweise genug Geld hatte, um einige Monate lang nicht zu arbeiten. Ich würde nicht in Konkurs gehen, wenn ich nichts tat, ich ging auch nicht in Konkurs, wenn ich kurzfristig zu einem Wucherpreis Flugtickets kaufte, ich ging nicht in Konkurs, wenn ich mit dem Taxi von Gardermoen nach Stovner fuhr, spätabends, wenn ich es nicht aushielt, im Flughafenbus zu sitzen, der bei jedem Mauseloch anhielt.

Aber dann. Plötzlich.

Ich hatte im Lebensmittelladen einkaufen wollen, zu Hause in Trondheim. Ich glaubte in meiner Einfalt, dass ich mich nur auf den Inhalt meiner Einkaufsliste konzentrieren musste, die ich zu Hause vergessen hatte.

Ich glaubte, nur an Roggenbrot und Zwiebeln und Leberwurst und magere Buttermilch und Käse und Wattepads denken zu müssen, dann würde mir schon einfallen, was ich wohl vergessen hatte und was mich nachher total fertigmachen würde. Ich konnte ohnehin nicht sehr viel zu essen kaufen, es blieb doch nur im Kühlschrank liegen und überschritt das Verfallsdatum, ich würde ja nur einige Tage zu Hause verbringen, aber gleichzeitig musste ich krampfhaft versuchen, in diesem Ausnahmezustand ein wenig Normalität zu schaffen, und dann fiel es mir Gott sei Dank ein:

Glühbirnen!

Die Lampe im Treppenhaus hatte ihren Geist aufgegeben.

Ich verspürte schwindelerregende Erleichterung, als mir das einfiel, es war ja so wichtig, gerade jetzt, die Falten in der zerknitterten Decke um mich herum glattstreichen zu können. Eine neue Glühbirne für das Treppenhaus war etwas Gutes, weil ich mir bewiesen hatte, dass ich dieser Aufgabe gewachsen war. Und ich könnte mein Augen-Make-up mit weichen Wattepads entfernen, was besser war, als mir die Augen mit Klopapier rot und runzlig zu reiben. Hatte ich übrigens genug Klopapier?

Ich ging langsam über den schmutzigen Bürgersteig, als mir plötzlich auffiel, dass der Streusand des Winters auf eisglattem Frost jetzt zu Schlamm geworden war, an diesem plötzlich warmen Februarende.

Es war eine Wärme, auf die ich nicht vorbereitet war. Mama war auf dem Weg, unten in Oslo auf hässliche und würdelose Weise zu sterben, und ich war nur ganz kurz zu Hause, um nach der Post zu sehen, um einen Moment lang durchzuatmen, während Elin im Süden so lange die Stellung hielt.

Frühling war wirklich das Letzte, was ich jetzt brauchen konnte.

Was ich brauchte, war weißer Schnee, der alles bedeckte. Unangreifbar und eiskalt. Eine stabile Winterkälte, die sich nicht veränderte, wenn man ihr für einen Moment den Rücken zukehrte. Einen Naturzustand, auf den Verlass war. Könnte ich nicht einfach hier ein bisschen die Kontrolle behalten, für einige erbärmliche, kurze Tage, könnte mir nicht eine kleine Auszeit gewährt werden?

»Großer Gott«, flüsterte ich und musste mich plötzlich zusammenkrümmen. Ich richtete mich auf und schluckte hart und trocken, mehrere Male hintereinander, komischerweise schaute niemand in meine Richtung, obwohl überall Menschen waren, zu Fuß, auf dem Rad, Eltern mit kleinen Kindern, die im Schneesand in den Sandkästen im Park herumwühlten. Aber wenn sie mich anschauten, könnten sie glauben, ich hätte mich nur nach etwas auf dem Boden gebückt. Einer Münze vielleicht, oder einem auf Irrwege geratenen Schnürsenkel.

Ich hatte es nach dem Aufstehen nicht einmal über mich gebracht zu duschen, hatte nur mit einem Waschlappen herumgeschmiert, alles war ein Chaos, Leben und Tod, Zeit und Ort, ich träumte in wachem Zustand, ich war hellwach, wenn ich schlief. Der Koffer stand immer offen, wenn ich für einige wenige Tage nach Hause kam, ich nahm nur das heraus, was gewaschen werden musste, und legte es direkt aus dem Wäschetrockner wieder hinein, Mama hatte keine Waschmaschine in der Wohnung in Stovner, sie hatte alles immer mit der Hand gewaschen. Sie hatte Zugang zu einer gemeinsamen Waschküche, doch da konnte sie psychotischen und drogensüchtigen Mitbewohnern begegnen, deshalb hatte sie nie einen Fuß in diesen halbdunklen Kellerraum gesetzt.

Ich war total erschöpft, aber auf eine ganz besondere Weise. Nicht wie damals, als ich zwei Monate lang rund um die Uhr für mein Examen gebüffelt habe, oder wie wenn ich einen Roman geschrieben oder einen wochenlangen Umzug hinter mich gebracht oder einfach eine heftige Grippe erwischt hatte.

Wenn ich jetzt im Nachhinein diesen Zustand mit etwas vergleichen müsste, dann mit den Monaten, nachdem ich im Alter von dreiundzwanzig Jahren zum ersten Mal Mutter geworden war, in ein vollkommen fremdes Element geworfen, bis ins Mark erschüttert war. Ein Zustand, bei dem es darum ging, nahezu wortlos und schlaflos in etwas zitternd Großes und Unbekanntes zu fallen, mit der Erkenntnis, dass Aufgeben keine realistische Alternative war. Ich musste funktionieren, jeden Tag aufs Neue.

Und plötzlich rief ich aus: »JA!«

Wie taucht ein Roman im Kopf einer Autorin auf?

Ich weiß ja, dass es die Autorin in mir war, die Anne aus der glühenden Schmelzbrühe zog. Zu wissen, einzusehen, verdammt, hierüber kann ich schreiben. Zu diesem Zeitpunkt lebte ich seit fast drei Monaten im Ausnahmezustand, ohne mich auch nur ein einziges Mal als Autorin zu sehen, ich war nur ganz und gar und durch und durch Tochter gewesen, eine unschlüssige und verzweifelte Tochter.

Ich wäre fast dabei ertrunken.

Mit vier Jahren war ich fast in einer Jauchegrube ertrunken. Die Jauche stand zehn Zentimeter hoch in der Grube, die Erwachsenen füllten den Container auf dem Traktoranhänger, die Jauche sollte auf Kartoffelfeld und Rhabarbergarten verteilt werden. Unten in der Grube gab es Abflusslöcher, listig versteckt durch die braune und ebene Oberfläche. Ich stapfte mit meinen Stiefeln voll in das eine Loch und war sofort verschwunden.

Mein Onkel zog mich an den Haaren heraus, als ich zum zweiten Mal an die Oberfläche kam, während meine Kleider noch immer ein wenig mit Luft gefüllt waren. Das Loch war zwei Meter tief, ich hatte bis tief in die Bronchien Urin und andere Kuhabsonderungen eingesogen, in Ohren und Nasenlöcher, Augen und Mund, überall.

Aber dann, plötzlich: Ja!

Ich stieg wieder an die Oberfläche.

Luft.

Als ich vom Einkaufen zurückkam, lief ich sofort zum Schreibtisch, blieb eine Weile dort stehen und schaute mir den dunkelblauen Ordner an, der sich dort breitmachte. Dann legte ich ihn in den Schrank und fischte die Tüte mit der Glühbirne aus der einen Plastiktüte. Ich knipste den Lichtschalter nicht aus, ehe ich die neue Glühbirne eindrehte.

Neues Licht wurde in meiner Hand entzündet, und ich empfand eine gewaltige Erleichterung.

»HAST DU LAUT GERUFEN, als du allein auf der Straße zum Laden unterwegs warst?«, fragte Mama. »Also, das ist ja ein Ding!«

»Das kannst du wohl sagen.«

»Nur, weil du über mich schreiben willst?«

»Ja. Weil mir das plötzlich aufging. Ganz plötzlich. Da und dort. Mir ging auch auf, dass das verdammt schwierig sein würde. Aber eben auch interessant.«

»Und du schreibst auf jeden Fall, ob ich sterbe oder nicht?«

»Aber klar doch.«

Ich war seit einer Woche an der Arbeit, machte Notizen, überlegte, plante, ich hatte einen neuen Ordner schon ziemlich voll, diesmal einen hellgrünen, ohne dass diese Farbe auf irgendetwas anspielte, denn hier gab es nicht viel Hoffnung, Farbe hin oder her. Und an diesem Tag hatte ich beschlossen, es ihr zu erzählen. Weil ich wusste, dass sie sich darüber freuen würde, auch wenn sie sicher ihren Stolz hinter ziemlich durchsichtiger Koketterie verstecken würde, und weil ich hoffte, dass sie mir dann Dinge erzählen würde, die sie sonst niemals erwähnt hätte.

Die wenigen Male in ihrem Leben, als Mama interviewt worden war, hatten ihre Wangen danach noch stundenlang glücklich geglüht, sie stand so gern im Mittelpunkt der Aufmerksamkeit, eben, weil sie das Gefühl hatte, dort wirklich nicht das Geringste zu suchen zu haben.

»Und warum, glaubst du, das wird … *verdammt schwierig?* Wenn ich fragen darf?«

»Weil du ganz schön verrückt warst. Nicht gerade eine Durchschnittsmutter.«

»Ja gut. Na gut. Wo willst du denn anfangen?«

»Vielleicht damals, als ich dich zur Autobahnauffahrt in Klett gefahren habe. Und du per Anhalter nach Istanbul wolltest. Himmelarsch. Ich saß noch eine Weile an der Bushaltestelle und schaute hinter dir her. Shorts und Turnschuhe und ein riesiger Rucksack, verdammt, so blöd und hoffnungslos hast du ausgesehen, wie du da im Schneckentempo die E6 in Richtung Melhus entlanggingst. Du hast dich nicht mal umgedreht. Ich wusste nicht, ob ich lachen oder weinen sollte. Eine kleine ältere Frau dort am Straßenrand.«

»Ältere Frau? Ich war zweiundfünfzig. Jünger als du jetzt. Um mal bei der Wahrheit zu bleiben.«

»Aber damals war ich doch jung. Alles ist relativ. Und wir haben geglaubt, wir würden dich niemals wiedersehen.«

»Ich kann Abschiede nicht leiden, Anne, das weißt du. Deshalb habe ich mich nicht umgedreht. Ich wusste doch, dass du gewartet und mir hinterhergestarrt hast.«

»Aber du wolltest nach Istanbul! Du hättest dir ein kurzes Winken abringen können. Einen Blick über die Schulter, jedenfalls. Also echt.«

»Ich wusste zu diesem Zeitpunkt doch wirklich nicht, ob ich es nach Istanbul schaffen würde, Anne. Ich war nur total verrückt vor Wanderlust.«

»Von Trondheim bis Istanbul sind es dreitausendsiebenhundert Kilometer, Mama, ich habe nachgesehen. Wie weit muss man denn *wandern,* um zufrieden zu sein? Zu Hause hast du dich doch offenbar auch wohl gefühlt? Du hast alles schön gemacht und getischlert und gebacken und eingerichtet und organisiert, und du warst immer guter Laune. Du hattest so wahnsinnig viel Energie!«

»Ach, meine Liebe, ich wäre fast erstickt. Und dann hast du dich ja von Finn scheiden lassen. Diese wahnsinnige Energie, wie du das nennst, die ist von da an wohl ein bisschen im Sande verlaufen. Ich wollte nur weg, so weit weg wie möglich.«

Ich sah sie an, sah ihren Blick aus dem schmutzigen Fenster mit dem gallegrünen Vorhang strömen, wo mehrere Ringe sich von der Stange gelöst hatten, sodass der Vorhang wie ein asymmetrisches Aschenputtelkleid herunterhing. Ein gemeindeeigener Vorhang für Oslos Alte im Transit.

Mama war jetzt wirklich ganz unten gelandet, im Pflegeheim Furuset, noch tiefer unten als die geriatrische Abteilung des öffentlichen Krankenhauses in Wien. Jetzt staunte ich nicht mehr über Zeitungsberichte von miserablen norwegischen Pflegeheimen. Als Mama ohne Vorwarnung hierher verschickt worden war, wie ein Paket, hatte Elin mich in Lillestrøm vom Flughafenzug abgeholt und gesagt:

»Du musst jetzt auf das Schlimmste vorbereitet sein, Anne.«

Aber das war mir nicht gelungen.

Das hier war die letzte Haltestelle. Bei Mama war ein Lymphkrebs diagnostiziert worden, der das Gewebe in ihrer Lunge verklebte. Sie war rund um die Uhr auf Sauerstoffzufuhr angewiesen, der Sauerstoff strömte durch einen Y-förmigen Plastikschlauch durch ihre Nase, mit einem leisen, zischenden Geräusch, einem fast lieblichen und fast einschmeichelnden Geräusch im Vergleich zu dem unmenschlichen Getöse, das der Sauerstoffapparat an sich produzierte. Es war ein Steinzeitgerät, das auf dem Boden stand und saugte und zitterte, es klang wie ein wütender Vielfraß, der in einem engen

Eisenkasten eingesperrt ist. Nachts bat Mama das Personal, die ganze Konstruktion auf den Gang hinauszustellen, die Leitung war durchaus lang genug, so klein, wie ihr Zimmer war.

Der Apparat wog achtzehn Kilo, ich entdeckte nämlich eines Tages draußen auf dem Gang eine Badezimmerwaage und wuchtete das Teil darauf.

In Stovnerskogen, im richtigen Pflegeheim, hatte sie einen eleganten und modernen Sauerstoffapparat von der Größe eines Cornflakeskartons gehabt, der Apparat konnte an ihrem Rollator befestigt werden, und sie hatte ihn allein bedienen können, mit einigen wenigen Tastendrucken.

Aber der Sauerstoff sorgte jedenfalls dafür, dass sie nicht nach Luft schnappen musste, wenn sie redete, und Mama hatte immer gern geredet, sie hatte lieber geredet als zugehört. Aber sie sprach jetzt leiser, sparte Kraft und Luft, wir mussten uns ab und zu anstrengen, um sie hören zu können. Das war noch nie vorgekommen, in der Regel hatten wir sie anfauchen müssen, sie solle leiser sein, wenn sie so marktschreierisch laut geworden war, dass die ganze Umgebung jedes Wort verstand.

Obwohl sie jetzt leise sprach, wollte sie weiterhin am liebsten ununterbrochen mit mir sprechen, wenn ich in Oslo war. Das bedeutete stundenlange Gespräche, ich war jeden Tag drei, vier Stunden bei ihr, ab und zu morgens und abends, wenn ich schon in Oslo war, deshalb war ich ja da. Auf diese Weise wurde Elin entlastet und konnte dann noch einmal anrufen, wenn ich gegangen war. Ich schickte ihr immer eine SMS, wenn ich Mama verließ, und dann wusste Elin so ungefähr, wann sie anrufen sollte.

Mama schob sich die Plastikschläuche tiefer in die Nase, schaute auf ihren Schoß, dann auf das eine Bein, das auf einem kleinen Schemel ruhte, das Bein, das jetzt blau und rot und gelb und doppelt so groß war wie das andere, nach dem fatalen Sturz sechs Tage zuvor, als sie sich allein aufs Klo geschleppt hatte. Allein, weil sie sich nicht traute, an der Schnur zu ziehen, um Hilfe zu holen, für den Weg aus dem Bett und zu der komplizierten Toilette, die sich in einem kleinen Schrank in der Zimmerecke befand. Das Ergebnis waren vier Bluttransfusionen in der Klinik Ahus. Dort durfte sie mitten in ihrem Krebs drei seligmachende Tage verbringen.

»Gott, Anne, es ist ja so schön hier«, sagte sie am Telefon. »Ich fühle mich so gut aufgehoben. Es ist wie ein kleiner Urlaub.«

Doch danach ging es gleich zurück ins Pflegeheim Furuset. Da sie Lymphkrebs hatte, stauten sich in ihr die Flüssigkeiten.

Aber die letzte Chemo lag zwei Wochen zurück, deshalb war sie wie immer ganz klar im Kopf, wie vor ihrer Krankheit, nur war ihre Stimme eben leiser. Und wenn sie sich nur wachhalten konnte. Sie wollte reden, mich ansehen, meine Stimme hören, ihre eigene Stimme hören, im Leben anwesend sein, erinnert werden und sich erinnern.

»Ich wollte doch nur weg …«

»Ja, das wolltest du wohl, Mama. Das haben Elin und ich auch gemerkt. Du warst immer total niedergeschlagen, wenn du von einer Reise zurückkamst. Andere kommen munter und zufrieden nach Hause, du aber versankst sofort in einer Depression, weil du nicht mehr auf Reisen warst.«

»Aber nicht, als ich von der Tramptour zurückkam! Da war ich so froh, weil ich wieder zu Hause war. Froh, weil ich endlich Beine und Rücken ausruhen konnte.«

»Du warst ja auch eine Ewigkeit weg gewesen.«

»So lange nun auch wieder nicht. Nur sechs Wochen.«

»Das ist auch ganz schön lang. Aber du wolltest also neu anfangen.«

»Vielleicht. Nein. Ich habe eigentlich keine Ahnung. Ich weiß es nicht. Da war ich schon zweiundfünfzig«, sagte Mama. »Das kann man ja nicht gerade einen Anfang nennen.«

»Doch, irgendwie schon. Weil du da angefangen hast, dich so richtig gehen zu lassen. Von da an eigentlich. Wenn wir bei der Wahrheit bleiben wollen.«

»Anne. Reiß dich zusammen. Ich hab mich noch nie gehen lassen, wie du das nennst, in keiner Hinsicht. Ich habe nur alles ein bisschen anders gemacht. Kannst du nicht lieber mit dem Anfang anfangen? Mit deiner Geburt. Das ist doch normal für eine Schriftstellerin.«

»Mit meiner Geburt? Meinst du wirklich? Ja, denn du behauptest sicher noch immer, ich sei auf einer Slalompiste in Geilo gezeugt worden? Und sei ein totaler Zufall gewesen, ein regelrechter Unfall!«

»Ja … das tu ich wohl. Ich bin doch gefallen, weißt du. Hals über Kopf mitten in einer Kurve mit einem komischen Baumstumpf. Wie kann man denn einen Baumstumpf mitten auf eine Slalompiste stellen!«

»Einen Baumstumpf *stellt* man nirgendwohin, Mama. Ein Baumstumpf war irgendwann mal ein Baum.«

»Ein Baum wäre viel besser gewesen, den hätte ich doch schon von Weitem gesehen. Und es war erst der zweite Tag in meinem Leben, an dem ich Skier an den Füßen hatte. Und dann gleich eine Slalompiste, hast du so was schon mal gehört! Dein Vater hat mir wirklich ganz schön viel zugetraut. Und gedacht, ich als Dänin könnte so einfach aus dem Handgelenk geschüttelt auf Skiern …«

»Und dann kam der Baumstumpf. Den irgendwer dort aufgestellt hatte.«

»Ja. Und ich blieb einfach liegen. Und da hat er seine Gelegenheit gewittert.«

»Um zu …«

»Meine Güte. Ich rede nicht gern über so was… Ich hab mich für diese Bettgymnastik nie so richtig begeistern können. Aber ja.«

»Sex nennt man das. Und ihr lagt außerdem auf einer Skipiste, nicht in einem Bett. Und er hat seine Gelegenheit gewittert.«

»Du musst aber auch immer ….«

»Ich sage nur die Wahrheit. Bettgymnastik findet doch im Bett statt.«

»Das ist mir schon klar, meine Liebe. *You split hairs.* Das ist ja auch dein Beruf. Das ist mir klar.«

»Na ja, Beruf.«

»Sicher ist das dein Beruf. Hast du jetzt vielleicht in deiner Handtasche ein Tonbandgerät versteckt? Du willst doch darüber schreiben, hast du gesagt.«

»Nein, das nicht gerade. Aber ich kann mir solche Dinge eben merken. Ich vergesse meinen eigenen Geburtstag, aber für Gespräche und Geschehnisse habe ich ein Elefantengedächtnis. Ob du das glaubst oder nicht. Hast du dich verletzt? Als du auf der Slalompiste gestürzt bist?«

»Du meine Güte, interessierst du dich plötzlich für mein Wohlergehen? Aber nein, daran kann ich mich wirklich nicht erinnern. Es ist so lange her. Andere Dinge waren irgendwie… Ich hatte danach unter den Kleidern überall Schnee. Himmel.«

»Und keine anderen Menschen in der Nähe? Niemand hat euch gesehen?«

»Dein Vater war doch ein hochqualifizierter Militär, Anne. Er ist in den Gazastreifen gegangen, als du drei Monate alt warst. Er kannte sich aus mit Auskundschaften. Ich kann mich auch nicht erinnern, dass ich Angst hatte, andere könnten in der Nähe sein, nein, ich bin davon ausgegangen, dass er das alles im Blick hätte.«

»Aber du weißt noch, dass ihr mich gemacht habt.«

»Ja, das muss damals gewesen sein. Ich war nämlich ziemlich prüde. Er ist nicht so oft zum Zug gekommen.«

»Du warst Dänin und hattest einen verdammten Superbusen, Mama. Und Papa war ein unterernährter Bauernjunge aus Hardanger. Heiße Verbindung. Ich wünschte, ich hätte euch damals gekannt. Euch gesehen. Die totale Wahnsinnsvorstellung.«

»Wahnsinn? Wieso das denn? Nein, jetzt reden wir über etwas anderes. Und sag nicht ›verdammt‹, Anne. Das passt nicht zu dir.«

»Ich bin eben aus der Region Trøndelag, und das liegt an dir und Papa, ihr wolltet ja unbedingt nach Trondheim ziehen, und hier sagt man *verdammt*, wann immer man kann, es ist ein verstärkendes Adverb, in positiver und negativer Bedeutung, das weißt du sehr gut. Willst du nicht noch etwas essen?«

»Wenn es wenigstens Haferbrei wäre, Haferbrei ess ich gern. Ich würde mich mitten in den Klecks Butter in der Mitte fallen lassen. Ich liebe Butter, das weißt du. Flüssige Butter, zerlassene. Gute Butter. Ich könnte sie fast schon trinken, glaube ich.«

Sie schaute mutlos zu ihrem Nachtisch hinüber. Grünes Gelee, das in Vanillesoße aus dem Karton badete, es war eine ihrer letzten Mahlzeiten, aber das wussten weder sie noch ich. Sie sollte nur noch elf Tage leben, nachdem die Klinik Ahus sie mit vier frischen Blutkonserven im Leib zurück nach Furuset geschickt hatte.

Das Hauptgericht war lauwarmer Fischpudding mit gemischtem Gemüse, sie hatte ein wenig Fischpudding gegessen und dann mit zitternder Hand den Plastikdeckel über den Teller geschoben, um nicht mit diesem Elend konfrontiert zu werden. Fischpudding, neben tiefgefrorenes Gemüse geklatscht, das seinerseits zu moosweichen Stücken in Pastellfarben zerkocht worden war. Einige dunkelbraune Flecken oben auf der fischpuddingweißen Fläche sollten wohl beweisen, dass er ein paar jämmerliche Sekunden in der Bratpfanne verbracht hatte. Oder auf ein glühend heißes Teflonfließband geworfen worden war, was wusste denn ich über Massenproduktion von Anstaltskost?

»Ein bisschen Gemüse vielleicht? Auch das nicht?«

»Nein. Vielen Dank. Das da nenne ich außerdem nicht Gemüse.«

Sie brachte kaum Essen hinunter, sie, die ihr Leben lang versucht hatte abzunehmen. Ihr ganzes *Scheißleben* lang hatte sie eine Schlankheitskur nach der anderen gemacht, und das war nicht einmal gelogen, um das mal klar zu sagen.

»Weißt du noch, das Essen in Wien, Mama ... großer Gott!«

»Im Krankenhaus, ja. Das war trotz allem noch schlimmer als das hier. Trotz allem. Wenn du mir da unten nicht jeden Tag was zu essen gebracht hättest, ich weiß nicht, was ich getan hätte.«

»Und das Frühstück im Hotel, ehe du ins Krankenhaus musstest, das hast du verpasst. Das war fantastisch.«

»Es war blöd von mir, das gebe ich jetzt zu. Schreib es auf, und dann unterschreibe ich, es kommt nicht oft vor, dass ich einen Fehler zugebe. Denn da hatte ich ja wirklich Appetit, ich war grün vor Neid, wenn du morgens zum Frühstück nach unten gingst.«

Mama hatte Portionspackungen Diät-Pulver im Koffer

gehabt, dazu einen Quirl und eine Plastikschüssel. Jedes Hotelfrühstück wurde durch dieses Pulver ersetzt, das mit gekochtem Wasser aus dem Wasserkocher im Zimmer angerührt und in großen Schlucken aus der Schüssel getrunken wurde. Dann saß sie danach mit ihrer nüchternen Teetasse im Speisesaal und sah von der anderen Seite des Tisches her zu, wie ich mich mit Smoothies und Pastete und Rührei und Schinken und Käse aller Art und duftendem Wiener Gebäck vollstopfte.

»Immerhin haben wir Sachertorte gegessen, Mama. In der Konditorei Demel, vor der Vorführung in der Hofreitschule.«

Sie lächelte. Ihre farblosen Augenwimpern füllten sich für einen Moment mit Feuchtigkeit, sie leuchteten, sie blinzelte ihre Tränen weg.

»Und das war ja so fantastisch! Dass ich das endlich erleben durfte! Ich hatte so viel darüber gelesen, über die wunderschönen Lipizzaner, es war einfach göttlich, Anne. Es war das pure Fest für mich. Das pure Fest! Und ich wusste ja schon vorher alles, was bei der Führung gesagt wurde. Haha! Ich meine, natürlich nicht die Namen der einzelnen Pferde und Reiter. Aber die Geschichte und die Philosophie der Schule und der Ausbildung der Pferde und …«

»Ich hatte jetzt eigentlich eher an die Torte gedacht.«

»Die war auch hervorragend. Und das Essen in den Flugzeugen nach Hause, in beiden Flugzeugen. Aber da konnte ich ja nicht atmen, deshalb konnte ich von allem nur eine winzige Kostprobe nehmen, weißt du. Ach, dass das Essen auf dem Heimflug so wunderbar war, und das auf dem Hinflug so *lausig*? Komisch.«

Ich hatte ihr nicht erzählt, dass ich für die Rückreise die erste Klasse gebucht hatte, damit wir auf jeden Fall ganz vorn sitzen könnten. Die Tickets hatten ein kleines Vermögen gekostet, da ich sie so kurzfristig benötigt hatte. Die beiden kleinen Mahlzeiten für uns, von jeder zwei, zwei Flüge eben, mit warmem Essen und Wein und Nachtisch, Kaffee und Kuchen und einem kleinen Likör und einem Stückchen Käse, entsprachen einem Betrag, von dem eine fünfköpfige Familie zwei Monate lang hätte satt werden können.

»Aber denk doch mal an die Frau, die in meinem Krankenhauszimmer in Wien ganz hinten an der Wand lag, Anne, die uralte, die zu Hause gestürzt war. Die ist bestimmt schon längst verhungert. Sie schlief doch immer, wenn das Essen gebracht wurde. Schlief und schlief.«

»Ohne, dass sie sie geweckt hätten. Sie haben nur nachher das Tablett wieder geholt. Jedes einzelne Mal. Großer Gott.«

»Und wie sie an dem einen Tag geschrien hat!«, sagte Mama.

Sie kicherte dermaßen, dass ihr der Schlauch aus der Nase rutschte, und sie stopfte ihn sich mit geübtem Griff zurück ins Nasenloch.

»Ich hab Hunger! Ich hab Hunger!«

»Nicht so laut, Anne! Du bist noch weit draußen auf dem Gang zu hören! Und dann haben sie sie ausgeschimpft, weil sie doch gerade erst Essen bekommen hätte, und sie hat alles abgestritten, sie habe keine Spur von einer Mahlzeit gesehen, und dann brachten sie ihr eine trockene Scheibe Weißbrot auf einer Untertasse! Ohne Butter oder Belag oder so. Ist das denn möglich!«

»Die mit dem Bild ihres Mannes auf dem Nachttisch, dem Bild, das sie die ganze Zeit geküsst hat, die, die in der Mitte lag, die hat an dem einen Tag der Schlafpuppe doch das Essen geklaut, und dann hat sie danach das Tablett mit dem leer gegessenen Teller wieder zurückgestellt.«

»Kein Wunder, dass sie die Alte für eine Lügnerin gehalten haben.«

»Aber es war nicht am selben Tag.«

»Dass die es über sich gebracht hat, gleich doppelt so viel von diesem Fraß zu essen, das begreife ich nicht. Da schmeckte doch alles wie lauwarme Pappe. Aber ich weiß nicht, welches Essen schlimmer ist, das da unten oder das hier in Furuset.«

Ich dachte an den Fischpudding, den Mama für Elin und mich gekocht hatte, als wir Kinder waren, wie sie das Essen lustiger gemacht hatte, weil sie die Puddingscheiben mit Ausstechformen für Pfefferkuchen formte, ehe sie gebraten wurden; es gab Fischpuddingherren und Fischpuddingdamen, Fischpuddingherzen und Fischpuddingschweine. Den restlichen Pudding schnitt sie in Würfel und legte sie in Aspik ein, zusammen mit den Gemüseresten, das war ein billiger Brotbelag. Wir hatten so wenig Geld, aber sie schaffte es immer, noch das ärmlichste Essen auf dem Tisch strahlen zu lassen.

Und wir haben zum Essen immer Servietten benutzt, das war in den Sechziger- und Siebzigerjahren nicht üblich, Servietten gab es nur zur Konfirmation und zu Weihnachten, bei Hochzeiten und zu Geburtstagsfesten. Aber wir hatten jeden Tag Servietten, sie kaufte die allerbilligsten Papierservietten und legte sie unter Messer und Gabel rechts neben die Teller, die Messerschneide nach rechts gedreht, die Gabel links vom Messer.

In allen anderen Häusern, wo Elin und ich das Decken des Esstisches erlebt hatten, warfen die Mütter Messer und Gabel rechts und links neben den Teller, und Servietten wurden nie gesichtet.

»Ich habe in der Gemüsemischung ein bisschen Blumenkohl gesehen.«

»Großer Gott, jetzt rede doch nicht die ganze Zeit über dieses Essen.«

»Du sprichst doch so gern über Essen, Mama. Ich auch. Nur deshalb.«

»Jetzt ist es natürlich sowieso eiskalt.«

»Das ist doch schade.«

»Nein, Anne, das ist nicht schade.«

Ich lachte laut.

»Du isst doch so gern Blumenkohl, Mama!«

»Das tu ich überhaupt nicht. Das hab ich noch nie getan.«

»Jetzt hör aber auf. Ich weiß gar nicht, wie oft ich dich nachmittags angerufen habe und du erzählt hast, dass du einen ganzen Blumenkohl oder einen Brokkoli kochst, der dann danach mit Käse überbacken werden soll, und den du dann abends essen willst.«

»Ja, das stimmt allerdings.«

»Und dann behauptest du plötzlich, dass du nicht gern Blumenkohl isst?«

»Nein. Und Brokkoli auch nicht.«

»Brokkoli auch nicht…? Hä…?«

»Nein.«

»Warum hast du das dann gegessen?«

»Weil alle sagten, das sei so gesund, so was enthalte Antioxidantien, und die seien krebsvermeidend.«

»Ja, das…«

»Und da brauche ich das natürlich nicht mehr zu essen. Jetzt hat das doch keinen Sinn mehr.«

Sie schaute ihre Hände an. Ich würde nicht weinen, davon könnte keine Rede sein, ich wollte über das alles lieber später nachdenken. Ich hörte lieber dem fauchenden Vielfraß zu und versuchte, meinen eigenen Atem für eine kleine Weile seinem Rhythmus anzupassen, hatte aber ziemlich bald das Bedürfnis, ein wenig schneller zu atmen.

»Weißt du, Anne, als George Bush Präsident wurde, wurde

er gefragt, ob er nun in seinem Leben etwas ändern wolle, und er sagte, von nun an werde er nicht das kleinste Stückchen Brokkoli essen, er habe Brokkoli immer schon gehasst, und als *President of the United States* meinte er, er könne es sich endlich leisten, das zuzugeben.«

»Aber Kartoffeln isst du gern. Oder war das auch gelogen?«

»Nicht doch, ich liebe Kartoffeln. Jetzt. Ist das nicht komisch? Das war nach der ersten Herzklappenoperation. Plötzlich mochte ich Kartoffeln, und dabei hatte ich sie mein Leben lang gehasst. Es war ziemlich spannend. Und witzig. Und nach der zweiten Herzklappenoperation mochte ich keinen Kaffee mehr. Und dabei war ich doch die totale Kaffeetante!«

»Du hast mir ja schon Kaffee gegeben, der zur Hälfte mit heißer Milch gemischt war, als ich klein war und noch nicht in die Schule ging. Und richtigen Kaffee, seit ich acht oder neun war, glaube ich. Die Lehrer bekamen einen Schock, wenn ich das erzählt habe, sie behaupteten, Kaffee sei wachstumshemmend. Aber auf mich hat das wohl nicht zugetroffen.«

»Natürlich hab ich das gemacht. Kaffee ist einfach nur gesund, auch wenn einmal pro Monat in den Zeitungen steht, er sei gefährlich. Kaffee war doch immer das ganz Große für mich, das die tägliche Arbeit einteilte und zusammenfügte. Keinen Kaffee mehr zu mögen war schlimmer als komisch, es war fast unheimlich! Du hast keine Ahnung, wie oft ich die Augen geschlossen und mir alle Mühe gegeben habe, richtigen Kaffeedurst herbeizurufen, nur einen Hauch Kaffeedurst, nur für eine kurze Sekunde, aber es ist unmöglich. So unmöglich, wie Kartoffeln zu verabscheuen, jetzt, wo ich sie liebe. Aber es müssen normale Kartoffeln sein. Diese hier haben eine trockene Haut, weißt du. Kantinenhaut. Aber genug davon. Du willst also über mich schreiben.«

Sie leckte sich den Mund ab, dort war aber nichts zu holen, nicht einmal ein Krümel schnöde Anstaltskost in den Mundwinkeln, und mit Sicherheit kein Blumenkohl. Sie ließ plötzlich den Kopf tiefer sinken, auf ihre Knie zu, ein harter Knick, der mir Angst machte. Wie konnte ihr dünner Hals einen großen Kopf tragen, der so schwer nach vorn und nach unten kippen konnte?

»Schläfst du jetzt, Mama? Mama…? Oder möchtest du dich ausruhen? Dich zum Aufladen ein bisschen hinlegen?«

Sie hob den Kopf ein wenig, sie war erschöpft, das sah ich am Zittern in ihrem ganzen Körper, vor allem in den Händen. Nicht vom Reden, vom Reden wurde sie nie müde, Gespräche waren das Leben an sich für sie, sondern vielleicht müde vom Erinnern. Die einen Monat alte Dauerwelle mit dem massiven Nachwuchs lockte sich an den Spitzen, gleich über der Kopfhaut waren ihre Haare blank und fettig.

Es gab hier nur eine Dusche für zwanzig Personen, dazu war es eine unbeschreibliche Mühe, sie zu waschen, Mama war zu krank für ein heruntergekommenes Pflegeheim mit Personalmangel, mit einem achtzehn Kilo schweren Sauerstoffapparat im Schlepp, dazu dem Rollator, ich vermute also, sie setzten sie auf der Duschliste nach ganz unten, um sich die Extraarbeit zu ersparen.

Sie senkte den Kopf wieder über ihren Schoß, und ich saß ganz still da und dachte an die fünf Tage, die sie im Krankenhaus in Wien verbracht hatte.

Wie ich jeden Morgen mit einem Taxi vom Hotel zum Krankenhaus fuhr, um glühend heißen Earl Grey in einem doppelten Pappbecher und Semmeln mit Käse und Schinken für sie zu kaufen, unten im Besucherrestaurant. Wie ich mit allem in der Hand in einem der drei riesigen Fahrstühle stand, die Besucher und bettlägerige Patienten mit Infusionsbeuteln über dem Kopfende und vielleicht Urinbeuteln an der Seite ihrer Krankenhausbetten auf und ab transportierten.

Da standen wir Gäste in normaler Zivilkleidung aus der Welt draußen mit Tüten und Blumen, und ich mit Tee, der so intensiv durch das kleine Trinkloch im Plastikdeckel duftete, und mit den Semmeln in der Papiertüte, die knisterte, wenn ich die Finger bewegte, um sie fester zu fassen. Niemand im Fahrstuhl sagte etwas, wir schienen uns alle Mühe zu geben, um ja kein Geräusch zu verursachen, als gäbe es eine ungeschriebene Regel, denn dort standen wir dicht an dicht gegen Menschen gepresst, die kerzengerade zur matten Stahldecke des Fahrstuhls hochblickten; und auch diese Menschen versuchten, sich nichts anmerken zu lassen, so zu tun, als ob niemand sie in diesem verletzlichen, demütigenden Zustand sähe, und wir mussten so tun, als ob sie uns nicht leidtäten, als ob wir sie kaum bemerkten, während sie selbst jede Sekunde zählten, bis sich die Fahrstuhltüren öffneten und sie in Sicherheit in ein Krankenzimmer gebracht werden konnten, wo es trotz allem normal war, so zu liegen, den Blicken aller ausgesetzt, mit dem eigenen Urin, aufgenommen durch dünne Schläuche aus dem Bauch und weitergeleitet in wasserdichte, vakuumierte Plastikbeutel, die in einem Stahlrahmen befestigt waren.

Ich dachte an die langen dahinschleichenden Morgenstunden, wenn wir auf die Visite warteten, bei der wir vielleicht erfahren würden, was ihr fehlte, während wir in der Wartezeit darüber sprachen, wonach ich später in den Geschäften für sie Ausschau halten sollte. Bald wäre Weihnachten, sie hatte in Wien exotische österreichische Weihnachtsgeschenke kaufen wollen, jetzt musste ich das für sie erledigen, eine Aufgabe, für die ich übertrieben große Begeisterung an den Tag legte, während ich emsig Notizen auf einem Schreibblock aus dem Hotelzimmer machte. Es wurde zu einer Erleichterung, mich auf diese detaillierte Geschenkelogistik stützen zu können. Wenn die Schwesternhelferinnen mit Mundbinde und Einmalhandschuhen erschienen, um die Patientinnen zu waschen, musste ich das Dreipersonenzimmer ja ohnehin verlassen. Dann würde ich am Nachmittag zurückkehren, um über meine Einkaufsbeute zu berichten, und ihr etwas Spannendes zum Essen mitbringen, gut eingepackt, damit es warm blieb, ich hatte zu diesem Zweck Zeitungen aus dem Hotel eingesteckt.

Jeden Tag nahm ich ein Taxi zum Getreidemarkt, wo die Mariahilfer Straße anfängt. Ich kannte mich in der Einkaufsgegend aus wie in meiner Westentasche und wanderte stundenlang fast untätig von rechts nach links und dann wieder nach rechts, in der breiten Fußgängerzone in einer jenseits aller norwegischen Tradition geschmückten Weihnachtsstadt.

Der Luftraum über der Mariahilfer Straße war gefüllt mit hell strahlenden Lichterketten, Wiener Walzer strömten durch die Luft, »An der schönen blauen Donau« aus der Lautsprecheranlage kollidierte mit »Wiener Blut«.

In der Altstadt am Stephansdom warteten geduldig die Pferde, um die glänzenden, schwarz lackierten Kutschen vollgestopft mit funkelnden Weihnachtstouristen in Pelzen und Decken zu ziehen. In den vielen kleinen Buden dampften Glühweinkessel, gebrannte Mandeln, Raclette.

Die Menschen strömten in Massen beim Dom ein und aus, sie sahen aus wie kleine Puppenmenschen, die um die Schuhspitzen der riesigen Kathedrale herumkrabbelten. Ich war selbst mehrmals drinnen gewesen und hatte Kerzen angezündet vor katholischen Heiligen, deren Namen mir nichts sagten, während ich brennend wünschte, dass alles in Ordnung kommen würde. Aber ich sah auch ein, dass die Gebete einer

Atheistin vermutlich nicht mehr als vier oder fünf Meter in die kalte Winterluft aufsteigen würden.

Ich hatte noch nie Probleme damit, ganz allein große Erlebnisse zu haben, egal, ob Sonnenaufgänge oder spektakuläre Touristenattraktionen, aber das hier war anders und nicht wie geplant. Die Wiener Walzer taten meinen Ohren weh, und der Glühwein verlockte nicht, er sah aus wie schnöder norwegischer Gløgg. Das hier hätte für uns doch eine gemeinsame Erinnerung werden sollen, etwas, an dem wir uns später laben könnten, nicht zuletzt das Opernerlebnis, *La Bohème* in der Wiener Staatsoper, mit drei der größten Hits der Operngeschichte schon im ersten Akt.

Vor unserer Abreise hatte Mama in etwas investiert, das sie ihre Opernjacke nannte, eine Kreation aus goldenem Seidensamt mit eingewebten Goldfäden, die hing jetzt im Schrank unseres Hotelzimmers, und die Opernaufführung lag drei Tage zurück. Diese Reise, die ein Geschenk an mich von Mama hatte sein sollen, von ihr, die es sich niemals hatte leisten können, etwas zu verschenken. Seit Jahren hatte sie von einem Lottogewinn fabuliert, jeden Samstag war sie voller jubelnder Hoffnung gewesen, und dann war nicht die Rede davon, Schulden zu bezahlen oder ein Haus zu bauen, nein, zum Henker, sie wollte reisen. Sie wollte mit uns nach Korsika fahren, auf die Scilly-Inseln, ins Baskenland, nach Brasilien, und sie würde alles bezahlen.

Alles! Denn sie wäre nun ja Lottomillionärin!

Und sie war so stolz darauf gewesen, mich auf diese Reise nach Wien einladen zu können. Nicht zuletzt, weil der Lottogewinn bisher noch immer ausgeblieben war. Denn ich hatte sie schon zu mehreren Reisen eingeladen, seit ich an meinen Büchern so gut verdiente.

Sie hatte sich für jede Reise immer wieder bedankt, vorher und unterwegs und nachher, und mich an diesen kommenden Lottogewinn erinnert, und dann hatte sie endlich eine Reise nach Wien gewonnen und war so glücklich, weil sie mich einladen konnte. Etwas zurückzugeben, wo sie doch die Ältere war, eine Mutter, ihrer eigenen Tochter. In der anderen Richtung zu geben sei geradezu naturwidrig, fand sie.

Aber sie hatte doch nie Geld gehabt, und wenn sie welches hatte, gab sie alles für Geschenke aus. Sie nahm schweineteure Darlehen auf, um Geburtstags- und Weihnachtsgeschenke kaufen zu können, während sie sich in papierdünnen Stiefeln aus dem Billigladen durch den Winter fror.

Ihre finanziellen Verfügungen waren immer katastrophal gewesen, und sie fühlte sich dadurch gedemütigt, durchschaut, durchleuchtet.

Und durch diese unvernünftigen Verfügungen war sie in einer winzigen Sozialwohnung in Stovner gelandet. Wenn sie zu jemandem nach Hause eingeladen wurde, erzählte sie danach, wie »fein« es dort gewesen sei, darauf ritt sie die ganze Zeit herum und kam später immer wieder darauf zurück.

Ich konnte einwenden, bei denen habe es doch ganz normal ausgesehen, aber dann schnaubte sie nur. Es sei »fein«, die anderen hätten Glück, sie hätten ein Leben, von dem Mama nur träumen könnte, sie könnten von einem Zimmer zum anderen gehen und wissen, hier wohnten sie, auf vielen Quadratmetern, alles schön möbliert, mit schönen Bildern an den Wänden, vielleicht auf mehreren Etagen, mit Keller und Dachboden, und Schränken voller Porzellan und Kristall.

Fast alles, was sie von ihrem Vater geerbt hatte, und Kristallgläser und Porzellanreste aus ihrer Ehe, hatte Mama langsam aber sicher verkauft in den Jahren, nachdem Papa ausgezogen war, als wir von der Hand in den Mund lebten, um Geld für Essen und Kleider zusammenzubringen. Den letzten Rest Silberbesteck verkaufte sie 1982 zusammen mit einer nagelneuen Hammond-Orgel, die sie bei einem Preisausschreiben gewonnen hatte, wo der Hauptgewinn eine Reise zur Fußball-WM nach Spanien gewesen war.

Sie konnte sich ein Lexikon auf Raten zulegen, um es dann für weniger als den halben Preis verkaufen zu müssen, noch ehe sie die Hälfte abgestottert hatte. Und sie erzählte immer wieder die Geschichte über den Samstag, an dem ich mit neun Jahren mit dem Fahrrad umherfuhr und nach Flaschen suchte, um Geld für Hefe zu beschaffen, damit Mama etwas backen konnte, sonst würden wir am Wochenende und am Montag nichts zu essen haben, denn sie konnte erst am Dienstag zum Sozialamt gehen. Sie erzählte diese Geschichte immer mit großem Einfühlungsvermögen und fröhlichem Lachen, wie um klarzustellen, wie weit dieses Alltagsdrama inzwischen doch zurücklag.

Und jetzt war ich in Wien. Durch ihren Gewinn, umgeben von hektischem Adventsglück, das mich nichts anging, als ich mit meiner Einkaufsliste auf einem Blatt Papier mit dem dunkelgrünen Logo und Goldrand aus dem Hotel, wo Mamas Opernjacke unbenutzt im Schrank hing, durch die Mariahilfer Straße wanderte.

Das Allerwichtigste für Mama war, dass ich einen Morgenmantel besorgte, den sie Elin zu Weihnachten schenken wollte, und der musste »exklusiv« sein, er durfte also in keiner der öden Ladenketten in Oslo verkauft werden. Ich fand am Ende einen, einen lachsrosa Morgenrock aus Samt mit Umschlägen und Gürtel aus weißer Seide. So exklusiv, dass mir ein Glas perlender Cava angeboten wurde, während sie ihn einpackten.

Ich legte den Morgenrock vor sie hin wie eine Beute, auf ihre Bettdecke, sie war hingerissen, fast gerührt, und sie zuckte nicht mit der Wimper, als sie den Preis hörte, das Geld würde sie schon zusammenkratzen.

Und jeden Nachmittag brachte ich ihr warmes Essen mit, Würstchen mit Sauerkraut, Tandoori Chicken, ein chinesisches Nudelgericht oder vor Käse triefendes Raclette. Ich hockte an den seltsamsten Orten und packte köstliches Essen in viele Schichten Zeitungspapier. Das Essen duftete im Taxi zum Krankenhaus, duftete in dem riesigen Fahrstuhl nach oben, leider auch vor der Nase der horizontalen Patienten, auf die nur Essen à la lauwarme Pappe wartete, während der Urin langsam und vorsichtig aus ihnen hinaussickerte.

Mama aß mit einer Hand und hielt mit der anderen die Sauerstoffmaske fest, um zwischen zwei Bissen immer eine Runde Sauerstoff zu trinken. Hier ragte kein Y-förmiger Schlauch in ihre Nase, der Sauerstoff kam direkt aus der Wand. Zu diesem Zeitpunkt hatten wir noch keine Ahnung von dem fauchenden Vielfraß, mit dem wir später so vertraut werden würden und der sie in den Tod begleiten sollte, um am Ende wütend und furchterregend, aber nutzlos herumzuzittern.

AM TAG NACH MAMAS Geständnis, dass sie sich jahrelang eine Vorliebe für Blumenkohl und Brokkoli zusammengelogen hatte, streikte der Fahrstuhl im Pflegeheim Furuset, und ich musste die Treppen in den dritten Stock hochsteigen. Es war kein Problem für mich, es tat mir sogar gut, was Atem und BMI anging.

Ich hatte durchaus nicht vor, Mama zu erzählen, dass der Fahrstuhl nicht funktionierte, sie hatte schließlich jahrelang in Stovner mit einer Fahrstuhlhölle gelebt. Und das machte sie unsicher und ängstlich. Aber hier in Furuset konnte sie das Zimmer ja nicht verlassen, sie würde das handgeschriebene Schild mit der Aufschrift »defekt« nicht sehen, das mit Klebeband an den Fahrstuhltüren befestigt war und ihr sagte, dass sie ein weiteres Mal in einem dritten Stock gefangen war.

Zu Hause im Stovner Senter 14 stand der Fahrstuhl immer wieder. Aber da hatte sie Zeit, wie sie sagte. Und wenn sie eine Stunde brauchte, um die drei Stock hochzuklettern, mit den Einkaufstüten aus dem Lebensmittelladen und unzähligen Verschnaufpausen. Ja, dann dauerte es eben diese Stunde, und es gab ja noch immer andere, denen es noch schlechter ging.

»Ich habe ja immerhin die Zeitungen, die ich gekauft habe, da kann ich mich auf eine Treppenstufe setzen und mit dem Kreuzworträtsel anfangen, während ich auf Atem und Oberschenkelmuskeln warte. Für die im siebten Stock ist es schlimmer. Ich bin doch eine Spitzensportlerin im Vergleich zu denen. Arme Menschen. Aber wenn es brennt! Dann! Ab und zu habe ich fast Lust, diese Treppen hochzugehen, Anne. In meine Wohnung, die mein Zuhause sein soll. Aber ist es ein Zuhause, wenn die Wohnungen eine potenzielle Todesfalle sind? Ab und zu beneide ich Leute, die so etwas verdrängen können. Großer Gott, wie ich die beneide! Aber vielleicht muss man trinken oder Drogen nehmen, um so etwas verdrängen zu können. Das Schlimmste daran, dass der Fahrstuhl nicht funktioniert, ist, dass ich den Rollator unten stehen lassen muss. Das finde ich schrecklich. Er könnte doch gestohlen werden, einfach verschwinden. Ich bin so froh, wenn Elin kommt und ihn mir hochbringt.«

Im siebten Stock wohnten die Leute, die im Rollstuhl saßen oder noch kränker waren, oder noch behinderter. In einem Sommer war der Fahrstuhl zwei Wochen lang defekt, bei einer Hitzewelle, die alle vernünftigen Vorstellungen übertraf. Schon nach einigen Tagen saßen die Bewohner des siebten Stocks in ihren Türöffnungen und schrien Fremde auf dem Gang an und flehten sie an, für sie einzukaufen. Es waren alte Menschen mit Angehörigen, die sie nicht anzurufen wagten, weil sie ihnen nicht zur Last fallen wollten, oder sie hatten Familie in anderen Landesteilen. Mama und drei andere geschäftige Damen wandten sich am Ende an den Rundfunk, und weil gerade Saure-Gurken-Zeit war, wurde es am selben Nachmittag gesendet. Der Beitrag wurde noch am Abend in Radio und Fernsehen wiederholt. Noch einen Tag darauf wurde der Fahrstuhl repariert. Und funktionierte dann einige Monate lang.

Mama schlief mit dem Kopf auf den Knien, als ich ihr Zimmer betrat. Das lymphdicke Bein stand auf dem Boden und sammelte noch mehr Lymphe an. Elin und ich hatten den Versuch aufgegeben, die Pflegerinnen darauf aufmerksam zu machen, dass Mamas Bein hochliegen musste. Die Haut platzte jetzt durch den Druck von innen, und irgendwer hatte hier und dort Pflaster aufgeklebt, mit Datum und Uhrzeit. Die Mühe machten sie sich also: den genauen Zeitpunkt der Konsequenzen ihrer Versäumnisse festzuhalten.

Sie wurde wach, als ich ihr bleischweres Baumstammbein auf den Schemel hob.

»Ach du. Meine Liebe.«

»Du musst den Fuß hochlagern, weißt du. Du musst klingeln, wenn du das nicht selbst schaffst.«

»Hä?«

»Hast du deine Ohrdinger nicht?«

»Ohrringe? Was soll ich mit Ohrringen?«

»Nein. OHRDINGER! Pack sie sofort aus.«

Ich zeigte auf das kleine Bündel aus Seidenpapier, in dem ihre Hörgeräte aufbewahrt wurden. Sie brachte sie langsam und unbeholfen an. Beide. Ab und zu setzte sie nur das eine ein.

»Jetzt hörst du, Mama. Wie gut.«

»Natürlich. Ich habe alles gehört, was du …«

»Ich habe neue Batterien für deine Ohrstöpsel mitgebracht. Hab endlich herausgefunden, wo so komische kleine Batterien verkauft werden.«

»Die sitzen in einem gelben Stern. Die Batterien, meine ich.«

»Sicher. Und ich habe auch Zahnpasta mitgebracht. Und Wattestäbchen und saubere Unterhosen. Aber dein Fuß stand eben auf dem Boden, Mama! Du musst klingeln, wenn du den nicht auf den Schemel heben kannst. Das staut sich auf. Du musst klingeln, Mama. Kannst du mir das nicht versprechen?«

»Nie im Leben. Ha! Das wäre ja noch schöner! Die werden nur stocksauer. Du hast sie doch gekocht, oder? Nicht nur mit der Hand gewaschen?«

»Die Baumwollunterhosen? Sicher. Ich habe sie in einem Topf gekocht, keine Angst.«

»Aber die Zahnpasta ...«

»Ich kann die Sorte nicht finden, die du meinst, Mama. Tut mir leid. Ich such ja auch weiter, kaufe alle Sorten, die ich auftreiben kann. Aber diese hier ist durchsichtig und hat winzige weiße Stückchen.«

»Keine blauen?«

»Nein, winzige weiße. So eine Art Flocken.«

»Ach, Anne, von den ganzen anderen Sorten wird mir schlecht. Von der mit den kleinen blauen Flocken wird mir nicht so schlecht, verstehst du? Hast du an Antibac gedacht?«

»Sicher.«

»Aber ich hab schon zwei Schachteln Wattestäbchen, in der Tasche im Schrank. Die hat Elin mal für mich gekauft. Das ist mir erst eingefallen, als du gestern gegangen warst, aber ich hab es nicht über mich gebracht, dir deshalb eine SMS zu schicken.«

Nach ihrem Tod hatte ich falsch gekaufte Zahnpasta für über ein Jahr und jede Menge Schachteln voll Wattestäbchen. Und eine Menge Toilettenpapier, zu Hause in Stovner hatte sie nämlich einen ganzen Sack, irgendwer hatte es an den Türen verkauft, um Geld für eine Blaskapelle aufzutreiben. Sie hatte erst zwei Rollen verbraucht, als wir nach Wien gefahren waren, und nach Wien hatte sie ja nur einen Tag in ihrer Wohnung verbracht, ehe sie die für immer verlassen hatte.

Mein mütterliches Erbe.

Zahnpasta, Wattestäbchen, Klopapier und eine Menge Bücher.

»Elin schaut heute Nachmittag mal vorbei, dann kann sie dich massieren.«

»Ich glaube, das wird drainieren genannt. Doch, doch, ich weiß, ich neige zur Wortklauberei. Ich kann es einfach nicht lassen.«

»Dann kommt Elin heute Nachmittag und verpasst dir eine *Lymphdrainage.* Okay?«

Elin konnte die Lymphe im Bein nach oben schieben, sie legte sich Mamas Fuß auf einem Handtuch auf den Schoß, spritzte eine Menge Melkfett darauf und fing mit den Zehenspitzen an, drückte und schob. Aber es half ja nur für kurze Zeit, ehe die Lymphe zurückfloss. Ich konnte Mama da nicht helfen. Ich hatte Zehen immer zutiefst verabscheut. Mama saß im Vorhof des Todes, und trotzdem konnte ich ihre armen Zehen nicht anfassen.

Elin wusste alles über meine Phobie und stellte keine Fragen. Aber Mama konnte darüber lachen und mich aufziehen, das war eine Erleichterung, schenkte eine Art Normalität, als wäre alles so wie immer. Die Tatsache, dass ich Zehen verabscheute und meine Abscheu nicht überwinden konnte, obwohl Mama Drainage brauchte, es war fast, als ob der Tod nicht wie ein Elefant neben uns im Zimmer stand, meine Phobie wurde anerkannt und respektiert, die Welt war noch immer überschaubar.

Ich machte alles wieder gut, fand ich, indem ich sie jedes Mal, wenn ich bei ihr war, lange zwischen den Schulterblättern massierte, sie fand das wunderbar. Ich spritzte Melkfett darauf und rieb und drückte, während sie leise und zufrieden stöhnte, ehe ich ihr eine Pause gönnte und dann die ganze Prozedur wiederholte.

Einige Tage zuvor war eine Frau aufgetaucht, die sich als Krankengymnastin vorstellte. Sie schien sich zuerst mehr für mich als für Mama zu interessieren, sie erkannte mich, sie hatte vor vielen Jahren in Trondheim bei mir in der Nähe gewohnt, und sie hatte über mich in den Zeitungen gelesen und wusste, dass ich jetzt eine bekannte Autorin war. Sie fragte und bohrte, wollte wissen, was es für ein *Gefühl* sei, eine prominente Autorin und eine Berühmtheit zu sein, und ich antwortete ausweichend und versuchte, ihren Blick zu Mama zu lenken, die wie immer dasaß, zusammengesunken, aber sichtlich gespannt auf den Zweck dieses Besuches.

»Ich bin ja vor allem als Tochter hier«, sagte ich. »Und nicht als Autorin.«

Endlich begriff die Krankengymnastin.

»Ja, richtig«, sagte sie.

Sie wollte mit Mama in den Trainingsraum im Keller gehen.

Mama und ich wechselten einen Blick und prusteten gleichzeitig los. Mama geriet natürlich außer Atem, sie konnte nicht mehr lachen, nur leise schnaufen und zugleich vielsagend mit den Schultern zucken, sodass es aussah, als lache sie aus vollem Herzen und kräftig und kerngesund, aus den Lungenspitzen und nach oben. Aber jetzt hat sie dieses Theater vergessen und wäre an ihrem kraftlosen Lachen fast erstickt.

»Langsam durch den Schlauch in der Nase und mit geschlossenem Mund Luft holen, und danach musst du durch den Mund ausatmen«, sagte ich und streckte ihr eine Hand hin.

Sie packte meine Hand und atmete mehrmals mit geschlossenen Augen.

»In den Trainingsraum?«, flüsterte Mama endlich und hüstelte, es kam aber nichts heraus, das hörte ich, in ihrer kranken Lunge saß nicht mehr genug Kraft.

»Atmen«, sagte ich.

»Ja, das ist doch ein Rehaplatz«, sagte die Krankengymnastin.

Ich zog sie mit mir hinaus auf den Gang.

»Wie meinen Sie das?«, fragte ich.

»Ihre Mutter ist doch auf einem Kurzzeitplatz zur Reha.«

Ich musste selbst sehr tief durchatmen und langsam ausatmen, es hatte durchaus Ähnlichkeit mit Mamas Prozedur.

»Ich glaube ja nicht, dass Sie mir hier voll ins Gesicht lügen«, sagte ich. »Aber ich höre das jedenfalls zum ersten Mal. Und seltsamerweise bin ich nicht einmal überrascht. Es ist einfach unfassbar, was meine Schwester und ich hier erleben müssen, und …«

»Ich gehe doch nur davon aus, was jeweils im Krankenbericht steht.«

»Das glaube ich. Aber meine Mutter ist todkrank. Todkrank! Sie hat aggressiven Lymphkrebs und muss eine dreiwöchige Chemo machen, und ihr Bein ist voller Lymphe, nach einem Sturz hier auf der Toilette, der zu einer inneren Blutung geführt hat, die erst zwei Tage später entdeckt wurde, da sie nur so selten duschen darf. Sie nimmt Blutverdünnungsmittel und wäre durch die Verletzung im Fuß fast verblutet, sie hatte ein Blutprozent von unter fünfzig, als sie endlich nach Ahus gebracht wurde, wo sie vier Bluttransfusionen brauchte. Vier! Und nach einigen Tagen wurde sie mit einem Krankenwagen zurückgebracht und wieder hier abgeladen. In diesem verdammten Scheißhaus. Sie ist nicht zur Reha. Sie soll nicht trainieren. Sie liegt im Sterben. Sie ist hier total fehl am Platze, niemand hier hat Zeit für sie, wir haben gedroht, zu den Zeitungen zu gehen, haben gedroht, den ganzen Stadtteil zu verklagen, aber nichts hilft. Meine Schwester und ich, wir begreifen dieses System nicht, wir können nicht herausfinden, wer uns helfen könnte. Die Lage ist einfach …«

»Ich bin nicht über die besonderen Umstände der einzelnen Patienten informiert.«

Sie wich einige Schritte zurück, schaute sich um, sah die Wände an, die Fußbodenleisten, nur nicht mich.

»Aber Sie als Krankengymnastin können uns doch ein wenig entlasten. Sie braucht ständige Massage. Am Fuß. Um die Lymphe zu entfernen. Und Massage an den Schultern, weil sie so zusammengesunken dasitzt und mit dem Kopf auf den Knien schläft. Sie schläft auch nachts im Sitzen, mit dem Kopfkissen auf den Knien, und wenn Sie also ...«

»Tut mir leid, aber das hier ist eine Rehaabteilung. Hier wird nicht massiert«, sagte die Krankengymnastin, machte auf dem Absatz kehrt und lief in ihrem weißen Kittel über den Gang.

Ich verteilte die Kleinigkeiten, die ich für Mama mitgebracht hatte, überall im Zimmer, an Orten, wo sie sie erreichen konnte, vom Bett aus, vom Sessel, in dem sie fast immer saß. Sie ließ mich nicht aus den Augen und lächelte dabei ein wenig. Ich zitterte, aber ich gab mir alle Mühe, um mir nichts anmerken zu lassen.

»Hier wird nicht massiert.«

Nein, das nicht. Du meine Güte. Das war sicher ein wenig zu viel verlangt. In den Tod hineinmassiert zu werden. Eine weiße Talgkerze auf dem Nachttisch, wenn der Tod erst zur Tatsache geworden war, musste reichen. Kerzen, die sie sicher billig in einem Drogeriemarkt bekamen.

»Du willst also über mich schreiben? Viel ausführlicher als beim letzten Mal?«, fragte Mama am Ende, als ich mich setzte. Sicher hatte sie die ganze Nacht überlegt, und jetzt saß sie leise zischend hinter ihrem Sauerstoff-Y; mit einem erwartungsvollen Lächeln über ihrer verklebten Lunge. Zu erleben, zehn

Jahre zuvor, dass ihr Leben von ihrer Kindheit an und bis damals zu einem dicken Roman geworden war, noch dazu geschrieben von ihrer eigenen Tochter, war ein starkes Erlebnis für sie gewesen. Zuerst ein brutales und tränentriefendes Erlebnis, als sie zum ersten Mal »Das Erbstück« als Manuskript lesen konnte, ich musste das erste Flugzeug nach Oslo nehmen, um sie zu trösten. Danach wurde das Erlebnis in Stolz und Triumph verwandelt, und der Roman wurde zu etwas, in dem sie sich hemmungslos sonnen konnte.

»Soll ich dir übrigens etwas holen? Saft oder …«

»Nix. Was du über mich schreiben willst, ist mir wichtiger als Saft.«

Sogar kurz vor dem Tod besaß sie eine beeindruckende intellektuelle Energie. Oder man könnte vielleicht auch von intellektuellem Trotz sprechen.

»Es wird sicher klarer und deutlicher als im ›Erbstück‹, ja. Da habe ich ja allerlei verändert und Sachen ausgelassen, die nicht richtig hineinpassten. Ich habe sogar meinen Vater zum Nazi gemacht, um ihn aus der Geschichte hinausschreiben zu können, weil er in dem Roman eben nicht interessant war.«

»Du hättest einen anderen Vater haben können, weißt du. Arturo aus dem Baskenland wollte mich heiraten.«

»Ja, das muss ich wohl auch erwähnen.«

»Darüber weißt du ja gar nichts, meine Liebe.«

»Dann erzähl!«

»Nein, was gibt's da schon zu erzählen. Er war bildschön und hatte sieben Esel. Und er baute Kartoffeln und Zuckerrüben an. Sieben Esel bedeuteten im spanischen Baskenland in den frühen Fünfzigerjahren ein Vermögen, das kannst du dir ja vorstellen, er hat sie auch vermietet. Aber für mich war es eben kein Reichtum. Sieben Esel, du meine Güte.«

»Das war, als du mit Audrey per Anhalter unterwegs warst?«

»Ja, auf unserer zwei Jahre langen Tramptour. Wir sind aber nicht so viel per Anhalter gefahren. Wir sind einfach irgendwo gelandet und haben dann gearbeitet, um Essen und ein Dach über dem Kopf zu haben.«

»Und das gab es bei Arturo?«

»Ich glaube, du hast den Verstand verloren. Wir konnten doch nicht bei ihm wohnen, das hätte uns doch im ganzen Dorf in Schande gestürzt. Und ihn natürlich auch.«

»Aber ihr wart zusammen.«

»Ein bisschen. So kann man das wohl sagen. Er war schrecklich verliebt. Zuerst ein bisschen in Audrey und danach kolossal in mich. Audrey fand, er klammerte und engte sie ein, und da war ihr das nur recht so. Aber es gab keine Fisimatenten.«

»Keine Bettgymnastik?«

»Natürlich nicht, Anne.«

»Obwohl er bildschön war und sieben Esel hatte?«

»Es gab schon Versuche, aber nein.«

»Gott sei Dank, dass ich nicht im Baskenland geboren worden bin, wo ich doch Hitze so hasse.«

»So wie ich Kälte. Wenn ich an diese Alpinhalle denke, die sie in diesem riesigen Einkaufszentrum in Dubai gebaut hatten, dann muss ich doch den Kopf schütteln. Dass sie wissentlich und willentlich, mit offenen Augen, mit klarer Überlegung … sich nach Kälte sehnen! So wie du, Anne, für dich ist ja Spitzbergen das gelobte Land. Eis und Schnee und Kälte, in der Hinsicht bist du wirklich weit weg vom Stamm gefallen. Aber denk an die, die ohnehin schon in Dubai wohnen! Wo es so schön warm überall ist, dass sie sich doch so wohlfühlen müssten. Aber trotzdem geben sie schwindelerregende Summen aus, um Winter zu spielen! Was für ein Quatsch!«

»Und ich wäre als Arturos Tochter an der Hitze gestorben. Ich stand lange in der Tür zu dieser Alpinanlage in Dubai, nur um mich von der Hitze auszuruhen, obwohl es Januar war. Die *Khaleej Times* brachte Suppenrezepte für die kalten Monate, weißt du noch? Diese Dubaier Zeitung, die es an der Hotelrezeption gab? Wärmende Suppe für die kalte Jahreszeit, und es waren fünfundzwanzig Grad im Schatten, ich hätte mich fast totgelacht.«

»Nicht alle bezahlen, um zum Nordpol zu kommen, Anne. Ob du es glaubst oder nicht, du gehörst zu einer Minderheit. Einer winzig kleinen Minderheit.«

»Aber tausend Dank, Mama, dafür, dass Arturo nicht zum Zug gekommen ist. Lieber Nordpol als Baskenland, aber immer. Er war sicher so frustriert, als ihr weitergereist seid, dass er das erste beste Frauenzimmer geheiratet hat, das er vom Eselsrücken aus erspähen konnte, egal, wie sie aussah, nur um unter ihren Rock zu kommen.«

»Anne! Schäm dich! Ich mag nicht über solche Dinge reden, auch wenn du sogar gern darüber schreibst.«

»Du hast doch alles gelesen, was ich über Erotik geschrieben habe, ohne mich auszuschimpfen, auch wenn ich da sicher ein paar Grenzen überschritten habe.«

»Aber da wusste ich ja, dass es bloß Fantasien waren, Anne. Als du die allerschlimmsten Sachen geschrieben hast, hast du mit Mann und Kind und zwei Boxern in einem Reihenhaus gewohnt und jeden Freitag Brot gebacken und warst eine richtige Hausfrau. Da war es doch kein Problem, dass du über solche Sachen geschrieben hast, als Schriftstellerin.«

»Der arme Arturo. Der hatte sicher auch seine Fantasien.«

»Ich glaube fast, deshalb hat er mir einen Heiratsantrag gemacht. Weil ich nicht… wollte. Männer. Denen geht es doch nur um das eine.«

»Er hat nicht zufällig danach auch Audrey gefragt?«

»Nein, bist du verrückt, er wusste doch genau, wie die Antwort ausfallen würde. Aber er war zutiefst verletzt, als ich Nein gesagt habe. Er kam sich so reich vor, weißt du. Er fühlte sich als rundum gute Partie!«

»Du und Audrey… das war doch eine seltene Freundschaft.«

»Totale Chemie, Anne. Wir haben uns in London kennengelernt, als ich in der Tuberkuloseklinik in Chelsea gearbeitet habe.«

»War das, wo sie den Leuten Tennisbälle in die Lunge gesetzt haben?«

»Das waren die mit kavernöser TB. Ich war bei solchen Operationen nicht dabei, habe nur davon gehört. Sie teilten den hohlen Tennisball in zwei Hälften und klebten die dann um die infizierte Kaverne in der Lunge wieder zusammen. Damit sich die Infektion nicht ausbreiten konnte. Eine schreckliche Krankheit, die Tuberkulose. Das war doch damals, als es so viele neue Behandlungsformen gab, weißt du, aber die Armen… Und von denen gab es nach dem Krieg viele in London, sie gingen viel zu spät zum Arzt, und die Tuberkulose saß überall, in den Gelenken, in den Nieren, in den Knien, es war grauenhaft.«

»Aber dass du dich nicht angesteckt hast!«

»Klar haben wir uns angesteckt. Aber wir wurden immun, denn wir wurden nicht krank, glaube ich, das habe ich alles nie so richtig verstanden. Es war fast wie eine Impfung. Du weißt ja, Anne, dass ich sehr reinlich bin.«

»Das kann man wohl sagen.«

»An der Grenze zur Hysterie, ich weiß, ja. Ich fasse auf einer öffentlichen Toilette keine Türklinke an. Ich lege Papier zwischen meine Hand und die Klinke. Wenn ich in einem Laden einen Einkaufswagen nehmen muss, fasse ich mir nicht mit den Händen ins Gesicht, kratze mich nicht an den Augenbrauen oder so. Das ist Risikovermeidung, weißt du. Wenn ich im Hotel wohne, reibe ich die Fernbedienung zuerst mit Antibac ab, ehe ich sie benutze. Und ich glaube, diese übertriebene Sauberkeit habe ich aus meiner Zeit damals in diesem Krankenhaus. Denn wir haben ja gesehen, was dabei rauskommt. Aus solchen kleinen und unsichtbaren Bakterien! Aber strenge Hygiene war das A und O. Das musst du auch aufschreiben, vielleicht liest ja jemand über mich, wenn du das Buch schreibst, jemand, der sich immer darüber aufgeregt hat, dass ich in meiner Handtasche sogar dann einen Waschlappen in einer Plastiktüte habe, wenn ich Leute zu Hause besuche. Vielleicht haben die das als Kritik aufgefasst, man weiß ja nie.«

»Jetzt musst du einige Male atmen, Mama.«

»Aber dieses … neue Buch, das du schreiben willst. Das ist also deutlicher als ›Das Erbstück‹?«

»Anders. Außerdem habe ich in dem Buch vor allem über deine Kindheit geschrieben, das Buch handelte doch eigentlich mehr von Oma als von dir.«

»Ja, das stimmt eigentlich. Diese Hexe. Gut, dass sie tot ist.«

»Das ist sie. Schon lange.«

»Ich muss ja auch diesen Weg gehen. Und stell dir vor, wie schrecklich es wäre, wenn ich gläubig wäre. Dann könnte ich ihr im Jenseits ja vielleicht über den Weg laufen.«

»Aber das wirst du nicht. Denn daran glaubst du ja nicht. Oder … hast du Angst davor?«

»Nein, großer Gott. Das wäre ja noch schöner. Und ich bin froh, weil sie nie von dem Buch erfahren wird. Stell dir nur vor, wie stolz sie wäre, mir kommt glatt alles hoch, wenn ich daran denke.«

»Da stand aber auch viel Negatives über sie.«

»Das hätte sie glatt überlesen. Sie wäre vor Stolz geplatzt, Anne. Glaub mir. Ich habe sie gekannt.«

»Du warst später dann aber auch sehr stolz auf ›Das Erbstück‹.«

»Später, ja. Aber bei seinem Erscheinen habe ich oft nicht schlafen können. Ich hatte Angst, dass irgendwer begreifen könnte, dass es von mir handelte. Weil es so … ekelhaft losgeht.«

»Ekelhaft und ehrlich, Mama. Du hast doch gejubelt, als Oma gestorben ist. Und das ist schließlich ein ziemliches Tabu. Aber als die anderen das Buch ausgelesen hatten, konnten sie es doch verstehen. Dass du dich gefreut hast.«

»Wirst du jubeln, Anne? Wenn ich sterbe?«

Sie drehte ihren krummen Hals und schaute mir ganz plötzlich in die Augen, hellwach, obwohl unten in ihren Augen Wasser ruhte, das schon sehr lange dort zu liegen schien, ohne über ihre Wangen zu strömen. Ich konnte mit meinem eigenen Blick antworten, es tat so gut, sie zu *sehen,* sie nicht nur zu hören, sondern auch ihrem stahlklaren Blick zu begegnen.

Es war sie, sie selbst, durch und durch und ganz offen, im Tod und im Leben, eine gleitende, trotzige und energische Lebendtote. Die Erschöpfung nach drei Monaten voll verzweifelten und ergebnislosen Versuchen, einen sicheren Rahmen um Mamas Krankheit zu schaffen, die zeigte sich bestimmt in *meinem* Blick, aber ich konnte mich nicht einmal dafür schämen, ehe ich antwortete, aus dem Herzen heraus, aber wie gesagt, nicht durch meinen Blick, der sicher eine Antwort verriet, bei der eine gewisse Erleichterung über ihren Tod eine Rolle spielte, da ich zum ersten Mal in meinem Leben vor eine ganze Betonmauer aus Systemversagen gelaufen war:

»Nein, Mama, das werde ich nicht.«

»Das höre ich natürlich gern.«

»Auch wenn du *a pain in the ass* sein konntest. Aber ich jubele nicht, weder aus voller noch aus halber Kehle. Und ich denke im Moment eigentlich ziemlich viel an ›Das Erbstück‹. Ich denke, dass … dass ich …«

»Raus damit.«

»Ich denke, dass ich froh bin, weil ich dieses Buch geschrieben habe, während du noch am Leben warst.«

»Ja. Genau. Das denkst du also. Du denkst mehr an dein Buch als an mich.«

»Das stimmt nicht. Mein Gott. Jetzt bist du total unlogisch.«

»Sind Bücher wichtiger für dich als Menschen? Ganz ehrlich?«

»Nein, das ist, weil du stolz darauf warst. Dass du etwas hinterlässt, gewissermaßen. Etwas Richtiges. Zusätzlich zu mir und Elin.«

»Sicher, ich verstehe schon, was du meinst. Aber wie gesagt, ich hatte furchtbare Angst, irgendwer könnte begreifen, dass ich eben die Tochter war, die gejubelt hat. Bis dann …«

» … die Rezensionen kamen«, sagte ich. »Und alle schrieben, es sei ja kein Wunder, dass Ruby sich über den Tod ihrer Mutter freute.«

»Ruby, ja. Wie bist du nur auf die Idee gekommen, mir so einen Namen zu geben? Du hast mich ja nicht mal gefragt!«

»Das ist einfach passiert. Der erste Name, der mir einfiel. Außerdem wusstest du ja erst, als ich fertig war, dass ich über dich schrieb. Ruby. Rubin auf Englisch. Ist das denn wirklich so verdammt schrecklich?«

»Nicht doch, nicht doch. Sei nicht böse. Und sag nicht verdammt. Und es ist doch gut gegangen, Anne. Alles.«

»Das muss man ja fast so sagen können. Die norwegischen Literaturkritiker haben dir die Absolution erteilt.«

»Großer Gott. Ja. Wie verrückt! Das hätte die Hexe mal wissen sollen. Eigentlich schade, dass sie kein Grab hat, in dem sie sich umdrehen kann. Eingeäscherte Menschen können sich ja leider nicht umdrehen. Aber ich habe mich über den Roman gefreut, Anne, das habe ich wirklich.«

Mama hatte ja ihre Runden durch das Gesundheitswesen gedreht, mit blutendem Magengeschwür und einem Blutprozent von 42, ehe das Geschwür in letzter Sekunde entdeckt wurde, und mit zwei neuen Herzklappen, das alles, nachdem 2001 »Das Erbstück« erschienen war und als sie noch immer in einem Alter war, in dem sie gesundheitsmäßig als Mitbürgerin galt, auf die man finanziell weiterhin setzen mochte.

Ich wusste immer, dass sie auf dem Weg der Besserung war, wenn es zu folgendem Telefongespräch kam:

»Anne …?!«

Mit hoher, schriller Stimmfrequenz.

»Ja, hallo, Mama. Wie geht es denn?«

»Es geht jeden Tag besser, weißt du, und hier in Ullevål sind sie ja so freundlich und hilfsbereit, das kannst du dir nicht vorstellen …! Und deshalb wollte ich fragen … hast du noch ein paar überzählige Exemplare vom ›Erbstück‹? Es kann ruhig die Taschenbuchausgabe sein. Hier ist eine Ärztin, die so nett ist, und sie war für die Narkose zuständig, bei der Operation, sie hat gestern hier vorbeigeschaut, stell dir das vor, nur um zu fragen, wie es mir geht. Und dann sind hier noch zwei Pflegerinnen, die …«

»Wie viele brauchst du?«

»Sechs wären schön, Anne. Oder vielleicht sieben.«

Sie benutzte den Roman wie eine Art Visitenkarte, in der Hoffnung, die Empfängerin werde ihn lesen.

Sie wollte durch diesen Roman gesehen werden: Das bin ich, das war meine Kindheit, ihr glaubt, ich sei nur eine zufällige Patientin mit einem blutenden Magengeschwür oder einer hoffnungslos unbrauchbaren Herzklappe, aber ich bin ein Mensch, der ein Leben hinter sich hat, und meine Tochter hat diesen Roman geschrieben, meine eigene Tochter.

Und sie erlebte, dass sie gesehen und gehört wurde. In Norwegen, Schweden, Dänemark, Deutschland und Frankreich. Sie hat noch alle Übersetzungen gesehen. Vor allem auf die dänische war sie ungeheuer stolz, auch wenn sie gleich, nachdem sie das dänische Exemplar lächelnd beiseitegelegt hatte, sagte:

»Aber es ist wirklich verflixt ärgerlich, dass die, die diesen Roman wirklich hätten lesen müssen, schon so lange tot sind. Gott, wie mich das ärgert.«

»Dann schicke ich morgen sieben Bücher, Mama. Ich schicke sie an Elin, die kann sie dann ins Krankenhaus mitnehmen. Soll ich irgendwelche besonderen Widmungen schreiben?«

»Nicht doch, nein, schreib einfach deinen Namen, du, dann bin ich unendlich dankbar. Und dann natürlich das Datum, das ist sehr wichtig in einem gewidmeten Exemplar, das kann später ganz schön viel wert sein, weißt du.«

Vor ihrer zweiten Herzklappenoperation versuchte ich damit zu scherzen, dass sie »Das Erbstück« fast als Visitenkarte benutzte. Ich war mit dem Flugzeug um neun Uhr abends nach Oslo gekommen und fuhr direkt mit meinem Rollkoffer nach Ullevål – es war fast elf. Sie wurde am nächsten Morgen operiert, ich würde in ihrer Wohnung bleiben, sie hatte Angst, das hatte ich an diesem Morgen am Telefon verstanden, deshalb fuhr ich zu ihr, unter dem Vorwand, dass ich die Wohnungsschlüssel holen müsste, obwohl Elin immer einen Schlüsselbund in Reserve hatte, den sie für mich unter einen geheimen Stein legen konnte. Ich sagte, Elin habe ihre Schlüssel leider im Büro vergessen, deshalb brauchte ich Mamas eigene.

»Warum um alles in der Welt hat Elin meine Schlüssel im Büro vergessen?«

Mama schöpfte gleich Verdacht, da ich sofort kam, im Direktreisemodus vom Flughafen.

»Ich glaube, sie hatte eine andere Jacke angezogen, und die Schlüssel steckten in der ersten«, sagte ich so lässig ich konnte, während ich versuchte, mich auf dem Stuhl neben ihrem Bett niederzulassen, mit der Jacke über dem Stuhlrücken und meiner Tasche neben mir auf dem Boden.

»Ach? Haben die Ärzte dir und Elin etwas gesagt? Gibt es etwas, das ihr mir verheimlicht?«

»Natürlich nicht, Mama. Warum sollten wir?«

»Weil du so kommst, so spät am Abend. Das mit den Schlüsseln klingt wie ein Vorwand, darauf fall ich doch nicht rein. Hier hat irgendwer geredet, das steht mal fest. Sagen sie vielleicht, dass ich morgen in der Narkose sterben werde? Weil ich zu dick und zu alt bin?«

»Ganz ruhig, das bildest du dir doch nur ein. Das wird alles sehr gut gehen. Soll ich dir übrigens etwas holen? Saft? Oder ein Stück Brot? Du musst doch erst um Mitternacht mit dem Fasten beginnen.«

»Ich kann mir sehr gut vorstellen, dass ich sterbe, Anne.«

Sie saß im Bett, in einem hellblau und weißen Krankenhaushemd, bei dem die Zwischenräume zwischen den Druckknöpfen vor ihren großen Brüsten aufsprangen. Die Dauerwelle war platt und alt, da sie vor der Operation keine neunhundert Kronen für eine neue aus dem Fenster werfen wollte.

Elin und ich würden das Geld schließlich gut brauchen können, wenn wir sie danach begraben müssten.

Das hatte sie mir an diesem Morgen am Telefon gesagt, deshalb hatten wir uns die Schlüsselgeschichte aus den Fingern gesogen. Mama wusste nämlich, dass Elin Spätdienst hatte, deshalb konnte sie nicht zu einem »letzten Abend mit Muttern« auftauchen. Dann wäre Mama total durchgedreht. Also musste ich zufällig hereinschauen.

»Du stirbst nicht. Aber eine Narkose ist natürlich immer mit einem gewissen Risiko verbunden. Sogar, wenn man nur einen Weisheitszahn ziehen lassen muss«, sagte ich. »So ist es eben.«

»Das hier ist aber etwas ganz anderes als ein Weisheitszahn, was du so redest! Alle meine Rippen werden der Länge nach durchgesägt und mit einem Stemmeisen aufgebrochen. Mein Brustkasten wird aussehen wie ein Lammcarré! Und ich bin für kurze Zeit wirklich tot, weißt du. Sie müssen mein Herz anhalten, um richtig arbeiten zu können, um das Kalbsohr einzunähen. Ja, jetzt habe ich bald ein ganzes Kalb auf dem Gewissen. Das noch dazu. Als ob ich nicht genug zu bedenken hätte, wenn ich hier liege und mir alles vor Augen halte, was ich im Leben falsch gemacht habe, ich war viel zu streng zu dir und Elin, vielleicht vor allem zu dir, aber alle verpassen ihren Kindern doch ab und zu mal eine Ohrfeige, wenn es sich gerade ergibt. Damals war das jedenfalls so. Und wenn sie das Herz wieder starten, kann alles Mögliche passieren.«

»Wieso das denn? Alles Mögliche …«

»Voriges Mal habe ich aufgehört, Kaffee zu mögen. Und da möchte ich doch wissen, was dieses Mal passiert. Vielleicht wache ich mit dem Drang wieder auf, mich in purpurrote Seide zu kleiden und im Treppenhaus vom Stovner Senter Cancan zu tanzen.«

»Ich vermute, du wachst auf und willst sofort, dass ich dir einen Stapel ›Erbstücke‹ schicke!«

»Was soll das denn heißen?«

Sie kam mir aufrichtig erstaunt vor.

»Das waren ja schon ein paar Stapel, nach deinem Magengeschwür und nach der ersten Herzklappe.«

»Wieso das denn?«

»Für Ärzte und Schwestern und so. Hast du das vergessen?«

»Nicht doch …«

Und dann fing sie an zu weinen, auf diese schmerzliche Art, wie ein kleines Kind, voller Todesangst, während sie sich die Augen mit der Faust rieb, es sah schlimm aus, es war gut, dass ich gekommen war. Als sie zum ersten Mal eine neue Herzklappe brauchte, weinte sie im Krankenhausfoyer auf diese Weise, als Elin gehen wollte und eine Krankenpflegerin einen Rollstuhl brachte, sie heulte wie ein einjähriges Kind und presste sich die Fäuste auf die Augenlider, wie jetzt. Mama konnte manchmal zur Körpersprache einer Sechsjährigen greifen, wenn sie große Angst hatte. Ein kleines Mädchen von sechsundsiebzig Jahren. Meine Mutter.

»Ich will nicht …«

»Aber Mama …«

»Will nicht! Will nicht!«

Ich erhob mich ein wenig und packte ihre Handgelenke.

»Mama, hör doch zu. Du hast das alles schon einmal durchgemacht. Das ist gut gegangen, danach ging es dir wieder besser.«

»Und warum bin ich dann schon wieder hier?«

»Weil du es brauchst, ich weiß keine andere Antwort, du musst dich einfach auf die Ärzte verlassen.«

Denn so war es damals. Als wir uns auf die Ärzte verließen. Als Mama noch keine achtzig war und ich sie voller Überzeugung auffordern konnte, sich auf die Ärzte zu verlassen. Es waren auch nicht so viele. Elin hatte mit dem Arzt gesprochen, der für Mama verantwortlich war, denn natürlich gab es einen, der den Überblick hatte, davon gingen wir aus, einen, der wusste, was nötig wäre, der die richtigen Medikamente verschrieb, der beschloss, dass sie vor dem Eingriff einen angefaulten Zahn in Ordnung bringen lassen musste, es ging um irgendwelche Bakterien, die die Operation beeinflussen konnten, und wir verließen uns auf alles, was er sagte. Dieses Vertrauen konnte ich da und dort an Mama weiterreichen.

Sie ließ die Hände auf die Bettdecke sinken, schaute weg, auf die nachtschwarzen Fensterscheiben, es war Ende November und draußen fiel Schneeregen. Es war ganz still im Zimmer, ganz still draußen auf den Gängen. Das Zimmer roch nach nichts, nicht nach Krankenhaus, nicht nach Medizin, Gerüche, von denen ich nie gedacht hätte, dass sie mir fehlen würden. Ich wäre beruhigter gewesen, wenn es hier gerade stark nach Krankenhaus gerochen hätte. Und diese Stille. Herrgott, diese Stille, wenn es im Zimmer wenigstens ein Radio gegeben hätte, egal, wie nichtssagend das Programm auch wäre.

»Du bist hier, wenn ich aufwache? Falls … ich aufwache?«, fragte sie und schaute noch immer die schwarze Fensterscheibe an.

»Natürlich. Dann sind Elin und ich beide hier.«

»Was? Ich werde doch morgen früh operiert. Dann ist sie ja bei der Arbeit, wenn ich zu mir komme. Muss sie nicht zur Arbeit?« Das schrie sie fast und schleuderte Stimme und Blick in meine Richtung.

»Sie hat sich sicher freigenommen, ich weiß es nicht so genau«, sagte ich und stand auf.

»Genau. Nämlich. Ihr wisst etwas.«

»Hör jetzt auf mit dem Gerede! Wenn wir wüssten, dass du morgen krepierst, dann hätte Elin sich doch nicht freinehmen müssen, weißt du. Dann kriegt man doch ohnehin Urlaub. Jesus Christus, du nervst ja vielleicht!«

Und dann lachte sie plötzlich, das Kinn auf die Brust gepresst und mit leuchtenden, jungen und frechen Augen.

»Richtig erkannt, Anne. Touché!«

»Ich hol mir ein bisschen Saft. Willst du bestimmt nichts haben?«

»Ein kleines Glas Apfelsinensaft, wenn du schon gehst.«

Und das, was am nächsten Tag dann passierte, war, dass sie durchaus nicht bei der Operation starb, sondern begraben in Verbände wieder zu sich kam und anfing, etwas zu murmeln, mit altrosa, gesprungenen Lippen. Elin und ich hingen über ihr, um zu begreifen, was sie sagte, und als sie am Ende ihre Stimme ausreichend in den Griff bekam, hörten wir:

»Jetzt komme ich nie nach Oman.«

»Oman?«, fragte ich. »Wo zum Teufel ist Oman?«

»Ach, Anne«, sagte Mama. »Du und Geografie. Schäm dich. Und nicht fluchen.«

»Gleich beim Jemen«, sagte Elin. »Du weißt schon, Dubai und so.«

»Bravo, Elin«, sagte Mama.

»Natürlich fahren wir da hin«, sagte ich.

»Das schaff ich doch nie«, sagte Mama.

»Doch«, sagte ich. »Das schaffen wir. Verdammt, klar fahren wir nach Oman. Schlaf jetzt. Du lebst. Du bist nach der Operation aufgewacht, und also ist alles gut gegangen.«

»Das Kalbsohr ist an Ort und Stelle?«

»Das Kalbsohr tut seine Pflicht, dein Puls ist einfach super.

Wir haben mit einem Arzt gesprochen, die Operation ist perfekt verlaufen.«

»Mit einem Arzt?«, fragte sie und klimperte aufgeregt mit den Augen. »Hat der noch mehr gesagt?«

»Nicht doch. Nur, dass alles normal verlaufen ist«, sagte Elin.

»Normal, meine Güte«, sagte Mama. »Du hast gut reden, du.«

Aber am Vorabend war das Ergebnis noch ungewiss. Ich reichte ihr das Saftglas, der Saft schmeckte wunderbar, es waren noch Reste von Eiswürfeln darin, obwohl es schon so spät war.

»Die werden ein Kalbsohr einsetzen, weißt du, in mein Herz. Stell dir das vor. Was denen so alles einfällt.«

»Sicher, das weiß ich doch, das hast du letztes Mal auch bekommen«, sagte ich und setzte mich wieder.

»Dann habe ich jetzt beide Ohren verbraucht. Das Kalb ist erledigt.«

»Es ist sicher nicht dasselbe Kalb, Mama, da brauchst du also nicht mehr dran zu denken. Und auch nicht daran, dass du Elin und mir ab und zu eine Ohrfeige verpasst hast. Du warst eine Supermutter.«

Unter diesen Umständen, hätte ich hinzufügen können, aber das hätte ich in diesem Moment nicht über mich gebracht, es war ein langer Tag gewesen. Man soll immer seinen Mitmenschen verzeihen, wenn sie sich unter ihren Umständen die größte Mühe gegeben haben.

»Wo sind die Wohnungsschlüssel?«, fragte ich. »Nur, damit ich sie nicht vergesse.«

Sie zeigte auf ihre Handtasche, die in einem Fach im Nachttisch lag.

»Im Kühlschrank stehen zwei Bier, mehr mochte ich nicht schleppen, ich bin so kurzatmig. Und Brot und Käse und Milch für den Kaffee. Den Rest musst du morgen selbst besorgen, ehe ihr meine Beerdigung plant.«

Was sagt man zu einem Menschen mit Todesangst?

Eine durchschnittliche Mutter war sie wirklich nie gewesen. Das dachte ich, als ich ein wenig später mit dem hinter mir dahinsummenden Rollkoffer über den Flur ging und mich nach dem Ausgang sehnte, ich war gesund und kräftig und voller erkämpfter und benötigter Energie, aber wer war ich denn, um ein ganzes Leben mit allen dazugehörenden Entscheidungen zu bewerten? Ich war selbst Mutter, ich wusste, wie verdammt schwer es ist, sich richtig und selbstlos zu verhalten, einem Kind gegenüber, einer eigenständigen Person, einem Menschen, dem man auf Augenhöhe gegenübertreten muss und doch von oben herab als Autoritätsperson.

Natürlich hatte sie sich wahnsinnig bemüht, mit ihrem eigenen elenden Ausgangspunkt, um alles richtig zu machen. Ich war trotz allem froh, weil sie ihr tiefstes Schamerlebnis nicht zur Sprache gebracht hatte, als sie von der Ohrfeige ab und zu gesprochen hatte, das war bei einem hysterischen Telefongespräch passiert, als das erste Kalbsohr angenäht werden sollte: »*Ich saß mit einigen anderen Müttern zusammen, wir saßen auf dem Marktplatz von Odda in der Sonne, und du warst erst zwei Jahre alt und warst nicht so richtig brav. Ich weiß nicht mehr, was du angestellt hattest, aber ich habe dir eine gescheuert und danach zu den anderen Müttern gesagt: ›So erzieht man ein Kind.‹ Großer Gott, das bereue ich ja so sehr. Und großer Gott, was hast du geweint. Meine Mutter hat mich dauernd geschlagen, ich hätte das doch nicht tun dürfen, ich wusste ja, wie schrecklich das ist. Und die anderen Mütter starrten mich an, sie waren total schockiert, Anne, und ich in meiner Einfalt hatte ge-*

dacht, sie würden von meiner mütterlichen Tatkraft beeindruckt sein. Von wegen mütterlich! Kannst du mir das jemals verzeihen, Anne? Kannst du das? Oder wirst du dich an solche Dinge erinnern, wenn ich tot bin?«

Was antwortet man? Sagt man, dass es wirklich keine Rolle spielt? Dass ich mich ohnehin an nichts aus der Zeit erinnern kann, als ich zwei war?

Es tut herzzerreißend weh, sich als schlechte Mutter zu fühlen, wenn man etwas getan hat, das nicht wiedergutzumachen ist, wenn man den Schmerz in den Augen seines Kindes sieht und weiß, dass das hier für immer eine Erinnerung sein wird, eine untilgbare Spur im Gehirn, egal, ob das Kind erst zwei Jahre alt war, als es geschehen ist. Eine ungerechte und unerwartet verpasste Ohrfeige wird immer als Übergriff erlebt. Wenn sie von der eigenen Mutter kommt, ist sie ein unendlicher Verrat. Aber ich trug es ihr nicht nach, ich erfuhr ja auch erst davon, als das erste Kalbsohr zu einem Teil ihres Körpers werden sollte.

Der Schneeregen legte eine Pause ein, als ich auf den glatten schwarzen Asphalt vor dem Krankenhaus Ullevål hinaustrat, wo eine etwas ältere Frau allein in der Dunkelheit unter dem Taxischild stand, es war kein Wagen zu sehen, es war fast halb eins, Mama hatte eine Schlaftablette und einen Schluck Wasser von einer Pflegerin bekommen, die zu allem Überfluss auch noch An-Magritt hieß.

Zu Hause in Trondheim, nur wenige Meter von meinem Haus in Ila entfernt, stand eine Statue von An-Magritt, modelliert nach Liv Ullmann, die sie in der Verfilmung von Johan Falkbergets Buch gespielt hatte. An-Magritt stand bronzereglos da, mit dem Stier an der Leine, den sie als Zugtier nahm, wenn sie bei bitterer Winterkälte Erz zu den Schmelzöfen brachte, um einige Öre zu verdienen, ich war erst vor wenigen Stunden auf dem Weg nach Værnes an ihr vorbeigekommen, und jetzt hatte sie soeben meiner Mutter eine willkommene Ruhepause in Tablettenform verpasst, Ruhe von Gedanken an Ohrfeigen und ohrlose Kälber.

Aber der Abend war noch nicht vorüber, was seltsame Zufälle anging.

Ich stellte meinen Rollkoffer einige Meter von der Frau unter dem Taxischild entfernt ab und steckte mir die lang ersehnte Zigarette an. Der ganze Tag umgab mich wie ein schwerer Umhang, das Telefongespräch über die neunhundert Kronen, alle beruflichen Mails, die ich nicht mehr hatte beantworten können, die Reise nach Oslo.

Und natürlich könnte sie morgen sterben, natürlich könnte sie das. Es war eine schwere Operation, die sie da durchmachen musste.

Ich merkte plötzlich, dass ich es nicht über mich brachte, in ihre kleine Sozialwohnung in Stovner zu fahren, zu den beiden kleinen Bieren, die sie ins Haus geschleppt hatte, und allen ihren Habseligkeiten, sorgfältig geordnet, damit es nach ihrem Tod für Elin und mich so leicht wie möglich wäre, ihren Nachlass zu ordnen. Deshalb rief ich im Hotel Bristol an, das viel mehr meine zweite Heimat war als Mamas Wohnung, und der Nachtportier Øystein hatte natürlich ein freies Zimmer für mich. Ich würde dann lieber morgen kurz in der Wohnung vorbeischauen, für den Fall, dass Mama irgendwelche Kontrollfragen stellte, ob ich diesen oder jenen Klebezettel gesehen hätte, und welche Bettwäsche ich benutzte. Sie legte solche Zettel an den seltsamsten Stellen ab, wenn sie wusste, dass ich in eine leere Wohnung kommen würde.

Mehr Klopapier im Schrank vorn im Gang.

Nimm zuerst die Aprikosenmarmelade, das Glas mit der Erdbeermarmelade ist noch nicht angebrochen.

Wenn die Frau aus der Wohnung gegenüber klingelt, dann rede nicht lange mit ihr, sie ist komisch, lass sie nicht rein.

Hol die Abendausgabe von Aftenposten *nicht rein, die kriegt der Hausmeister, ich mag das Kreuzworträtsel darin nicht.*

Und so weiter.

»Excuse me, but did you by any chance call for a taxi?«

»No, a hotel room, actually«, antwortete ich.

Die ältere Dame unter dem Taxischild wirkte unglaublich erschöpft, sie stand zusammengesunken da, ohne Regenschirm, und es schien ihr egal zu sein, dass ihre Haare triefnass waren. Neben ihren Füßen stand eine riesige, dunkle Reisetasche, auf der sich halb geschmolzener Schneeregen oben in schmutziggrauen Streifen am Reißverschluss entlangzog.

»I already have a room, thank God, but if there only was a taxi. My cell phone has trouble connecting here. I have been waiting for more than half an hour. No cars.«

Ich bot ihr eine Zigarette an, aber sie winkte ab, während ich ein Taxi bestellte. Wir kamen ins Gespräch, es war, wie mitten in der Hardangervidda einer einsamen Wanderin zu begegnen, hier vor diesem riesigen, bald schlafenden und dunklen Krankenhaus, nicht, dass ich so viel in der Hardangervidda wanderte, dass ich mich da so gut auskenne, aber ich konnte mir vorstellen, dass es so wäre. Dass man ins Gespräch kommt, weil zwei einsame Menschen einander in einer gewaltigen Leere begegnen.

Ich fragte, ob sie vielleicht im Krankenhaus arbeite, nur um zu erfahren, warum sie hier stand, eine blöde Frage, da ein triefnasser und unleserlicher Gepäckanhänger elend von einem Griff ihrer Reisetasche baumelte.

Nein, sie arbeitete nicht hier, sie kam geradewegs aus British Columbia, denn ihre Tochter hatte sich auf einer Reise nach Chile mit einem gefährlichen Parasiten infiziert und lag jetzt hier in Ullevål auf der Isolierstation.

Ich hatte keine Ahnung von British Columbia, aber es klang sehr weit weg. Von Chile hatte ich eine ungefähre Vorstellung, ich sah das Land vor mir, ziemlich weit unten links auf einer Karte von Südamerika. Ich fragte, was ihre Tochter in Oslo mache, und erfuhr, dass sie hier Biologie studierte, aber sie war krank geworden, als sie zwei Tage zuvor aus Chile zurückgekehrt war.

Die Frau hatte ein Zimmer im Plaza, deshalb teilten wir natürlich das eine Taxi, das endlich auftauchte. Es regnete jetzt und die Scheibenwischer waren hektisch an der Arbeit, die Welt draußen war blank und novemberdunkel, die Räder donnerten über den unebenen Straßenbelag in den Nebenstraßen und Abkürzungen zum Zentrum. Wir saßen beide auf der Rückbank, ich konnte ihre nassen Haare riechen, sie stellte mir die gleichen Fragen, die ich ihr gestellt hatte, was ich hier mache, mit meinem Rollkoffer. Sie fragte auch, was ich von Beruf sei, da ich so gut Englisch spräche, ich sagte, das könnten fast alle Norweger, sogar Kinder, und ich sei Autorin.

»I also have some books out«, sagte sie. »Actually.«

Bald hatten wir ihr Hotel erreicht.

»Let's google each other«, sagte ich, und wir tauschten Zettel mit unseren Namen aus, ehe sie vor dem Plaza das Taxi verließ.

Oben in meinem Zimmer im Bristol las ich auf dem Zettel:

Birute Galdikas.

Birute. Mama hieß Birte.

Nur ein Buchstabe fehlte.

Ich war als Tochter von Mama Birte nach Ullevål gekommen, sie als Mama Birute ihrer Tochter. Ich packte den Mac aus und googelte zuerst British Columbia, was sich als westlicher Teil Kanadas entpuppte, großer Gott, das war wirklich eine weite Reise. Danach googelte ich ihren Namen und las mit so weit offenem Mund, dass ich sofort den winzigen, schweineteuren Rotwein aus der Minibar fischen musste, danach die kleine Ginflasche, die ich mit Pepsi light mischte, und den kleinen Wodka.

Birute Galdikas war auf ihrem Gebiet weltberühmt. Sie hatte zwanzig Jahre lang im tiefsten und abgelegensten Dschungel auf Borneo mit Orang-Utans zusammengelebt, sie hatte als Erste überhaupt diese Tiere genau beschrieben und sie richtig kennengelernt, sie hatte dort Kinder bekommen, und die Orang-Utans waren so vertraulich mit ihr umgegangen, dass sie sogar als Ersatzmutter für die kleinen Orang-Utans fungiert hatte, die hatten sich monatelang an sie geklammert, auch während sie sich um ihre eigenen Menschenkinder kümmerte.

Sie war jetzt Professorin in Indonesien und Vancouver und Los Angeles, man sah sie immer wieder in *National Geographic*, im Magazin und auch im Fernsehen. Ich bestellte sofort bei Amazon ihr berühmtestes Buch: »Meine Orang-Utans. Zwanzig Jahre unter den scheuen ›Waldmenschen‹ im Dschungel Borneos«.

Zwanzig Jahre im tiefsten Dschungel von Borneo. Wo um alles in der Welt lag das nun wieder?

Wikipedia erklärte mir, dass es eine Insel ist, die drittgrößte der Welt, und zu Indonesien gehört. Das könnte ich Mama erzählen, die sich für eine schlechte Mutter hielt, weil sie uns ab und zu eine Ohrfeige verpasst hatte, während ihre Fast-Namensschwester ihre Kinder in einem Dschungel zur Welt brachte. Ich nahm an, um den Komfort sei es nicht so großartig bestellt gewesen, und sicher hatten dort viele Gefahren gelauert, Schlangen und Spinnen und Blutegel und Schlimmeres. Wilde Orang-Utans waren auch nicht so ganz ungefährlich.

Ich wollte mich bei Mama bedanken, weil sie uns nicht in einem Dschungel geboren hatte, darüber würde sie sich freuen, sie wusste ja, wie abgrundtief ich Spinnen hasste. Und ich war schon erschöpft, nur, weil ich von Trondheim nach Oslo gereist war.

Ich ging mit dem Hotelregenschirm auf den Balkon und rauchte eine letzte Zigarette, es goss jetzt in Strömen. Ich blieb in einem angenehmen und schamlos teuren Minibarrausch dort stehen und dachte darüber nach, wie seltsam alles war, wie viel man im Laufe eines Tages erleben kann, alle Zufälle, die sich nahtlos zu einer Wirklichkeit zusammenfügen, und dass eine ganz unscheinbare Frau unter einem Taxischild ein so großes und fast unbegreifliches Lebensabenteuer in sich tragen konnte.

»ICH DENKE VIEL DARAN, dass du über mich schreiben willst. Das muss ich sagen. Ich denke fast die ganze Zeit daran, und dann fallen mir Dinge ein, die ich vergessen zu haben glaubte, und ich frage mich, ob man dann überhaupt über das Leben eines anderen Menschen schreiben kann. Richtig, meine ich. Und dann überlege ich mir, wie ich selbst ein solches Buch schreiben würde. Vermutlich würde ich eine lange Liste über alles machen, was mir misslungen ist, alle falschen Entscheidungen, alles, was ich versäumt habe, alles, was ich niemals erleben durfte. Und dann würde ich mich schämen, denn ich bin doch so dankbar für diese fantastische Reise voriges Jahr nach Dubai und Oman, Anne. Gleich nach meinem und Audreys Lebensabenteuer war das sicher das Fantastischste, was ich je erlebt habe. Trotzdem würde ich mich nur darauf konzentrieren, was ich alles versäumt habe. Und da ist es sicher auch gut, wenn du schreibst. Du hast sogar die Hexe ab und zu ein wenig sympathisch erscheinen lassen, und da kannst du mich sicher auch genießbar machen. Willst du übrigens da anfangen, wo ›Das Erbstück‹ aufhört? Aber das habe ich dich vielleicht schon gefragt. Ich werfe alles ein bisschen durcheinander.«

»Als wir uns im Krankenhaus Sundby von Oma verabschiedet haben, meinst du?«

»Wir haben uns nicht von ihr verabschiedet, Anne, wir haben zu ihrem Sarg Lebwohl und *good riddance* gesagt. In einem Nebenraum der Kapelle. Zu ihren sterblichen Überresten, unmittelbar, ehe sie in die Flammen geschickt wurden, und wir wollten feiern, richtig feiern, mit Bier und Gammel Dansk, und uns richtig amüsieren! Wir haben neulich darüber gesprochen, dass ich ihr im Jenseits wieder begegnen könnte, aber dass die Gefahr gering ist, denn ich glaube nicht an solchen alttestamentarischen Unsinn. Aber wenn ich glaubte, dann wäre sie sicher für immer in der Hölle. Ich war ja auch kein Engel, das nun wirklich nicht, nicht als Mutter, aber ich glaube mit der Hand auf dem Herzen, dass ich da unten nur ein paar Strafrunden drehen müsste, ehe ich wieder beim heiligen Petrus vorsprechen dürfte. Sie hat nicht mehr als diese kurze Zeremonie im Nebenraum verdient. Man kann nicht sagen, es habe Pomp und Pracht gegeben, Gott sei Dank. Meine allergrößte Angst ist, dass ich plötzlich den Wunsch verspüren könnte, mich mit ihr auszusöhnen. Was könnte schlimmer sein als das? Was könnte schlimmer sein, das frage ich mich, Anne. Der bloße Gedanke ist doch schon Horror hoch zehn. Viele hoffen ja die ganze Zeit, dass sie bei ihren Eltern etwas wiedergutmachen können, als ob diese Eltern plötzlich zu Gottheiten oder Übermenschen geworden wären, wo sie doch eigentlich nur ganz normale fehlangepasste und missratene Idioten waren, die rein zufällig ein Kind bekommen haben. Was soll das denn? Bloß, weil sie Vater oder Mutter heißen! Die sind doch total normale Idioten! Menschen, die zwischen uns herumlaufen und die wir in der Warteschlange vor der Kasse anrempeln, oder die uns Mahnungen schicken, wenn wir unsere Rechnungen nicht bezahlt haben, oder die ihren Hamburgermüll aus dem Autofenster schmeißen! Diese Menschen sind Eltern von sprachlosen Kindern, die nichts daran ändern können. Rein gar nichts. Und dann werden diese armen Kinder zu Erwachsenen und suchen ihre

Wurzeln und treten in Vereine ein, in denen Ahnenforschung betrieben wird, ich hätte fast gesagt, Seelenforschung, und je weiter zurück sie im Stammbaum kommen, um so erhabener und fantastischer werden diese Menschen, nur weil sie vor langer Zeit Kinder gezeugt haben und dann gestorben und zu fetter Muttererde geworden sind. Was soll das alles? Eine Bande Volltrottel, allesamt. Und wie willst du mich diesmal eigentlich nennen?«

»Dich nennen? Du heißt doch Birte.«

»Ich habe auch schon Birte geheißen, als du mich Ruby genannt hast.«

Mama schob sich die Sauerstoffschläuche weiter in die Nasenlöcher und atmete einige Male wütend ein, durch die Nase; mit geschlossenem Mund, ehe sie die Luft durch den Mund entweichen ließ, wie wir ihr immer wieder einschärften. Anfangs geriet sie dabei oft durcheinander und machte es umgekehrt. Der eingesperrte Vielfraß warf sich in seinem Metallkäfig wütend hin und her, konnte aber nicht entkommen. Wir saßen an der Wand vor dem Bett, zwischen uns den überfüllten kleinen Krankenhaustisch.

»Aber als ich das ›Erbstück‹ geschrieben habe, konnte ich doch nicht ahnen, dass du danach zu der Geschichte stehen würdest. Ich wollte dich beschützen, das musst du verstehen.«

»Mich beschützen? Jetzt lach ich mich aber tot.«

»Natürlich wollte ich dich beschützen. Und ich finde es ziemlich verletzend, wenn du so redest.«

»Ich mache nur Witze. Aber jetzt soll ich also Birte sein. Sieh mal an. Aber wenn, dann Birte Solveig. Wenn schon, denn schon.«

»Das ist zu lang zum Schreiben. Außerdem wird es wohl meistens *Mama* heißen.«

»Ach was. Ich soll einen ganzen Roman lang Mama sein. Was du nicht sagst. Na gut.«

Niemand konnte so wie Mama »na gut« sagen. Sie hatte hundert Varianten. Bei dieser wurde das A ein wenig gedehnt, und es ging am Ende tief nach unten, triefend schwer von unausgesprochenen Mitteilungen.

»Und eigentlich graust mir davor«, fügte ich eilig hinzu.

»So was Blödes hab ich ja noch nie gehört. Dir graust vor dem Schreiben. Wo du doch lebst. Und davon lebst. Und weiter davon leben und auf meinem Grab tanzen willst. Denn das kannst du gern machen, ihr braucht nicht um mich zu weinen, diese Vorstellung finde ich scheußlich. Du brauchst, wie gesagt, wenn ich sterbe, nicht gerade in laute Jubelrufe auszubrechen, aber ihr braucht auch nicht lange zu trauern, diese Vorstellung macht mich einfach unendlich traurig, das ist mein Ernst. Also nimm dich zusammen. Großer Gott. Was du nur immer zu jammern hast. Dir graust vor dem Schreiben. Du kannst das doch. Also wirklich!«

»Aber was, wenn ich mich total beschissen fühle? Weil ich vielleicht zu viel von dir preisgebe?«

»Apropos Birte, jetzt ist mir die Geschichte mit Birute eingefallen. Es ist ja fast nicht zu glauben, dass du ihr begegnet bist. War das bei der ersten oder der zweiten Herzklappe?«

»Bei der zweiten.«

»Ja, das stimmt. Da war das ganze Kalb erledigt. Ihr Buch war übrigens fantastisch, habe ich es dir eigentlich je zurückgegeben?«

»Glaub schon.«

»Ja, wenn nicht, dann wird es ja auftauchen, wenn ihr nach meinem Tod die Wohnung ausräumt. Ich weiß noch, dass es mich ziemlich getröstet hat, ihre Art, wie sie Mutter war, die

Gefahren, denen sie ihre neugeborenen Kinder aussetzte. Was für ein Mut und was für ein grenzenloser Egoismus.«

»Ich würde wohl eher das Gegenteil behaupten, dass sie eben nicht egoistisch war. Sie hat sich für die Wissenschaft geopfert, und sie hatte einen größeren Traum, eine größere Vision.«

»Anne! Als Mutter darf man keine größeren Träume haben als sein Kind. Das sage ich dir.«

»Du hast doch auch vom Reisen geträumt, als Elin und ich klein waren.«

»Aber ich bin nicht gereist. Das ist der Unterschied!«

»Auch du wärst eigentlich lieber ganz woanders gewesen.«

»Das lag an deinem Vater. Der konnte in den Gazastreifen fahren, als du gerade mal drei Monate alt warst. Natürlich war ich neidisch.«

»Aber dann gibst du doch zu, dass du eigentlich lieber …«

»Probier mal den Nachtisch, der Löffel dahinten ist ganz sauber. Nein, um Gottes willen, probier nicht. Wasser mit grüner Lebensmittelfarbe. Das nennen die hier Essen. Ich würde dir gern etwas auftischen können, du sitzt ja bloß da rum. Aber warum solltest du dir beschissen vorkommen. Du bist meine Tochter, und du bist Schriftstellerin. Also hör auf mit dem kokettierenden Gejammer, du lebst und hast diese Möglichkeiten. Und denk doch nur, wie frei du schreiben kannst, wenn ich tot bin! Du kannst schreiben, was du willst! Kannst ganze Ozeane voll Lügen dichten! Und damit dann sogar Geld verdienen.«

»Ich glaube übrigens, ich werde doch nicht mit Istanbul anfangen. Ich glaube, ich weiß noch nicht genau, wie ich anfangen werde.«

»Ja, ich wollte ja eigentlich nach Libyen, weißt du, aber ich bekam kein Visum. Und dann wollte ich mir danach Petra in Jordanien ansehen.«

»Darum geht es doch nicht. Ich glaube nur, ich werde etwas früher anfangen. Gleich, nachdem ich von zu Hause ausgezogen war. Oder ehe ich von zu Hause ausgezogen war. Vielleicht. Nein. Ich weiß nicht.«

»Ich fand Gaddafi immer so attraktiv. Findest du, so was dürfte man nicht sagen, Anne? Wenn man weiß, wie viele Leute unter ihm leiden mussten, und ...«

»Nicht doch. Er hat dir immer gefallen. Sogar nach Lockerbie noch.«

»Ja, mir gefiel sein Kinn, viereckig und ungeheuer männlich, mit dieser kleinen Kerbe. Solche Grübchen im Kinn sind mit Michael Jackson aus der Mode gekommen, jedenfalls, was mich angeht, aber Gaddafi hatte ja eigentlich immer einen Bartschatten, das hat ein bisschen geholfen, Männer mit kräftiger Behaarung haben mir immer schon gefallen. Aber ich hatte mich ja entschieden, weißt du. Ich wollte kehrtmachen und wieder nach Hause trampen, nachdem ich die Hälfte meiner kleinen Reisekasse aufgebraucht hatte. Deshalb bin ich nie bis Petra gekommen. Denn als die Hälfte des Geldes weg war, war ich in Istanbul, und bis dahin hatte ich zweieinhalb Wochen gebraucht. Ich wohnte bei Muhammeds Schwester, weißt du noch? Wohnte da natürlich gratis, deshalb konnte ich den Aufenthalt noch eine Woche ausdehnen, aber großer Gott, das war ja vielleicht schmutzig. Und das war ja vor Antibac und Desinfektionstüchern, Anne. Großer Gott, ich habe arabische Zeitungen auf den Boden gelegt, wenn ich barfuß unter die Dusche gegangen bin. Und diese Dusche ... wenn ich an diese Dusche auch nur denke! Die hatte so einen pfirsichfarbenen, fast schon *zottigen* Belag auf dem Boden und den Wandfliesen, ganz zu schweigen davon, wie die Fugen zwischen den Fliesen aussahen. Die waren kohlschwarz, Anne. Und sie hat nur süße Sachen serviert, am Ende hätte ich mich fast übergeben, ich hatte richtig Hunger auf Salz, obwohl ich doch so gern Kuchen und Schokolade esse, weißt du, aber ich musste mir hinter ihrem Rücken auf der Straße etwas Salziges zu essen kaufen, und dabei habe ich dann nicht einmal daran gedacht, womit ich mich alles anstecken könnte. Aber sie war ja so reizend und gastfreundlich, und ich wusste, dass Muhammed hier zu Hause es so schön fand, dass ich eine ganze Woche dort wohnte, das war dann gewissermaßen eine Art Ausgleich für die vielen Sonntagsessen bei uns in der Kongens gate, deshalb musste ich eben durchhalten. Ich glaube, ich muss meinen Kopf ein bisschen ausruhen. Du gehst doch noch nicht?«

»Erst, wenn du wieder wach bist, Mama.«

»Ja, so war das, ja. Ich werde wieder wach. Ich werde außerdem nicht schlafen, sondern mich nur ein bisschen ausruhen. Tausend Dank, meine Liebe, ich freue mich so darüber, dass du hier bist, und weil du nicht gleich wieder gehst. Es ist so schön, Norwegisch sprechen zu können, das kannst du dir überhaupt nicht vorstellen.«

Hier im Pflegeheim Furuset sprachen die allermeisten Angestellten entweder Lettisch oder Polnisch. Und da war es keine große Hilfe, dass Muhammed Mama nach den wöchentlichen Sonntagsessen in der Kongens gate Arabischunterricht gegeben hatte, oder dass Mama außerdem Englisch, Französisch, Deutsch und ein bisschen Spanisch sprach. Und natürlich Dänisch, ihre Muttersprache. Dazu verstand sie sehr gut Schwedisch, ganz anders als alle anderen in Dänemark. Und sie verstand Trønderisch, sie war ja erst 1984 nach Oslo gezogen und hatte vorher dreiundzwanzig Jahre in Trondheim gewohnt.

Der Arabischunterricht war ihr *Deal* mit Muhammed. Samstags half Mama im Lebensmittelladen Sjokkpris in der St. Olavs gate in Trondheim aus, weil sie das Kaffeeservice aus der Möwenserie der Königlich Dänischen Porzellanfabrik sammelte. Jeden Samstag verdiente sie genug für eine Tasse mit Untertasse oder für einen Kuchenteller. Dazu kam ihre Arbeit in der Fabrik an den anderen Wochentagen, bei Fritz Rambech, wo Plastiktüten produziert wurden. Sie wollte nämlich ihren Lohn aus der Fabrik nicht für dänisches Porzellan ausgeben, was trotz allem ein unnötiger Luxus war, nur zur Augenfreude und für einen schön gedeckten Kaffeetisch ersonnen.

Muhammed wohnte in einem kleinen Zimmer gleich um die Ecke von Sjokkpris, und Mama kam er so einsam vor, was er dann ja auch war, wie Mama feststellte, als sie nach und nach ins Gespräch mit ihm kam und ihm Auskünfte über seine Person entlocken konnte. Das machte sie elegant und fast unbemerkt, und mithilfe winzig kleiner Puzzlestücke aus Informationen setzte sie am Ende ein vollständiges Bild zusammen.

Er kam aus Alexandria in Ägypten, hatte eine jüngere Schwester, war der einzige Sohn und hatte in Trondheim Ingenieurswissenschaften studiert. Bis ein Dozent ihm die Idee für irgendeine Sorte von Plastikkugeln gestohlen und als seine eigene Erfindung auf einem großen Kongress in New York bekannt gemacht hatte, worauf Muhammed sein Studium abbrach und nach Alexandria zurückkehrte. *Bitterlich weinend* zurückkehrte, wie Mama es später dann immer ausgedrückt hatte.

Zum Glück kam er aus einer steinreichen Familie, deshalb ging er nicht vor die Hunde, auch nicht, nachdem er sein Studium an der TH geschmissen hatte. Seine Eltern waren sogar einmal zu Besuch in Trondheim, während Muhammed noch nichts von dem Vertrauensbruch ahnte, dem er zum Opfer fallen sollte, sie wohnten in einer Suite im Britannia Hotel, und Mama lud sie zum Mittagessen ein, ich kam in der großen Pause aus der Schule nach Hause und hatte in meinem ganzen Leben noch nicht so viel Gold und glänzenden Stoff an einer Frau gesehen. Sie wirkten total fehl am Platze in unserem kleinen Wohnzimmer, wie sie da so stattlich und hocherhobenen Hauptes saßen und lächelnd eine Platte voll von Mamas turmhohem dänischen *Smørrebrød* anstarrten.

Aber Mama war also mit Muhammed ins Gespräch gekommen, hatte angefangen, sein Leben als Puzzlespiel zu legen, und zudem ihr eigenes Interesse an arabischen Ländern verraten, sie liebte die Wüste, hatte ganze Bücher mit Fotos von der Wüste in allen Varianten und unter allen Lichtverhältnissen, die Götter mochten wissen, woher diese Faszination stammte, jedenfalls nicht aus Amager in Kopenhagen, wo sie aufgewachsen war. Vielleicht kam sie einfach aus ihrem Hunger nach Wärme. Viel wärmer als in einer Wüste kann es ja wohl kaum werden.

So also kam es zu diesem Arrangement; sie sagte, er müsse sonntags bei uns essen und ihr dafür danach Sprachunterricht erteilen. Er war so glücklich! Und er brachte auch Elin und mir bei, wie sein Nachname ausgesprochen wird, mit einem Röchellaut als H.

Wenn wir gegessen und den Tisch abgeräumt hatten, füllte sich der Tisch mit Büchern und Papieren, und Mama saß mit der Zunge im Mundwinkel da und schrieb rückwärts, sie nahm dazu einen Füllfederhalter, es erinnerte sie an die Schule ihrer Kindheit, an die sie gern zurückdachte, und sie fand außerdem, dass die arabischen Buchstaben mit Füllfederhalter schöner würden.

Muhammed war ein guter Pädagoge und erwiderte Mamas gelegentliche Hysterie mit Ruhe und Lachen. Er brachte Mama alle Höflichkeitsfloskeln bei, wie sie mit Menschen reden sollte, abhängig von Geschlecht, Alter und Stand, und er machte sie mit einem Libanesen bekannt, der in einer Bude auf dem Markt Kleider und Schmuck verkaufte, damit Mama auf Arabisch feilschen lernen konnte. Auf diese Weise lernte sie außerdem die Zahlen. Mama stand immer wieder bei dem Libanesen auf dem Marktplatz und feilschte nach Herzenslust, ohne etwas kaufen zu müssen, obwohl der Preis natürlich verlockend weit nach unten gedrückt wurde.

Auf einer Pauschalreise nach Marokko war sie die Einzige in der ganzen Reisegruppe, die Zugang zu den privaten Bereichen der von den Beduinen aufgeschlagenen Zelte hatte, denn sie kam ins Gespräch mit einem kleinen Mädchen, das sie dann sofort seiner Großmutter vorstellte. Das war der Höhepunkt der ganzen Reise, die Prämie für die vielen langen Sonntagsnachmittage über den arabischen Texten. Die Reisegruppe brachte ihr danach tiefen Respekt entgegen. So stellte sie das jedenfalls dar. Mama konnte die Wirklichkeit nämlich durchaus nach ihrem eigenen Gutdünken definieren, sie lief nie im Gleichschritt mit, sie suchte immer nach Seitenwegen und spannenden Alternativen, die sich gegen den Strom richteten, sie gab sich nie mit der ersten Erklärung zufrieden, egal, worum es ging und wie überzeugend die sich anhören mochte.

Und in den Siebzigerjahren war sie nie so intolerant wie andere Erwachsene. Als es in Trondheim zur ersten Hausbesetzung kam und die Zeitungen darum wetteiferten, diese schrecklichen und provokativ aussehenden jungen Punks zu verdammen, buk Mama einen Stapel Waffeln, füllte ausgewaschene Joghurtbecher mit selbst gemachter Marmelade, packte einen dicken Ziegenkäse und einen alten Käsehobel, den sie leicht entbehren konnte, in eine Plastiktüte und marschierte zu dem Haus in der Kjøpmannsgate. Dort gab es Polizeisperren, aus welchem Grund auch immer, sicher vor allem, um die Damen in Singsaker zu beruhigen, aber Mama redete sich glatt an den Sperren vorbei und servierte durch ein halb vernageltes Fenster Waffeln mit Marmelade und Ziegenkäse. Elin hatte im Haus eine Freundin, und Mama rief nach ihr und dann wurde sie geholt, die Freundin war witzigerweise sozusagen über Nacht zum Punk geworden, Mama erklärte das geistreich damit, dass die Mutter dieser Freundin Journalistin sei und deshalb *eine instinktive Integrität* besaß, *die sich niemals von Augenblickserwartungen beeinflussen* lasse. Und das habe sicher auf die Tochter abgefärbt, meinte Mama.

Mamas Einfälle konnten mich wirklich in den Wahnsinn treiben, und dann sehnte ich mich nach einer Durchschnittsmutter.

Zugleich wusste ich, dass alles möglich war, dass ihre Großzügigkeit endlos und grenzenlos war. Als ich mit sechzehn im Zeitungskiosk im Trondheimer Bahnhof arbeitete, lag einmal ein Mädchen schlafend auf einer Bank, als ich abends den Kiosk abschloss. Sie war eine deutsche InterRailerin, und sie hatte in Berkåk ihren Freund verloren, sie waren aus dem Zug ausgestiegen, um sich die Füße zu vertreten, und schwupp, schon war er verschwunden, als der Zug ein wenig früher losfuhr als angekündigt. Wir kamen miteinander ins Gespräch, als ich draußen noch eine rauchte, ehe ich mit dem Rad nach Hause fuhr. Das Sicherheitspersonal war ihr auf dem Fuß gefolgt, wo sie ging und stand, und hatte sie aufgefordert, den Rucksack mitzunehmen, weil nun das gesamte Bahnhofsgelände abgesperrt würde.

»Du kannst bei uns schlafen, komm einfach mit«, sagte ich.

Sie hieß Ute.

Mama zuckte nicht mit der Wimper, als wir beide zu Hause auftauchten, sie servierte dem Gast Eier mit Speck, holte aus einem Schrank Kissen und Decke und Bettwäsche und legte eine Schaumgummimatratze in Elins Zimmer auf den Boden, während sie sich mit Ute in einer Sprache unterhielt, die sich in meinen Ohren wie fließendes Deutsch anhörte.

Am nächsten Tag lag für Ute ein Zettel am Informationsschalter des Bahnhofs, ihr Freund war weiter nach Norden gefahren, sie würden sich, hoffentlich am nächsten Tag, in Bodø treffen.

»Da siehst du«, sagte Mama, als ich von der Arbeit nach Hause kam. »So was findet sich auf Reisen immer. Ich habe das auch selbst erlebt. Alles kommt in Ordnung, wenn man unterwegs ist, wenn man in Bewegung ist.«

»Nicht doch, Mama, ich gehe nicht. Nur mal kurz zum Rauchen auf den Balkon. Danach komme ich wieder rein und setze mich.«

Ich würde nicht weggehen, natürlich würde ich das nicht. Einmal wachte sie auf, als ich draußen auf dem Balkon war und zwischen den Plastikmöbeln rauchte, Angehörige durften das, und die Patienten natürlich auch, die, die es schafften hinauszugehen. Die Angestellten durften das nicht. Sie weinte und bohrte sich die Fäuste in die Augen, als ich zurückkam, und sie war total überrascht, als ich wieder in ihrem Zimmer auftauchte. Sie schluchzte heraus, dass sie immer so schrecklich weine, wenn ich ging, aber ein wenig weniger an den Tagen, an denen sie wusste, dass Elin abends noch vorbeischauen würde. Und fügte hinzu, es tue ihr leid, dass ich sie »auf frischer Tat« ertappt hatte, *ich* sollte ja nun wirklich nicht auch noch traurig sein.

Deshalb blieb ich immer, wenn sie einschlief, rauchte draußen eine, surfte ein wenig mit meinem Telefon, blätterte in den Zeitungen, die ich mitgebracht hatte, betrachtete sie, hörte dem armen Vielfraß zu, dachte daran, wie schrecklich das alles war, wie gut sie es eigentlich hätte haben müssen, jetzt wo sie so krank war, bis sie dann mit bebendem Kinn und flackerndem Blick zu sich kam und bei meinem Anblick plötzlich strahlend lächelte.

»Da bist du ja, meine Liebe.«

»Jepp. Soll ich mal im Zentrum vorbeischauen und dir was Ordentliches zu essen kaufen?«

»Vielleicht, ich habe heute noch kaum etwas gegessen.«

Etwas Ordentliches zu essen bedeutete jetzt dreieckige Sandwiches vom Kiosk, die mit Ei und Bacon, sicher vollgepumpt mit Konservierungsmitteln. Wir hatten rein zufällig entdeckt, dass sie davon mehrere Bissen schaffte und schlucken konnte, ohne sich über den Linoleumboden zu erbrechen.

Sie hatte auf dem Tisch eine Schachtel Mozartkugeln stehen, seit sie eines Tages gerade darauf Lust gehabt hatte. Aber als Elin welche kaufen wollte, führte die plötzlich kein Laden mehr, sie musste in die Innenstadt fahren, um welche aufzutreiben. In der Schachtel lagen jetzt mehrere halb gegessene Kugeln, sorgfältig wieder in ihr Goldpapier gewickelt, sie schaffte nie eine ganze, und dabei hatte sie früher, rot vor Verlegenheit, weil sie immer mit ihrem Gewicht kämpfte, gestehen können, zum Kaffee eine ganze Packung mit zwölf Mozartkugeln verschlungen zu haben.

Im vorigen Pflegeheim, Stovnerskogen, dem richtigen, wo sie gewesen war, bis sie hierher nach Furuset verfrachtet worden war, hatten sie ihr das gekocht, worauf sie Appetit hatte.

Als ich eines Tages nach Stovnerskogen gekommen war, hatte ich eine Pflegerin gefragt, was sie gegessen habe.

»Heute wollte sie gebratene Zwiebeln und Krabben. Witzige Kombination«, antwortete die Pflegerin und lächelte.

»Hat sie das denn bekommen?«

»Natürlich.«

An einem anderen Tag wollte sie einen ganzen Blutpudding mit Sirup, sie kam geradewegs von der dritten Chemo. Sie war morgens mit dem Taxi nach Ahus gebracht worden, vormittags war ihr das Zellgift injiziert worden, während sie in einem Sessel saß, dann wurde sie nachmittags in den Krankenwagen getragen und zurück nach Stovnerskogen gefahren. Unterwegs hatte sie den ganzen Krankenwagen vollgekotzt.

»Ich habe sogar den Sauerstoffapparat erwischt, Anne, den, der zum Krankenwagen gehört. Der muss sicher auseinandergenommen und Stück für Stück gesäubert werden. Das ist schlecht gewirtschaftet, das kostet sicher mehr, als wenn sie mich über Nacht dabehalten hätten. Aber sie müssen ja Strafe zahlen, wenn ich zu lange dort bleibe. Man soll raus da.«

»Ich weiß, Mama. Und du bist zum schlechtestdenkbaren Zeitpunkt krank geworden.«

»Es gibt ja wohl keinen bestdenkbaren Zeitpunkt, Anne. Jetzt redest du Unsinn.«

»Doch. Du bist zum Versuchskaninchen geworden. Weil nach der neuen Reform die Krankenhäuser sparen sollen, und das heißt, dass du nicht im Krankenhaus übernachten kannst, wenn du nicht mitten in der Behandlung bist. Es reicht nicht, wenn dir nach der Chemo schlecht ist und du alles um dich rum vollkotzt, Mama. Kotze wegputzen können viele, Mama, deshalb darfst du kein teures Krankenhausbett mit Beschlag belegen, nur ein Billigbett in einer anderen Institution. Am besten zu Hause, ich glaube, darauf hoffen sie.«

»Dann kann ich mich ja vielleicht ein bisschen freuen, weil ich im Krankenwagen gekotzt habe.«

»Das kannst du. Wirklich.«

»Ja, denn ich habe die Sozialdemokraten ja immer schon verabscheut, Anne. Und die Gewerkschaften. Denk doch nur, Anne, wie viele Menschen da große Macht haben, Menschen, die niemals demokratisch gewählt worden sind.«

»Der Zug ist abgefahren, Mama, reg dich ab, ganz ruhig. Und das hier hat nichts mit den Gewerkschaften zu tun, Mama.«

»Nein. Da hast du recht. Und jetzt ist es mir sowieso egal. Sollen die doch machen, was sie wollen. Diese Kretins.«

Die ersehnte Ruhepause in einem Krankenhausbett war ihr nicht gegönnt, aber immerhin bekam sie abends Blutpudding mit Sirup. Jemand war in den Supermarkt im Stovner Senter gefahren, um den für sie zu besorgen.

»Stell dir vor, sie haben sich doch wirklich die Mühe gemacht, den Blutpudding für mich zu kaufen, Anne. Das wusste ich zum Glück nicht, als sie ihn gebracht haben, mit dem leckeren Sirup. Ich dachte, sie hätten den zufällig im Kühlschrank gehabt. Ich konnte drei Gabeln runterbringen, aber wenn ich gewusst hätte, dass sie losgefahren sind, um ihn für mich zu kaufen, dann hätte ich geweint und wäre total verzweifelt gewesen, weil ich nicht alles essen konnte. Zum Glück habe ich das erst am nächsten Tag erfahren. Aber auch da musste ich ein bisschen weinen.«

Sie hatte große Fürsorge erfahren, eine Fürsorge, die sie zu ihrer Verzweiflung nicht erwidern konnte. Denn sie hätten das nicht für sie tun müssen. Sie hatte selbst immer allen Fürsorge erwiesen, auf ihre Weise, mit ihren gefühlsmäßigen Defiziten, weil sie von ihrer eigenen Mutter niemals wirkliche

Liebe erfahren hatte, was sie durch angelernte Hausmütterlichkeit und enormen Einsatz auszugleichen versuchte.

Sie zeigte ihre Liebe eben durch Essen.

Indem sie es zubereitete, servierte, die Mahlzeit mit allen, die sie liebte, teilte, ansonsten würden sie ja nicht dort am Tisch sitzen. Für Mama bedeutete es, sich selbst anzubieten, wenn sie Essen anbot, alles anzubieten, was sie vermochte, alles, was sie mit maximaler Wirkung erreichen wollte, alles, was andere empfinden und genießen sollten. Die Mahlzeiten waren ein Glück für sie, das Glück, überquellende und duftende Schüsseln auf den Tisch stellen zu können, farbenfroh und verlockend, und sie erinnerte sich immer daran, was jemand besonders gern aß, was einem Gast bei der vorigen Mahlzeit besonders gefallen hatte, und ich sehe sie vor mir, wie sie einen Brotteig knetete oder für die Tiefkühltruhe ungeheuer leckere Frikadellen briet, und immer lächelte sie dabei. Sie schwitzte und schnaufte, während der Bratendampf sich fett an die Wände klebte, aber sie war in ihrem Element. Sie wirkte nie erschöpft oder schlecht gelaunt, wenn sie Essen kochen konnte.

»Aber das ist doch ihre Aufgabe, Mama. Dafür zu sorgen, dass es den Patienten gut geht. Und wenn Blutpudding eben das Einzige war, worauf du Appetit hattest …«

»Nein, Anne, jetzt irrst du dich. Ihre Aufgabe ist, das zu servieren, was sie im Kühlschrank haben, was sie ihren Patienten genau an diesem Tag servieren wollten. Das hier war also etwas ganz anderes. Das hier war extravagant, das hier war russischer Kaviar an einem schnöden Dienstag, das musst du einsehen. Und dann soll ich das Gefühl haben, dass ich das verdient habe! Das ist das Problem, Anne. Ich habe es nicht verdient. Ich habe ihnen niemals etwas Gutes getan, und ich werde auch niemals die Gelegenheit dazu haben. So gerne ich sie auch bewirten würde. Sie richtig bewirten, wie in meinen jüngeren Tagen, nicht wie zuletzt in den Jahren in der Kongens gate. Großer Gott, wie gerne würde ich ... einen Kühlschrank öffnen können. Meinen eigenen Kühlschrank. Den öffnen, hineinschauen, ein wenig darüber staunen, was in den Fächern liegt, und auch wenn es nicht sehr viel ist, sehe ich sofort, was ich daraus machen und womit ich überraschen kann. Genau das fehlt mir. Dort vor meinem offenen Kühlschrank zu stehen und eine Mahlzeit zu komponieren.«

WIE HAT SIE EIGENTLICH alles geschafft? Wie war das möglich? Wann hat sie geschlafen?

Und ich denke jetzt nicht zuletzt an die gewaltige Arbeit vor meiner ersten Hochzeit, die ich ihr, gut ausgerüstet mit selbstgerechten Scheuklappen und mit der größten Selbstverständlichkeit, in den Schoß warf.

Wir hatten uns zum *Eheschluss,* wie wir das nannten, Finn und ich, mitten in der Nacht entschlossen, während wir im Dunkeln auf den Schaumgummimatratzen lagen und redeten, unter den dünnen synthetischen Billigdecken und einem Berg aus Wolldecken.

Es war kurz vor Weihnachten gewesen und schweinekalt, es war in diesem Winter von November bis März schweinekalt gewesen, ich war mit einundzwanzig im Oktober von zu Hause ausgezogen. Die Wohnung lag in der alten, unter Denkmalschutz gestellten Holzhaussiedlung und war sicher seit den Zwanzigerjahren, als über den Ausgussbecken Wasserleitungen gelegt worden waren, nicht mehr renoviert worden. Es gab Einfachfenster und ein Klo im Hinterhof, und das Klo war so hässlich und schmutzig, dass man es nicht benutzen konnte, der Alkoholiker aus dem Erdgeschoss kotzte immer den Boden voll, wenn er verkatert darauf saß.

Gefrorene Kotze sieht übrigens ein bisschen aus wie Gummi.

Wir hatten deshalb ein Vakuumklosett in einem Holzverschlag draußen auf dem Laubengang aufgestellt. Die winzige Kammer war nicht isoliert, deswegen war der Inhalt solide gefroren. Der Vorteil war, dass es kaum roch. Der Nachteil war, dass das Klosett einmal pro Woche aufgetaut werden musste, indem wir es mit kochendem Wasser übergossen, damit der Inhalt nachgab.

Eine dunkelbraune gefrorene Säule glitt endlich heraus und musste in einen Müllsack bugsiert werden, den ich danach auf die Stufe vor dem Hinterhofklo stellte, ehe sie von dem »Nachtmann« genannten Mann von der Müllabfuhr abgeholt wurde.

Der war jedes Mal von Neuem wütend und klingelte mitten in der Nacht bei uns. Ich beugte mich aus dem Fensterchen neben der Wohnungstür und stritt mich mit dem Nachtmann, der immer wieder erklärte, dass es unmöglich sei, den Inhalt des Müllsacks in einen kommunalen Kloeimer zu quetschen, der Durchmesser sei zu groß, und er könne nicht mit *losem Material* durch die Gegend fahren, das müsse ich doch zum verdammten Henker bald mal begreifen. Es sei ja nicht so, dass er die Klos leerte, nein, das nicht, er brachte einen neuen und desinfizierten Kloeimer mit und setzte einen Deckel auf den vollen, den er dann mitnahm. Und auf seiner Ladefläche dürften nur Eimer mit Deckeln stehen, so funktioniere das Ganze.

»Aber es ist doch gefroren!«, wandte ich ein. »Ich kann die Scheiße ja nicht aus dem Trockenklosett in den Eimer leeren. Was soll ich denn eigentlich machen? Die Kacke kochen?«

Am Ende ging ich nicht mehr ans Fenster, wenn er klingelte, und immer nahm er den Müllsack samt Inhalt mit, er verspürte wohl trotz allem eine kommunale Verantwortung.

In der Wohnung hatten Finn und ich die grünen Vorhänge im Wohnzimmer zusammengeheftet und am Fensterglas Zeitungspapier befestigt, wir lebten in einem permanent hellgrünen Halbdunkel. In der Küche gab es kein Fenster. Die Vorhänge im Schlafzimmer, vor dem einzigen Fenster, waren nicht zusammengeheftet, diese Fensterbank diente als Kühlschrank.

Wir wären nie auf die Idee gekommen, ein Darlehen aufzunehmen, um Möbel oder Hausrat zu kaufen, der Gedanke allein war eine Ungeheuerlichkeit, wenn man jung war, war man arm, wir schliefen auf unseren Schaumgummimatratzen auf dem Teppichboden, unser Schlafzimmer war ja kein Schaufenster, niemand sonst hatte dort etwas verloren, was sollten wir mit Betten, alles war provisorisch, wir hatten kaum eine Ahnung davon, wie ein schönes modernes Bett aussah. Nur Erwachsene und gut etablierte Leute kauften sich neue Möbel. Und die Heilsarmee hatte nicht viel zu bieten, die Wegwerfgesellschaft war noch nicht richtig in Gang gekommen.

Es war 1978, wir waren ganz normale Studierende, und wie alle, die damals nicht zu Hause wohnen konnten, bauten wir uns Bücherregale aus Brettern und Backsteinen oder aus hölzernen Obstkisten, die gebeizt oder angestrichen wurden. Man kaufte auf dem Flohmarkt und behalf sich, wie man es eben konnte.

Wenn der Sessel alt und hässlich war, legte man eine Decke oder ein Stück Vorhangstoff darüber, und in den Schränken standen Teller und Tassen mit Kerben und Schrammen, billig gekauft oder von zu Hause mitgebracht, nichts passte zusammen und alles war längst ausrangiert, und dieses ganze Elend war das Natürlichste von der Welt und führte dazu, dass man eifrig büffelte, die Umgebung selbst lieferte die Motivation, der Traum, eines Tages einen Beruf zu haben und sich schöne und erwachsene Dinge kaufen zu können. Gemütlich war es jedenfalls, wir stellten eine Überdosis Kerzen auf, am besten war es, wenn sie in grünen Flaschen mit langen Streifen Kerzentalg in allerlei Farben am Flaschenkörper steckten. Ich hatte zudem eine Stereoanlage mitgebracht, eine transportable von Pye, deren Lautsprecher seitlich über den Plattenspieler geklappt wurden und den Deckel bildeten, wenn wir das Teil mit auf eine Hütte nahmen.

Ich war so stolz auf diese Anlage, ich hatte im Sommer sechs Wochen gejobbt, um sie mir leisten zu können. An anderen Luxusartikeln hatten wir einen alten Deltaherd von Finns Mutter, zwei Platten funktionierten noch, außerdem den Backofen, selbst wenn er unbeschreiblich lange brauchte, um warm zu werden. Aber mit unserem ungeheuer mageren Essensbudget experimentierte ich mit allen möglichen Kartoffelgerichten, mit Hackfleisch, Suppen aus Zwiebeln und Kohl, Brühe aus Fischköpfen, die im Fischladen fast nichts kosteten, und ebenso billigen Fleischresten aus dem Schlachterladen in der St. Olavs gate, während ich versuchte, mich daran zu erinnern, wie Mama leckere Gerichte aus dem Ärmel geschüttelt hatte. Ich wollte sie nicht direkt fragen, ich war zu jung, um Rat zu erbitten, ich wollte mir alles selbst beibringen, fast hellseherisch, ich wollte jedenfalls nicht an ihrem Rockzipfel hängen, jetzt, wo ich in meiner eigenen Küche regierte, so mangelhaft die auch sein mochte. Aber ich buk. In Mengen. Mehl und Margarine waren billig.

Wenn im Wohnzimmer überall die Kerzen brannten, Uriah Heep auf dem Plattenteller lag und der Duft von frischen Brötchen die Wohnung füllte, spielte es keine Rolle, dass die Bücherregale aus Obstkisten bestanden oder dass die karierte Decke einen hässlichen, alten Sessel verbarg. Und es spielte keine Rolle, dass wir keinen Spülstein mit Becken hatten, weshalb wir den Abwasch in einer ostergelben Plastikschüssel erledigen mussten, oder dass es kein Badezimmer gab. Für mich spielte es jedenfalls keine Rolle. Ich war doch daran gewöhnt, so zu leben. Bei Finn sah das schon anders aus.

Und da lagen wir auf den Schaumgummimatratzen auf dem fleckigen und verschlissenen, aber immerhin staubgesaugten Teppichboden, und entschieden uns zum *Eheschluss.* Es sollte zu Mittsommer passieren, beschlossen wir, der Johannistag fiel auf einen Samstag, in diesem Jahr 1979, wir waren drei Jahre zuvor am Johannistag ein Paar geworden. Wir wollten am nächsten Tag zu Mama und Elin gehen und es erzählen.

Ich konnte es fast nicht abwarten.

Es eilte nicht so sehr, es Finns Eltern zu erzählen, sein jüngerer Bruder war einige Monate zuvor ganz plötzlich gestorben, vor allem meine angehende Schwiegermutter war natürlich stark davon gezeichnet. Wir vermuteten, sie würden es zu früh finden, was dann auch zutraf. Sie kehrte mir schluchzend den Rücken zu, als Mama mich durch den Mittelgang der Vår-Frue-Kirche führte, zu Nordraaks »Purpose«, Mama in einem frisch geschneiderten Kaftan aus Goldbrokat und roter Seide, Stoffe, die sie bei den Beduinen in Marokko gekauft hatte, vermutlich hatte sie auf Arabisch einen erschreckend niedrigen Preis erfeilscht.

Als ich zwanzig war, hatte Mama mich aufgefordert, von zu Hause auszuziehen, weil sie meinte, es sei für mich nun an der Zeit, auf eigenen Füßen zu stehen, und weil Elin mein Zimmer brauchte, aber es lag auch an der angespannten Finanzlage. Wenn ich aus dem Haus war, musste sie einen Mund weniger satt machen und einen Leib weniger bekleiden. Trotzdem glaubte ich und war davon total überzeugt, dass die Nachricht von meiner Hochzeit Kaskaden von ungeahnten Mitteln freisetzen würde. Was habe ich mir nur eingebildet, woher sie die nehmen sollte? Es ist eine groteske Vorstellung. Was legte ich da für einen übelkeiterregenden Egoismus an den Tag!

Denn es war ja nicht nur Mama, die sich nun an so vieles erinnerte, auch ich war total erschlagen von Erinnerungen, die mit ihr verbunden waren, jetzt, wo sie sterben musste, als ich zusah, wie sie mit dem Kopf zwischen den Knien schlief, in einer gymnastischen Positur, von der fortgeschrittene Yoga-Enthusiasten vermutlich nur träumen können, die für Mama aber ganz natürlich war, weil die lange Benutzung eines Rollators mit zu niedrigen Griffen ihr einen krummen Rücken beschert hatte. Bis an mein eigenes Ende werde ich die Augen schließen und sie in dieser Haltung vor mir sehen können, sie schlief in den letzten drei Monaten ihres Lebens so, auch nachts, dann saß sie im Bett und legte sich das Kopfkissen auf die Knie.

Ihre spitzen Knie in der Trainingshose, gleich vor den ruhenden Ellbogen, die Nackenlocken oben in der Mitte, der schmale Nacken mit der blanken Haut, und das leicht flaumige Gesicht teilweise versteckt, zum Boden gerichtet, nur die hängenden Lippen zu sehen, mit dünnen Schleimfäden, die sich langsam bildeten. Sie schlief lautlos, das tat sie immer, auch wenn sie in gesunden Zeiten auf dem Rücken lag.

Eine kleine, krumme alte Frau, die meine Mutter gewesen war. Die Wand, von der ich nicht gewusst hatte, dass sie da war, bis ich mich daranlehnen wollte, war für immer verschwunden. Ich sah das dreieckige Sandwich mit Ei und Bacon an, betrachtete die kleinen Halbmonde, die sie mit den Zähnen dort hinterlassen hatte, die halb gegessenen und sorgsam eingewickelten Mozartkugeln in ihrer Schachtel, das Glas Wasser daneben, am Rand matt vom Speichel, und verspürte eine Scham, die wie ein Schmerz im Kiefer begann, in die Schläfen hochwanderte und damit endete, dass meine Tränen nur so flossen. Jetzt durfte sie nicht aufwachen, ich durfte nicht schniefen, musste mir die Tränen mit einer der Servietten auf dem Tisch abwischen. Sie hatte an ihren eigenen Tränen genug.

Ich spürte die Scham, die sich mit der Erinnerung an diese Adventstage und an das nächste halbe Jahr einstellte, das von Hochzeitsvorbereitungen erfüllt gewesen war. In unserer Aufregung über unsere Heiratspläne schenkten weder Finn noch ich Mama einen Gedanken, eigentlich nicht. Denn sie war eine Maschine, eine Ewigkeitsmaschine, die alles schaffte, immer, und so gesehen war sie kein Mensch.

Sie war niemals krank.

Sie war wach und geschäftig, wenn ich schlafen ging. Sie war auf und wach und voll am Werk, wenn ich aufstand. Zu Hause brauchte ich nur zu rufen, schon stand sie bereit.

»Mama!«

»Ja, was ist? Gibt es ein Problem?«

Ob ich etwas brauchte, etwas wissen wollte, etwas von ihr wollte, das spielte keine Rolle, denn sie war ja da, voller Energie, voller Lösungen, voller Antworten. Nicht servil, ganz bestimmt nicht servil, nur voller Energie und Arbeitslust. Was leider auch zu komplett irrwitzigen, selbst auferlegten Aufgaben führte, wie meine Levi's 501 zu flicken, oder von den Hosenbeinen ganz unten alle losen Fäden abzuschneiden, die ich mit der Zirkelspitze hervorgepult hatte, einen nach dem anderen, mühsam, in langen, langweiligen Geschichtsstunden. Hosen sollten doch lässig und hippiehaft aussehen.

Mama hatte also rund um die Uhr alle Hände voll zu tun. Ich konnte wegen einer ruinierten Levi's 501 an die Decke gehen, oder ich konnte aus der Schule kommen und einen wunderschönen, langen Schal vorfinden, von dem ich nichts gesehen hatte, bis er fertig gestrickt und als Überraschung des Tages über meinen Schreibtisch drapiert war. Aber die Hochzeit wurde der absolute Höhepunkt ihrer phänomenalen Simultankompetenz, ihres minimalen Schlafbedürfnisses und ihrer souveränen Alltagslogistik.

Eigentlich hätte ich im Pflegeheim Furuset, der letzten Haltestelle, neben einem Tisch mit halb gegessenen Mozartkugeln und Kiosk-Sandwiches sitzen und tiefe Dankbarkeit für alles verspüren müssen, was sie für mich getan hatte, für uns, aber ich verspürte nur bittere Scham, obwohl ich doch wusste, dass sie sich ebenso auf die Hochzeit gefreut hatte wie wir.

Die Scham bohrte sich durch mich hindurch wie ein Pfahl, und wirklich nicht nur, weil diese Ehe nur jämmerliche drei Jahre gehalten hatte. Denn das war ein Schmerz, der sich später einstellte, der in eine andere Schublade gehörte, die Schublade für die Scham darüber, den eigenen Weg auf Kosten der unendlichen Trauer anderer genommen zu haben, wie das bei allen Scheidungen der Fall ist.

Als wir am nächsten Abend von unseren Heiratsplänen erzählten, schrie sie vor Freude und wollte sofort Waffeln backen, sie kam gerade von der Abendschicht in der Fabrik und war wie immer um Punkt sechs nach elf zu Hause, und wir hatten vor der Haustür auf sie gewartet.

Ich wusste genau, wie lange sie brauchte, um mit raschen Schritten von der Fabrik nach Hause zu laufen, es war nicht so lange her, dass ich zu Hause gewohnt hatte, um sechs nach elf musste jegliches Chaos nach den abendlichen Aktivitäten eilig entfernt werden, sie verlangte, zu einer aufgeräumten Küche und einem Wohnzimmer ohne schmutzige Tassen und volle Aschenbecher nach Hause zu kommen, auch wenn Elin und ich, vor allem ich, den ganzen Abend die Bude voll Freunde gehabt hatten.

Aber um sechs nach elf jeden Abend strahlten Spülbecken und Couchtisch, und der Wischlappen hing ordentlich über dem Wasserhahn, wenn Mama die Tür aufschloss, voller Tatendrang, um auch aus diesem letzten Teil des Tages so viel herauszuholen wie möglich. Und jeden zweiten Donnerstag kam sie sogar schon um fünf nach elf nach Hause, denn dann wurde allen der Lohn ausbezahlt, in bar in einer kleinen Plastiktüte. Die steckte Mama sich in den BH, ehe sie loslief, als sei der Teufel selber ihr auf den Fersen, denn die Fabrik lag in einer übel beleumdeten Gegend, und ein unglücklicher Mann, der sie einmal an einem solchen Abend nach der Uhrzeit fragte, bekam den Regenschirm in den Bauch gestochen, sie ging kein Risiko ein, die Rechnungen warteten.

Sie wirkte niemals müde, wenn sie nach acht ohrenbetäubenden Arbeitsstunden nach Hause kam, nur froh und erleichtert, weil die Abendschicht überstanden war.

»Heiraten? Stimmt das? Ach, grooooooßer Gott! Wann denn?«

Elin war schon schlafen gegangen, aber sie wurde wach, als wir johlend und kichernd in die Wohnung stürmten, denn wir hatten Mama die Neuigkeit natürlich sofort erzählt, wir konnten nicht warten, bis wir im Haus waren. Waffelteig hatte Mama immer in dem grünen mannshohen Kühlschrank, in einem Tupperware-Behälter mit Deckel, sie brauchte nur ein wenig Wasser dazuzugeben und danach den Teig in das heiße Eisen zu gießen. Der Labrador Jossi, die große Liebe der ganzen Familie, bekam immer die erste Waffel, nachdem Mama ein wenig damit herumgetanzt war und darauf gepustet hatte.

Mama hatte Kochfinger, sie konnten unmenschliche Hitze ertragen, sie hatte zwei Jahre als Köchin in der Tresco Abbey auf den Scilly-Inseln vor der Küste von Cornwall gearbeitet, ehe sie nach Oslo gezogen war, in der Telefonvermittlung Arbeit gefunden und dann irgendwann Papa kennengelernt hatte.

»Jossi! Jossi! Worauf hast duuuu Lust? Hast du vielleicht Lust auf Waffel? Ein winzig kleines frisch gebackenes Wäffelchen?«

Mama steckte sich eine Zigarette an, während sie mit der glühend heißen Waffel jonglierte, sie ließ den Rauch aus dem Mundwinkel quellen, ließ das Feuerzeug auf das Sofa fallen, Jossi schnupperte in aller Eile daran, ehe sein Blick wieder an der Waffel klebte.

»Großer Gott, Jossi, die wollen heiraten! Vielleicht kannst du Brauthund werden? Elin! Hast du das gehört? Stell dir vor, wie schön das wird! Groooooßer Gott, das wird ein Spaß!«

Das ganze kleine Wohnzimmer in der Kongens gate 37 wogte und bebte, während Mama zwischen Küche und Wohnzimmer hin- und herrannte, auch das war eine der alten Wohnungen in der denkmalgeschützten Holzsiedlung, nur einen Steinwurf von Finn und mir in der Dronningens gate entfernt, und der Boden hing hier lose in den alten Holzfugen.

Einige Jahre zuvor hatte Mama versucht, ihn zu begradigen, sie hatte eine Ladung Spanplatten ins Haus geschleppt, Mama schwärmte für Spanplatten und bekam sie zu einem guten Preis von einem Kollegen aus der Fabrik, der als Nebenerwerb mit Baumaterial handelte.

Sie hatte die mahagonibraunen quadratischen Nadelfilzfliesen vom alten Wohnzimmerboden gerissen und sie zu einem ordentlichen Stapel aufgehäuft, danach hatte sie die Spanplatten hereingetragen und einen Boden zurechtgesägt, der auf dem alten angefaulten liegen sollte, nur um dann am Ende die bereits ziemlich zertrampelten Nadelfilzfliesen auf die Spanplatten zu kleben.

»Hast du gehört, Elin? Hallo! Aufwachen! Die wollen tatsächlich heiraten! Anne und Finn! Großer Gott! Nun sag doch was, Elin!«

»Jaaaaa doch …«

Elin hatte sich in die Sofaecke gesetzt. In ihrem knöchellangen Nachthemd, die Beine in den weißen Baumwollstoff gezogen, saß sie da kerngesund und ohne jede Spur von jugendlichem Rebellentum, sie war sechzehn Jahre alt und stand schon dicht vor dem schwarzen Gürtel in Taekwondo, sie saß da mit weißen Wimpern und betrachtete Jossis Tanz auf dem schwankenden Boden, der jetzt dort, wo die Spanplatten aufeinandertrafen, einen scharfen und beängstigenden Knick aufwies, Mama hatte sie nämlich nicht aneinander befestigt, sondern sie einfach auf den alten Boden gelegt, ohne Versteifung, Verstärkung oder Nuten und Federn irgendwelcher Art.

»Jetzt wach doch mal auf, Elin!«, sagte Mama. »Und hol mir einen Aschenbecher!«

»Ich bin so müde, Mama.«

»Großer Gott, Anne und Finn wollen heiraten, also hol schon den Aschenbecher. Hier, Jossi, das ist für dich …«

Mama ging in die Hocke, mit der nur noch lauwarmen Waffel in der Hand, und ich konnte das Gefühl, am späten Abend endlich mit der Arbeit fertig zu sein, nachempfinden, ich hatte selbst oft lange Abendschichten im Bahnhofskiosk geschoben, es ist etwas ganz Besonderes, spät am Abend nach Hause zu kommen und freizuhaben, und es ist eine endlos lange Ewigkeit bis zum nächsten Tag, weil man ja erst am nächsten Nachmittag wieder arbeiten muss.

»Sitz.«

Jossi setzte sich, der Labradorschwanz lag wie eine dicke Boa constrictor hinter ihm auf dem Nadelfilzboden.

Mama riss Waffelstücke in Streifen, die er ihr behutsam aus den Fingern pflückte, der Sabber tropfte, Mama war so etwas egal, Dreck von denen, die sie liebte, machte ihr überhaupt nichts aus, sie wusch und putzte einfach nur, in ihrer Umgebung war alles immer unglaublich sauber. Als sie nach der Wienreise im Krankenhaus lag und wir nicht wussten, wie es weitergehen würde, übernachtete ich bei jedem Besuch in Oslo in ihrer Wohnung in Stovner, und ich setzte meine Ehre daran, diese total *schnapssauber* zu halten, wie wir auf Trønderisch sagen. Ich ahnte ja nicht, ob sie ihre Wohnung jemals wiedersehen würde, und ich saugte Staub und wischte Staub und räumte nichts um, alles war immer intakt und gehörte Mama. Und wenn ich die Wohnung verließ und mit dem Taxi zur Bushaltestelle Sveiva fuhr, um auf den Flughafenbus zu warten, sah sie genauso aus wie bei meinem letzten Aufbruch. Mama würde nichts daran auszusetzen haben.

Sogar das Hinterhofklo in der Kongens gate wurde jeden Tag gründlich gesäubert und stank überhaupt nicht, auch wenn unter der Sitzplatte die gleiche Art von Kloeimer stand, die von demselben, zeitweise wutschnaubenden Nachtmann geleert wurde. Ich zog also von einem Hinterhofklo zum anderen um. Aber Mamas war ein Rolls-Royce von Hinterhofklo im Vergleich zu dem vollgekotzten, dessen Benutzung in Finns und meiner Miete inbegriffen war.

Mama putzte jeden Tag Boden und Sitzplatte und den Isopor-Ring, der verhinderte, dass wir im Winter festfroren. Bei klirrender Kälte wurde die kleine Bodenfläche zur Schlittschuhbahn, man musste sich an die Wände pressen, aber geputzt werden musste trotzdem.

Sie putzte sogar unter dem Deckel, ich glaube, ab und zu legte sie den ganzen Deckel zum Einweichen in eine Waschschüssel. Unter so einem Hinterhofklodeckel kann sich allerlei Ekliges bilden, wenn die Produkte bei Temperaturen von unter null nach oben dampfen, oder wenn im Sommer ganze Trauben von blanken Fliegeneiern daran hängen, das hatte ich selbst auf weniger oft besuchten Klos als diesem sehen können, nicht zuletzt auf selten benutzten Hüttenklos. Auf dem Hinterhofklo in der Kongens gate gab es hübsche Spitzengardinen und keine toten Schmeißfliegen auf der Fensterbank, aber auch keine Königsbilder an der Wand.

»Wenn überhaupt, dann Königin Margrethe, schließlich putze ich«, sagte Mama, wenn jemand fragte, und natürlich wollte niemand eine dänische Königin an einer norwegischen Klowand. In der Fabrik wurde Mama die »Fremdarbeiterin« genannt.

»Habt ihr kein Badezimmer?«, fragte Finn, als ich ihn eben erst kennengelernt hatte und in irgendeinem Nebensatz erwähnte, dass ich bisweilen auf dem Hinterhofklo saß und in tiefe Gedanken versunken war. Ich wollte ein wenig Eindruck schinden, nehme ich an, er war sechs Jahre älter als ich und studierte Philosophie. Damals wohnte ich noch bei Mama und Elin zu Hause, ich war erst achtzehn.

»Badezimmer? Nein.«

»Was macht ihr denn dann? Wenn ihr euch waschen wollt?«

»Wir waschen uns natürlich in der Küche.«

»Habt ihr in der Küche eine Dusche?«

»Nein, wir haben Wannen im Verschlag, die holen wir rein. Eine große, in der wir stehen können, während wir uns mit Wasser aus einer Kanne übergießen, nachdem wir uns eingeseift haben, und ein paar kleinere für Katzenwäsche, und dann noch zwei zum Haarewaschen. Zwei Wannen heißes Wasser reichen gerade für eine Haarwäsche, dann gießen wir uns mit der Kanne Wasser über den Hinterkopf, und das Wasser läuft in eine andere Wanne, die auf einem Hocker vor dem Ausguss steht.«

»So machen wir es auf der Hütte.«

»Genau. Wir sind das ganze Jahr in Hüttenferien.«

Er kam aus einem Fertighaus in Skatval und hatte Badezimmer und Porzellantoilette wohl für absolut selbstverständlich gehalten. Natürlich. Auf der Ladefläche des Nachtmannes standen nicht mehr viele Eimer, die meisten Hinterhofklos waren also wohl ausgerottet, auch in Trondheim.

»Hast du dich gefreut, als Finn und ich erzählt haben, dass wir heiraten wollten?«

»Mich gefreut, ja? Großer Gott. Ich kam gerade von der Arbeit, glaube ich, und es war wahnsinnig kalt, war das nicht kurz vor Weihnachten?«

»Doch.«

»Ach, ich habe mich so gefreut, Anne, als ihr mitten in der klirrenden Kälte kamt und heiraten wolltet! Finn hat mir mehrmals Blumen geschickt, seit ich krank bin, weißt du. Ich hab ihn so gern. Der erste Schwiegersohn ist ja doch etwas ganz Besonderes.«

Sie lachte lautlos und sah mich aus frisch erwachten Augen an. Meine Augen waren wieder ganz trocken und normal.

»Das können nicht viele sagen, Mama. Der allererste Schwiegersohn!«

»Es sind ja noch einige dazugekommen.«

»Drei sind nicht *einige*, Mama. Drei sind drei.«

»Und alle waren wunderbar.«

»Alle drei, Mama. Aber du hast dich also gefreut.«

»Ja. Und wie. Großer Gott, was hab ich mich gefreut. Und ich war ja so stolz.«

»Stolz?«

»Du warst doch gerade erst einundzwanzig, und plötzlich warst du erwachsen, du bist in diesem schrecklichen Abbruchhaus so gut zurechtgekommen, hast ein Zuhause daraus gemacht, hast das alles allein geschafft. Ja, ich war stolz.«

»Das war ja nun nicht gerade ein Abbruchhaus.«

»Aber viel gefehlt hat auch nicht mehr.«

»Wir hatten doch in der Kongens gate auch kein Klo. Oder Badezimmer.«

»Nein, das nicht, aber du und Finn, ihr hattet ja nicht mal einen Boiler.«

»Wirklich nicht?«

Ich war ehrlich überrascht, denn das hatte ich total vergessen, aber als sie es sagte, sah ich den riesigen grauen Wasserkessel vor mir, der immer ganz hinten auf dem Herd stand, auf kleinster Flamme.

»Du musstest doch für alles Wasser kochen. Zum Spülen und zum Kleiderwaschen und für euch selbst. Ich weiß noch, wie ich eines Morgens gekommen bin und deine eine große Waschwanne stand mitten in der Küche, voller Bettwäsche, die gewaschen werden musste. Du hast im Kessel und einem großen Kochtopf gleichzeitig Wasser heiß gemacht, ich hatte Angst, der Herd könnte das nicht aushalten, und du tatst mir so leid, dass ich dich gebeten habe, die Bettwäsche in Plastiktüten zu packen, ich wollte sie in die Wäscherei bringen und dir die Wäsche spendieren. Und du hast dich so gefreut. Damals gab es in diesem Entwicklungsland ja keine Münzwäschereien, die sind ja noch immer eine Seltenheit. In Dänemark gibt es überall welche. Aber du hast dich nie beklagt, das nun wirklich nicht, obwohl ihr doch so kümmerlich gelebt habt. Gemütlich, das schon, aber kümmerlich. Und also, ja, ich war stolz.«

»Das hast du nie gesagt.«

»Was denn?«

»Dass du stolz warst. Du hast nur genickt, das weiß ich noch, und gefragt, ob ich Sicherungen in Größe 10 und 16 in Reserve hätte, und ich müsste doch den Unterschied wissen, wenn ich plötzlich mal im Stockfinsteren dastünde.«

»Ampere, Anne. Zehn und sechzehn Ampere heißt das. Nicht Größe.«

»Aber das war jedenfalls dein einziger Kommentar. Das mit den Sicherungen.«

»Aber das war doch ein vernünftiger … Kommentar?«

»Und dass ich für alle Fälle eine Taschenlampe bereitlegen sollte.«

»Auch vernünftig.«

»Von stolz hast du nichts gesagt. Obwohl ich mich über das mit der Bettwäsche sicher wahnsinnig gefreut habe.«

»Ich habe es eben so gemeint. Ansonsten hätte ich doch eine Menge Dinge erwähnen müssen, die nicht so gut waren. Aber ich war unglaublich stolz, das kannst du mir glauben.«

»Schön. Dann weiß ich das. Und zwar, Moment … vierunddreißig Jahre später.«

»Sei nicht so sarkastisch. So ist es, wenn man Mutter ist. Es hätte dir doch total zu Kopf steigen können.«

»Zu Kopf? Großer Gott, ich hatte doch nur eine Wahnsinnsangst davor, alles falsch zu machen. Ich hätte wirklich mal ein Schulterklopfen gebraucht. Ich hätte hören müssen, dass …«

»Aber dann kamt ihr und wolltet heiraten. Da war ich noch stolzer.«

»Aha. Na gut. Aber es war doch furchtbar viel Mühe. Das mit der Hochzeit.«

»Himmel, ja, großer Gott … Anne, ich höre, jetzt kommt der Kaffeewagen. Sag denen, ich will Kaffee und ein Stück Kuchen, dann kannst du das haben.«

»Was willst du denn?«

»Gar nichts.«

»Einen Schluck Tee? Und dazu eine Mozartkugel?«

»Nein, nichts, meine Liebe. Das Teewasser ist lauwarm und schmeckt nach altem Papierschimmel.«

»Papierschimmel …?«

»Ich weiß nicht so ganz, wie ich den Geschmack erklären soll. Das hängt sicher mit der Chemo zusammen. Aber gönn dir was Gutes, meine Liebe. Ich seh das gern, wo ich dir doch selbst nichts servieren kann, das tröstet mich dann ein bisschen.«

Ich zeigte auf die Thermoskanne und die Kuchenplatte. Die Pflegerin lächelte, füllte eine Tasse mit Kaffee und legte ein Stück Kuchen auf einen kleinen Pappteller.

»Thank you«, sagte ich.

»Jetzt ist mir plötzlich etwas eingefallen, was ich dir noch sagen wollte. Dir und Elin, aber du kannst es ihr ja ausrichten.«

»Und zwar?«

Ich entnahm ihrem Tonfall und ihrer Mimik, dass es ihr durchaus nicht plötzlich eingefallen war, sondern dass sie schon eine ganze Weile darüber nachgedacht hatte, ehe sie es uns endlich sagte.

»Du hast vielleicht bemerkt, dass ich dich nicht gebeten habe, mir das Leben zu nehmen, wie du mir das einmal versprechen musstest. Ich weiß nicht mehr, wann das war.«

»An deinem sechzigsten Geburtstag. Und ich habe nichts versprochen.«

»Du hast ein gutes Gedächtnis, das hast du von mir geerbt,

und Elin auch. Aber ich bin also zu dem Schluss gekommen, dass ich nicht von dir verlangen werde, dieses … Versprechen zu halten.«

»Ich habe nichts versprochen.«

»Trink jetzt deinen Kaffee, lass mich reden. Ich bin zu dem Schluss gekommen, dass es sehr … *beschwerlich* für euch wäre, in diesem kleinen Zimmer, mit offener Tür, durch die alle hereinsehen können, sie wären doch misstrauisch, wenn wir plötzlich die Tür zumachten. Und da Elin bei der Polizei ist, wäre es gar keine so gute Idee. Also setzen wir einen Schlusspunkt hinter diese Pläne, Anne.«

»Schön.«

»Außerdem bekomme ich auch so schon genug Gift. Auf legale Weise, könnte man sagen. Meine Zellen suhlen sich in Gift, da müsste ich doch sehr zufrieden sein. Was mich zum nächsten Punkt bringt. Ich möchte eigentlich, dass meine Asche auf den Scilly-Inseln verstreut wird, aber ich sehe ja ein, dass das zu schwierig für euch wäre, man muss den Hubschrauberflug nach St. Mary's lange im Voraus buchen – oder vielleicht gibt es jetzt ja eine Fähre, ja, das stimmt, ich bin doch mit der Fähre nach St. Mary's gefahren, als ich vor ein paar Jahren den Reisebericht für P1 gemacht habe – und deshalb soll meine Asche am Strand von Amager verstreut werden. Ihr braucht nicht sofort damit loszufahren, es hat Zeit, bis ihr das nächste Mal Lotte und die anderen in Kopenhagen besucht.«

»Okay. Na gut.«

»Ich glaube, man braucht eine Genehmigung, um Asche zu verstreuen, und man darf das auch nicht überall und nach Lust und Laune machen, aber du kannst Søren bitten, sich da unten darum zu kümmern, so was liegt ihm doch. Und noch etwas. Ich bin ja so schnell aus Stovnerskogen ausgezogen. Ehe ich Piep sagen konnte, war ich auch schon hier. Und ich habe vergessen, dass ich da drei Bücher versprochen hatte, für drei Pflegerinnen, könntest du das wohl erledigen? Du hast hier unten ja keine Bücher, aber dein Verlag ist doch hier in Oslo, und da könntest du vielleicht …«

»Atmen, Mama.«

Sie schloss die Augen und atmete langsam einige Male ein und aus.

»Klar mache ich das. Dreimal ›Das Erbstück‹?«

Sie nickte mit geschlossenen Augen.

»Für Erna und Nina und Fernanda, die witzige Spanierin, die fließend Norwegisch sprach. Und Nina musst du etwas zeigen … Ja, du weißt doch, wen ich meine, Anne? Nina?«

»Sicher doch. Fesche Frisur und rote Brille an einer Kette vor der Brust.«

»Genau. Was für eine Vorstellung, sich auf der einen Seite die Haare abzurasieren und sie auf der anderen lang wachsen zu lassen. Seltsame Mode. Aber Nina wollte nicht glauben, dass ich zu meinem achtzigsten Geburtstag achtzig gelbe Rosen bekommen habe, in einem Strauß. Sie hat gesagt, das sei physisch einfach unmöglich, aber du hast doch ein Bild davon in deinem Telefon, und ich habe ihr versprochen, dass du es ihr zeigen würdest, aber dann habe ich es total vergessen, und dann war ich weg. Deshalb also.«

»Ich kümmere mich darum, Mama.«

»Danke. Ist übrigens Post für mich gekommen?«

»Nur diese astrologische Zeitschrift, die habe ich gestern mitgebracht, der Umschlag liegt auf deinem Nachttisch.«

»Ja, stimmt, das hatte ich vergessen.«

»Soll ich den Umschlag für dich aufmachen?«

»Das eilt nicht so. Da liegt sicher eine Einladung zur nächsten Versammlung der Astrologischen Gesellschaft bei, und diese Versammlungen machen so viel Spaß, und dann werde ich nur traurig. Und Rechnungen?«

»Darum kümmert sich doch Elin, daran brauchst du nicht zu denken, Mama.«

»Das weiß ich. So was erledigt alles Elin, ich bin ja so stolz auf sie. Sie ist so tüchtig. Dieser verdammte Terrorist, was hat er alles ruiniert. Und wie dumm, dass ich gerade dann krank werden musste, als Elin rund um die Uhr im Dienst war, wegen dieses aufgedunsenen Vollidioten. Weißt du, dass der König und die Königin sie besucht haben, als sie im Regierungsviertel im Einsatz waren? Das hat dort alle so gefreut. Es gibt auch ein Bild davon, Elin hat es für mich ausgedruckt, ich habe es zu Hause, du findest es bestimmt, Anne, wenn du in dem weißen Plastikkorb neben dem Drucker nachsiehst. Ich habe es nicht eingerahmt, weil Elin keine große Lust hatte, es an der Wand zu sehen, wenn sie freihat, das hat sie gesagt. Vielleicht hat sie es selbst aufgehängt, in ihrem Büro. Das ist sicher auch besser so, wenn ich mir das genauer überlege. Der König und die Königin, meine Güte! Zusammen mit Elin und allen anderen, die wochenlang schuften mussten, um alles … zu durchforsten … ja, du weißt schon, was ich meine!«

»Sicher, Mama. Das weiß ich alles. Aber dieses Bild habe ich tatsächlich noch nicht gesehen.«

»Der Drucker. Daneben. Und jetzt muss sie vor Gericht. Stell dir vor, dass der ganze Prozess im Fernsehen direkt übertragen wird. Und Elin muss alles vorbringen, was sie festgestellt haben, zwei ganze Tage lang, nur wenige Meter entfernt von dem … dem … Ja, ich hoffe, sie weiß, wie stolz ich auf sie bin. Wenn nicht, dann musst du, Anne … du musst …«

Ich sah, dass ihre Augenlider schwer waren, ich saß ganz still da und sah sie an, während ihr Kopf langsam auf die Knie sank. Ich schloss ebenfalls die Augen und lehnte den Hinterkopf an die Mauer, lauschte dem fauchenden Vielfraß und den Geräuschen draußen auf dem Gang, Stimmen und Scheppern.

Ich schlief ein und stand plötzlich zu Hause vor meinen Bücherregalen, ich starrte Buchrücken an, die ich einfach nicht lesen konnte. Als ich sie aus dem Regal zog, um mir den Umschlag genauer anzusehen, verwandelten sie sich zwischen meinen Händen in graue, lauwarme Asche, die auf den Boden rieselte, und ich erwachte mit einem Ruck und knallte mit dem Hinterkopf gegen die Wand.

Der Kaffee war kalt geworden, aber ich trank ihn trotzdem, und ich aß brav meinen Kuchen, während ich an den Hubschrauber zu den Scilly-Inseln dachte, der lange vorher bestellt werden musste, falls er überhaupt noch flog, und da musste ich an unsere Sightseeing-Tour mit dem Hubschrauber über Dubai denken.

Ich hatte gesagt, Mama könnte sich alles aussuchen, was sie in Dubai erleben wollte.

Anfangs, als wir zu Weihnachten in meiner Hütte saßen und die Reise nach Dubai und Oman planten, wagte sie kaum, ihre Träume in Worte zu fassen. Obwohl ich wusste, dass sie sich im Internet genau informiert hatte.

»Aber das wird so teuer, Anne!«

»Das ist ja auch der Sinn der Sache, Mama. Wir werden richtig zuschlagen.«

»Es wäre ja schön, in diesem eleganten Hotel einen Kaffee zu trinken, im Burj Al Arab. Das luxuriöseste Hotel auf der ganzen Welt. Sieben Sterne, stell dir das vor. Die waschen dir sicher den Rücken, wenn du mit einer Glocke klingelst.«

»Burj Al Arab ist notiert.«

Wir stellten aber fest, dass es verboten war, einfach hinzugehen und herumzugaffen wie im Zoo. Wir mussten einen Tisch zum *afternoon tea* bestellen, und erst, als wir die Bestellnummer vom Burj Al Arab vorzeigen konnten, durfte das Taxi uns hinfahren.

Mama trank Tee und aß mit tiefer Andacht *cucumber sandwiches* und winzige Kunstwerke von Kuchen, während sie sich die arabische Pracht mit großen Augen ansah und flüsterte:

»Was kostet das denn?«

»Ich glaube, ich nehm einen Schampus. Von dem vielen Tee wird mir so heiß.«

»Anne! Großer Gott!«

Es war der erste Tag der Reise, und ich musste klarstellen, dass sie ganz locker sein und sich amüsieren sollte, statt die ganze Zeit dankbar zu sein und schreckliche Angst wegen der Kosten zu haben.

Aber als ich die Getränkekarte bekam und sah, was der Champagner kostete, verfiel ich fast in denselben Modus. Mit maximaler Kontrolle über Gesicht und Pupillengröße bestellte ich lässig ein Glas vom aller-, allerbilligsten Cava. Mama kicherte, als das Glas kam.

»Möchtest du nicht auch eins, Mama?«

»Nein, nein! Du musst doch verrückt sein!«

Sie durfte auch nicht wissen, was der Hubschrauberflug kostete. Ich wollte, dass wir nur zu zweit wären und dass keine fremden Touristen die Sitze füllten, und das kostete natürlich mehr.

»Komisch, dass nicht mehr Leute dabei sind«, sagte Mama.

»Ja, eigentlich hast du recht. Aber der Januar ist sicher nicht Hochsaison«, sagte ich.

Und da saß sie lächelnd da, während die Rotoren ihre Arbeit aufnahmen. Eine kleine alte Dame mit Headset und

Sicherheitsgurt. Das Headset schaltete sich jedes Mal ein, wenn eine von uns etwas sagte, und es war praktisch für uns, zwischendurch ein für den Piloten unverständliches Norwegisch sprechen zu können.

»Hast du Angst, Mama?«

»Natürlich nicht. Was für ein Blödsinn! Ich freue mich einfach nur.«

»Ready? Here we go«, sagte der Pilot in breitem Amerikanisch und hob uns seitlich in den Luftraum.

»Nice chopper!«, schrie Mama.

»Du brauchst nicht zu rufen. Bitte. Wir hören dich trotzdem.«

»Yes, it is, ma'am. Thank you. A great machine.«

»What kind is it?«, fragte sie ein ganz klein wenig leiser.

Mama interessierte sich leidenschaftlich für motorisierte Fahrzeuge und jede Art Radsport. Bei der Tour de France verließ sie kaum das Haus. Sie klebte auch vor dem Fernseher, wenn ein Formel-1-Rennen stattfand. Sie weinte zwei Tage lang, als Ayrton Senna beim Großen Preis von San Marino 1994 tödlich verunglückte. Sie selbst hatte es sich nie leisten können, den Führerschein zu machen oder sich ein Auto zuzulegen. Elin und ich waren darüber eigentlich sehr erleichtert, wenn wir an Mamas mangelnde Impulskontrolle dachten. Aber in einer Woche würden sie und ich durch den Wüstensand von Oman fahren, das war bereits bestellt. Mama würde jedoch nicht hinter dem Lenkrad sitzen. Ich auch nicht, deshalb grauste mir schon jetzt bei der Vorstellung, nicht selbst die Kontrolle zu haben. Meine beiden 1200-Kubik-Schneemobile, die immer in Longyearbyen auf mich warten, waren ihr allerdings total gleichgültig, trotz der möglichen Maximalgeschwindigkeit. Sie waren umgeben von einer zutiefst verachteten Kälte und damit von keinerlei Interesse.

»It's a Eurocopter AS 350 B3, Ma'am.«

»Feels very safe«, sagte Mama.

»Actually, this is a chopper that has touched down on the top of Mount Everest. A world record. Not this exact machine, but… Okay! Now to begin with, we are going for Palm Jumeirah and The World, and Burj Al Arab, of course.«

»Oh! We had tea there yesterday«, sagte Mama.

»Das interessiert ihn bestimmt nicht besonders«, sagte ich.

Wir flogen über *The World*, die aus mehr als dreihundert künstlichen Inseln besteht, alle von ungleicher Form, die zusammen die ganze Weltkarte darstellen sollen. Es war so umwerfend, dass es unwirklich wirkte. Die Luft sei ungewöhnlich kristallklar, erklärte der Pilot. Wir konnten die von Menschen geschaffenen Luxusinselreiche sehen, bestimmt für einen winzigen Teil der Erdbevölkerung, kapitalistischer Wahnsinn ins System gebracht.

»Stell dir vor, wenn die einen Tsunami in die Fresse kriegen«, sagte Mama.

»Right! I could understand that, Ma'am. A tsunami. No more Palms! No more World Islands! Actually, the islands are sinking, they're corroding from underneath. Gonna be the *underworld* someday! And now we go for Burj Khalifa, the tallest building in the world. The Chinese also want to throw themselves into that competition, but they have zilch to show for it so far.«

»Eight hundred and twenty eight metres«, sagte Mama.

»That is correct, Ma'am. We are not going all the way over the top, but we'll fly around the Burj a bit.«

»Why not?«, fragte Mama.

»We have a standard two thousand feet limitation over the city of Dubai, that is a little more than six hundred meters, Ma'am.«

»Ich will darüberfliegen«, sagte Mama.

»Aber du hast doch gehört, was er gesagt hat«, sagte ich. »Dann muss er sicher beim Tower um Erlaubnis bitten und so.«

»Dann soll er das eben tun. Ich werde im Mai achtzig, Anne, und ich lebe nicht ewig. Ich *will* darüber wegfliegen.«

»My mother wants to go all the way over the top«, sagte ich.

»Yes!«, sagte Mama.

»Okay. Over the top it is, Ma'am. Chopper delta six two seven, permission to overfly Burj Khalifa.«

»Da hörst du's«, sagte Mama. »Die können doch sogar auf dem Mount Everest landen.«

»Chopper delta six two seven, you are clear to overfly Burj Khalifa, maintain four thousand feet or below.«

Danach sausten wir in einem hohen Bogen über den obersten dünnen Turm von Burj Khalifa.

»So«, sagte Mama. »Das wäre das, Anne.«

»VIELLEICHT SOLLTEST DU DEINEN Schlaf für die Nacht aufbewahren, Mama? Aber ich bin ja offenbar eingeschlafen. Mama … Bist du eingeschlafen?«

»Schafen? Was ist mit Schafen?«

»Ich wollte nur wissen, ob du schläfst.«

»Kissen? Das hab ich nicht ganz verstanden, Anne.«

»Hast du schon wieder die Ohrdinger rausgenommen?«

»Was für Finger schon wieder? Was redest du hier eigentlich, Anne?«

»OHRDINGER!«

»Ohr … Ja. Das eine piepst so schauderhaft.«

Sie fischte die winzig kleinen Teile hervor. Und ihre Hände zitterten so sehr, ich musste wegschauen.

»So. Ich setz nur das eine ein. Das, was auf dich gerichtet ist. Das ohne Piepton. So. Ich hab's.«

»Hörst du jetzt, Mama?«

»Sicher, reg dich nicht so auf. Ich hab dich die ganze Zeit gehört, aber du nuschelst so schrecklich, Anne, und redest so schnell. Beruhig dich jetzt mal, ich höre alles, was du sagst, warum sollte ich nicht? Und was hast du gesagt?«

»Ich wollte nur wissen, ob du schläfst.«

»Nicht doch, meine Liebe. Das nun wirklich nicht. Und ich bin so froh, dass du hier bist, und so froh, weil wir vorhin über alles sprechen konnten, sicher hat mich das so beruhigt, dass mir die Augen zugefallen sind.«

»Das mit der Asche.«

»Ja, sicher. Aber vor allem das mit den Büchern, und das mit dem Foto der achtzig Rosen.«

»Alles klar.«

»Du hast es bestimmt total satt, mir hier die ganze Zeit zuhören zu müssen, du sitzt doch stundenlang hier, aber du willst ja darüber schreiben, da ist es wohl egal, auch wenn ich nicht mehr sehr viel an dieses Buch denke. Hat der Kuchen geschmeckt?«

»Sicher. Zitronenkuchen mit Zuckerguss.«

»Du kannst gern mal wieder rausgehen und eine rauchen. Ich werde inzwischen ein bisschen wacher. Ich hab mich nur mal kurz ausgeruht, weißt du.«

Sich ausgeruht. Sie war auf dem Weg in den Tod, in die endgültige und zeitlose Ruhe. Und es war so schön, dass sie keine Angst vor dem *Ausruhen* hatte. Daran dachte ich oft, dass sie keine Angst vor dem *Ausruhen* hatte.

Vor dem *Einschlafen* dagegen hatte sie eine Sterbensangst. Denn Schlafen, das machte man in einem Bett, und dann war es Nacht und halbdunkel, sie ertrug es nicht, wenn die Tür zum Gang geschlossen war, sie geriet außer sich, wenn jemand vom Personal die Tür automatisch hinter sich zuzog, dann traute sie sich sogar zu klingeln, denn dann geriet sie regelrecht in Panik.

Die Nacht war für sie eine unendliche Reise zum nächsten Tag, und sie hatte furchtbare Angst, für immer einzuschlafen, während sie ganz allein war. Und so sollte es dann am Ende auch kommen, niemand war bei ihr, denn die Angestellten, die sie für die Nacht zurechtmachten, erkannten die Signale eines baldigen Todes nicht. Und sie kannten Mama nicht und bemerkten am Vorabend oder auch vorher keine Veränderungen in ihrem Verhalten.

Mama führte einige Stunden vor ihrem Tod hektische Telefongespräche, und dabei war sie in ungeheurer Hochstimmung, es ging um Dinge, für die sie sich bedanken, an die sie ihre Freundinnen erinnern wollte, Episoden, die sie noch einmal durchleben wollte. Die, die sie erreichte, reagierten perplex auf ihre gewaltige Energie und wünschten ihr gute Besserung und umarmten sie telefonisch. Seltsamerweise rief sie weder Elin noch mich an, aber sie hatte uns ja auch gerade erst gesehen. Als wir später von diesen vielen Anrufen hörten, erfuhren wir auch, dass sie Namen und Ereignisse wild durcheinandergeworfen hatte, was ihr gar nicht ähnlich sah. Außerdem hatte sie erzählt, dass sie am nächsten Tag nach Hause dürfe, das hätten Elin und ich ihr nämlich gesagt.

Elin war an diesem Abend als Letzte bei ihr gewesen, bis halb neun, dann brachten die Pflegerinnen Mama immer zu Bett, wir wussten, was sie meinten, wenn sie auf Mamas Bett zeigten und das Gesicht über zwei aneinandergelegten Händen schräg hielten. Es ging darum, sie auszuziehen und sie mit einem Kopfkissen zwischen den Knien ins Bett zu setzen. Danach musste das Kopfende des Bettes hochgestellt werden, und die Sessellehne musste dicht ans Bett herangeschoben werden, sie war nachts schon oft aus dem Bett gekippt.

Elin fand Mama seltsam und verändert, sie rief mich an, als ich gerade in Værnes gelandet war. Ich musste für einige Tage nach Trondheim, um mich um einen Wasserschaden in der Hütte zu kümmern, Handwerker zu bestellen und Fotos für die Versicherung zu machen, den Briefkasten zu leeren und Rechnungen zu bezahlen und saubere Kleider zu holen, um dann abermals nach Stovner und zum Pflegeheim Furuset zu fahren.

»Sie war so seltsam, Anne. Als ich gehen wollte. Ich kann das nicht richtig erklären. Sie war so anders. Ich habe Leelah angerufen.«

Leelah ist eine gute Freundin von Elin, und sie ist Ärztin. Sie ist spezialisiert auf ansteckende Krankheiten und Betriebshygiene. Elin ist bei der Polizei, und das rund um die Uhr, das muss sie sein, das gehört zu ihren Pflichten, aber an diesem Abend musste sie einfach Leelah fragen, ob das auch für eine Ärztin gelte, in einem so erweiterten Zusammenhang wie diesem. Sie wusste natürlich, dass Leelah verantwortlich ist, wenn jemand ärztliche Hilfe braucht, zum Beispiel in einer Theatervorstellung oder im Flugzeug, oder wenn sie als Erste an einem Unfallort eintrifft, auch wenn das in ihrer Freizeit passiert. Aber sie wusste nicht so recht, ob Leelah so einfach in ein Pflegeheim marschieren und dort aktiv werden dürfte, an einem fremden Ort, zu dem sie in keiner dienstlichen Beziehung stand.

»Und was hat Leelah gesagt?«

»Dass sie das tun könnte«, sagte Elin. »Entscheiden, dass jemand sofort ins Krankenhaus muss. Wenn sie sieht, dass es lebensnotwendig ist.«

»Und wird sie das tun? Es ist jetzt … halb elf, und gerade kommt mein Koffer angefahren. Wird sie es also tun? Zwei Sekunden, Elin.«

Ich riss meinen Koffer vom Laufband.

»Bist du noch da, Elin?«

»Sicher. Aber das wäre so dramatisch, ich weiß nicht. Auch für Leelah, wenn sie kommt und alle überfährt.«

»Die Nachtwache überfährt, ja. Jetzt sind da doch keine Ärzte.«

»Nein. Aber vielleicht sollten wir bis morgen früh abwarten.«

»Ja, so machen wir das. Wir warten bis morgen früh, Elin.«

Das Pflegeheim hatte keinen Vorrang, wenn ein Arzt gebraucht wurde, die gerade zuständige Pflegerin musste wie alle anderen Bewohner der Stadt Oslo den Notarzt anrufen. Es war klar, dass eine verwirrte alte Dame in einem Altersheim sehr weit unten auf der Prioritätenliste stand, nach Kindern mit Krupp in Røa und fieberdelirierenden Grippepatienten in Majorstua oder Vålerenga.

Als ich entdeckte, dass Mamas Bein vom Druck der aufgestauten Lymphe schon fast geplatzt war, nahm ich der Nachtwache, ehe ich Mama abends verließ, das Versprechen ab, erst den Notarzt zu informieren und dann mich. Dieser Anruf kam aber nicht, und als ich am nächsten Morgen im Pflegeheim anrief, war noch kein Arzt dort gewesen. Die Pflegerin hatte selbst angefangen, hier und dort auf dem Bein mit Datum und Uhrzeit versehene Pflaster anzubringen. Als ich gegen zwölf bei Mama eintraf, war immerhin einer der Ärzte, die für das Pflegeheim tagsüber zuständig waren, vorbeigekommen und hatte Mamas Bein ein wenig abgetastet.

»War das einer, den du kennst, Mama?«

»Ich weiß nicht, ich glaube nicht, die sehen sich alle so ähnlich und sind so jung. Aber er hat mir die Hand gegeben und sich vorgestellt, also hat er mich sicher nicht gekannt.«

»Wusste er, dass du Chemo machst und gerade nach dem Sturz auf dem Klo vier Bluttransfusionen bekommen hast?«

»Das weiß ich wirklich nicht. Aber es muss ja irgendwo aufgeschrieben sein. Er hat nichts darüber gesagt, aber er muss sich ja um so viele kümmern.«

»Aber was hat er denn gesagt?«

»Er hat ›du meine Güte‹ gesagt«, sagte Mama.

»Dann rufe ich morgen früh in Furuset an«, sagte Elin. »Ich habe ganz schnell auf den Dienstplan gesehen, als ich gestern

Abend dort war, ich habe so getan, als hätte ich mich in der Tür geirrt, als ich aufs Klo wollte, und unglaublicherweise hat da morgen früh eine schwedische Pflegerin Dienst, ab acht, ich lasse ihr noch ein bisschen Zeit, bis sie ihre Runde gedreht hat, und dann rufe ich sie an. Wenn es total bis über beide Ohren hoffnungslos wirkt, nach bekannter Furuset-Manier, dann kann Leelah in einer halben Stunde da sein, sie nimmt sich frei. Okay?«

Ich hatte mich ganz banal auf eine Nacht mit ausreichend Schlaf in einem Bett gefreut, wo die Matratze, in Mamas Augen ein unnötiger Luxus, nicht durch dünne Decken ersetzt war, die planlos und klumpig die ganze Nacht hindurch unter dem Laken herumrutschten. Es regnete außerdem, und ich liebe das Geräusch von trommelnden Regentropfen, wenn ich einschlafen will. Alles versprach deshalb eine wunderbare und ungestörte Nacht in meinem eigenen Zuhause in meinem eigenen Bett, und das brauchte ich jetzt wirklich.

Aber um halb vier fuhr ich hoch, setzte mich auf und schwang die Beine über die Bettkante. Dort saß ich dann verwirrt in der Dunkelheit. Zehn Sekunden später klingelte das Mobiltelefon auf meinem Nachttisch, es war Elin, Mama war tot.

»Sie hat mir gesagt, als ich gegangen bin, das Letzte, was sie auf der Welt wollte, sei zu schlafen, sie wollte sich die ganze Nacht wachhalten«, sagte Elin. »Sie hat so viel an unsere Jahre in der Kongens gate gedacht, Anne, was sie da für Energie hatte, was sie da alles geschafft hat. Darüber hat sie gesprochen, ehe ich gegangen bin.«

»Es waren schöne Jahre, Elin.«

»Ja, das stimmt.«

»Und jetzt ist sie also tot?«

»Ja. Sie haben sie tot im Bett aufgefunden. Sie haben nicht bei ihr gesessen. Sie dachten, sie schliefe.«

Aber sie wollte nicht schlafen, das wollte sie nie, nicht einmal, als sie gesund und fit war, sie glaubte, dann kostbare Zeit zu verschwenden. Wenn sie zu Weihnachten oder im Sommer bei mir in Trondheim war, stand sie um halb sechs auf. Sie behauptete, immer ganz von selbst so früh aufzuwachen, bis ich dann zufällig einmal gleichzeitig wach war und den Wecker im Gästezimmer klingeln hörte, worauf sie halb schnarchend den Alarmton abstellte. Gleich darauf quälte sie sich leise stöhnend aus dem Bett und trottete dann zum Duschen ins Badezimmer, so lautlos, wie sie auch schlief.

Ich konnte nie begreifen, wie sie es schaffte, lautlos zu duschen, nicht einmal die Leitungen rauschten. Dann wanderte sie in die Küche, kochte Kaffee und schälte lautlos einen Apfel, und wenn ich ungefähr drei Stunden später im Morgenrock aus meinem Schlafzimmer die Treppe hochgetaumelt kam, oder um ganz ehrlich zu sein, sicher vier Stunden später, saß sie im Wohnzimmer auf dem Sofa und war in ein Buch vertieft. Sie las drei Romane pro Woche. Mindestens.

»Ach? Wach? Ich hab dich doch nicht geweckt, Anne?«

»Nicht doch. Hast du dir Kaffee gemacht?«

»Schon lange, Anne. In der Küche liegen frische Brötchen und die Zeitungen, und ich habe deine leeren Flaschen weggebracht. Sehr gutes Buch, was ich hier lese, hab es in Stovner aus der Bibliothek ausgeliehen, die legen mir immer die Leckerbissen zurück, weißt du, und dann gibt es diese Schnellausleihe, die gilt eine Woche! Eine Woche, hat man so was schon mal gehört! Für ein Buch braucht man doch höchstens zwei Tage.«

Schlaf war eine Niederlage. Es galt, so wenig Zeit wie möglich zu vergeuden.

Aber ruhen?

Ruhen war ungefährlich, mitten am Tag, wenn das Leben um sie herum pulsierte und das Tageslicht durch das Fenster des Pflegeheims fiel. Und wenn ich nicht bei ihr im Zimmer war, dann wusste sie, dass ich auf dem Raucherbalkon stand, nur wenige Sekunden entfernt.

Wie viele Stunden habe ich wohl über dem Geländer des Raucherbalkons im dritten Stock des Furusetheims gelehnt, als sie noch lebte?

Sie saß hinter dem schmutzigen Klappfenster mit dem Vorhang, der schlampig und schief hing, da die Befestigung oben an mehreren Stellen aufgegangen war; sie saß in ihrem Sessel und hatte den Kopf zwischen den Knien liegen, und der Sauerstoff sickerte durch ihre Nase. Ihre Sitzposition war nicht nur ein Traum für Yogafans, dachte ich dann manchmal, sondern auch die von Stewardessen ersehnte Wunschhaltung für Fluggäste, im Fall eines Absturzes. Es steht in den Sicherheitsanweisungen, dass man den Kopf zwischen die Knie stecken soll, und das ist einfach albern, denn wer schafft das schon auf den engen Sitzen, wo die Rückenlehne vor uns nur fünfzig Zentimeter entfernt ist?

Meine Mutter eben. Immer bereit und *ready for impact*. Ihr Rücken war so krumm, sie konnte ihren Oberkörper zu einem umgekehrten U verdrehen.

Da saß sie dann Tag für Tag, wenn Elin oder ich nicht bei ihr waren, den Kopf zwischen den Knien, während glasklare Speichelfäden langsam und lautlos auf das Linoleum fielen.

Sie würde wirklich bald sterben.

Etwas so Gewöhnliches und zugleich Ungeheures, das sie noch dazu ganz allein durchführen musste.

Aber da stand ich nun auf dem Raucherbalkon und hatte den Geschmack von Kaffee und Zitronenkuchen im Mund, während Mama noch immer einige Tage zu leben hatte. Ich sah auf graue Flecken aus spärlichem alten Gras zwischen Schnee und Eis hinab, auf hässliche anonyme Wohnblocks aus Beton, deren heruntergekommene Balkonkästen Grimassen schnitten, auf die pompös aufgeblasene Furuset-Moschee, die aussah wie eine verfärbte und erstarrte Seifenblase.

Ach Gott, ich kam mir so allein vor. Elin und ich kamen uns so allein vor. Wir hätten so gern jemanden zum Reden gehabt, einen einzigen Arzt mit Überblick und Wissen.

Ehe Mama eingewiesen worden war, hatte sie einen Hausarzt gehabt, einen Arzt, der einen Krankenbericht über sie führte, einen, der ihre ganze medizinische Geschichte kannte.

Jetzt hatte Mama keinen eigenen Arzt.

Sie hatte sechzig Ärzte!

Und keiner dieser sechzig Ärzte würdigte sie auch nur eines Gedankens, sowie sie ihr den Rücken kehrten und das Zimmer verließen, nicht einer von diesen sechzig Ärzten verspürte auch nur die geringste Verantwortung für sie, nicht einer von diesen sechzig Ärzten hatte die Verantwortung, nicht einer von diesen sechzig Ärzten hatte sich wirklich darüber informiert, was vor sich ging, nicht einer von diesen sechzig Ärzten konnte mir und Elin helfen und uns beraten. Nicht, weil ihnen wirklich alles scheißegal war, sondern, weil Mama für sie nur als Teil eines Systems existierte, sie war eine Nicht-Person.

Denn vielleicht hätten wir die Chemo, die sie nur kaputtmachte, absetzen und ihr lieber ein würdevolles Ende ermöglichen sollen. Aber was, wenn dieses Zellgift sie doch gesund gemacht hätte? Konnte man so etwas glauben? Was zum Teufel sagten eigentlich die Prognosen? Wir hatten niemanden, den wir fragen konnten.

Niemanden.

Wir hatten versucht, das Krankenhaus Ahus anzurufen, wo sie allergnädigst alle drei Wochen einige Stunden sitzen durfte, um sich mit Gift füllen zu lassen und dann wieder abtransportiert zu werden, sie konnten uns keinen Arzt nennen, der etwas über sie wusste, wir wurden, wenn wir anriefen, immer weiter durchgestellt, obwohl es doch irgendeinen Arzt geben musste, der nach reiflicher Entscheidung oder möglicherweise auch fließbandgleichgültig, was wussten denn wir, in den Jahren sechsmal Zellgift mit je drei Wochen Zwischenraum verschrieben hatte. Wir konnten auch den Namen dieses Arztes nicht in Erfahrung bringen, in Ahus hatten sie einfach keine Ahnung.

Aber wenn wir selbst beschlossen hätten, die Chemo abzusetzen, wo hätte sie dann ihre letzten Tage verbringen können? Ich hätte sie gern gepflegt, finanziell und praktisch wäre mir das möglich gewesen, nur wo? Ich hatte im Internet gesucht und mich bei den Beratungsstellen für Patienten und ältere Mitbürger erkundigt, aber sie konnten uns nicht helfen, da Mama in Behandlung war. Ich hatte gefragt:

»Was denn für eine Behandlung?«

»Ja, also, diese Chemo alle drei Wochen.«

»Aber hat sie denn keinen Anspruch auf richtige Pflege in den Wochen zwischen der Zellgiftkur?«

Natürlich, und dafür war der Stadtteil Stovner zuständig, seit die Behandlungsreform in Kraft getreten war.

»Aber die übernehmen ja keine Verantwortung! Sie bekommt doch die Pflege nicht, die sie braucht! Meine Schwester und ich müssen alles für sie übernehmen. Sonst hat sie niemanden!«

Sie könne einen Antrag auf einen Langzeitplatz stellen, aber vorher müsse die Behandlung beendet sein.

»Bis dahin ist sie längst tot.«

Darüber müssten wir mit ihrem Arzt sprechen.

»Aber sie hat ja keinen Arzt! Wie oft soll ich das denn noch sagen?«

Ich hätte eine Suite im Bristol mieten können, ich hätte eine private Krankenpflegerin für die medizinischen Dinge anstellen können, ich hätte mir das leisten können, aber da sie zu hundert Prozent von einem feuergefährlichen Sauerstoffgerät abhängig war, erwies sich das alles als unmöglich.

In ihrer winzigen Sozialwohnung war im Badezimmer kein Platz für Rollstuhl oder Rollator. Ihre Duschkabine hatte eine Grundfläche von der Größe eines Frühstückstabletts. Und es eilte. Wir hatten ja das Gefühl, dass es um Tage ging.

Mein Haus in Trondheim war zu klein und zu eng, und es gab eine Wendeltreppe zwischen Bad und Wohnzimmer. Elins Wohnung war ebenfalls zu klein, es gab nur ein Schlafzimmer. Und was, wenn es die Chemo war, die ihr noch Hoffnung gab? Die ihr immer noch Mut schenkte? Durften wir es wagen, ihr die Hoffnung zu nehmen? Oder war die Zellgiftkur vielleicht auch eine Art schmerzlindernde Behandlung? Ich bildete mir ein, das irgendwo gelesen zu haben.

Aber wir konnten das doch nicht sicher wissen, und wir hatten niemanden, den wir fragen konnten.

Mama war zu einer Zeit aufgewachsen, in der der Teufel mit dem Beelzebub ausgetrieben werden sollte, und wenn das Zellgift nun in ihrem alten Leib wütete, war es sehr gut möglich, dass sie im tiefsten Herzen jubelte: »Hier ist Krieg! Und das Böse, das ich jetzt erlebe, wird das andere und viel Gefährlichere in die Flucht schlagen.«

Die Kippe brauchte ziemlich lange, durch die Luft und hinunter auf die toten Grasbüschel, sie legte sich still zur Ruhe zwischen schmutzigen Schneeflecken, hier in Oslo verschwand der Schnee viel später als in Trondheim. Hier war noch keine Spur von Frühling zu sehen, es war gefrorener Spätwinter, und das war immerhin eine Erleichterung. Ich schaute auf die Uhr. Ich war seit fünf Stunden hier.

Ich musste hineingehen und feststellen, was ich am nächsten Tag für Mama mitbringen sollte, oder was Elin mitnehmen könnte, wenn sie später am Abend kam, es gab immer irgendeine Kleinigkeit.

»Und es gibt keinen Lesestoff, auf den du Lust hast? Den ich kaufen soll? Du willst keins von den Büchern, die zu Hause auf dem Lesestapel liegen?«

Sie las oft mehrere Bücher gleichzeitig, gern mit gewaltiger Spannbreite, was das Genre anging, alles von der »Ilias« bis zu dem, was sie *Flughafenkrimi* nannte.

»Nein.«

Sie las nicht mehr, löste keine Kreuzworträtsel mehr. Sie hatte aufgehört, als sie kurz nach Weihnachten in Ahus ihre Diagnose erhalten hatte. Nicht als bewusster und durchdachter Entschluss, es war ein Feuer, das da und dort erloschen war.

»Weißt du, Anne, das Vakuum, das die Bücher in mir hinterlassen haben, ist gewaltig, kolossal. Der Hunger nach immer neuen und spannenden Büchern, und der Eifer, wenn ich mitten in einem guten Buch steckte, morgens wach werden und sich darauf freuen, aufzustehen und Tee zu kochen, um dann weiterzulesen. Dann hatte der Tag angefangen. Aber auch das fehlt mir eigentlich nicht, dann könnte ich mir ja einfach ein Buch nehmen und lesen. Nein, ich betrachte einfach nur dieses riesige Loch, wie aus der Ferne, ohne etwas daran ändern zu können. Das Einzige, was ich will, ist reden, reden, reden, ich will alles *raus* haben, und nichts mehr *rein*. Jetzt, wo ich weiß, dass es nichts mehr bringt. Es bringt nichts mehr, wenn ich noch etwas in mich hineinhole. So ist das auch mit Kreuzworträtseln, die kommen mir so sinnlos vor. Ja, ich weiß, dass dich das wohl verletzt, Anne, wir haben ja so viel Spaß gehabt, wenn wir sie gemeinsam gelöst haben, aber das kommt mir jetzt nichtssagend vor. Eigentlich kannst du dieses Buch gleich mit nach Hause nehmen, der Umschlag ist so schrecklich rot, deshalb sehe ich die ganze Zeit aus dem Augenwinkel, dass das Buch einfach nur so daliegt, und dann habe ich ein schlechtes Gewissen.«

Es war das neueste Buch von Michael Connelly, ich hatte es einige Wochen zuvor bei Amazon bestellt, als Mama sich den Kopf nach etwas zerbrach, das sie interessieren könnte. Sie hatte schon dreizehn Bücher von Connelly, wie es sich herausstellte, als wir ihre Wohnung ausräumten, und sie hatte gehört, dass er jetzt bald ein neues veröffentlichen würde.

Das stimmte. Connellys neuestes war gerade in den USA erschienen, noch als Hardcover, ich bestellte es als Express-Zustellung und konnte es Mama schon am nächsten Morgen überreichen. Sie hatte anderthalb Seiten gelesen, aber sie brachte keinen Zusammenhang in die Sätze.

»Aber was ist mit Zeitungen? Einer Illustrierten?«

»Nein. Es ist schöner, wenn du es mir erzählst, falls etwas Dramatisches passiert ist.«

Aber es gab immer andere Dinge, die sie brauchte. Einen Nagelknipser als Ersatz für den verschwundenen, noch mehr Feuchttücher, eine andere Zahnpasta, einen anderen Pullover, der am Hals nicht so eng saß. Kleinigkeiten, die jetzt, da das Universum auf acht Quadratmeter reduziert war, ungeheuer viel bedeuteten. Nicht zuletzt die BHs. Kleinigkeiten für andere, aber nicht für Mama.

Sie hatte drei BHs, und sie musterte jeden genau, hielt ihn sich dicht vors Gesicht, ohne Brille, wenn sie sie voneinander unterscheiden wollte.

Diese drei BHs waren der Gute, der Schlechte und der Grauenhafte, und der Gute musste zu jeder Zeit sauber und ordentlich sein. In Mamas kleiner Sozialwohnung in Stovner gab es natürlich keinen Wäschetrockner, sie hatte ja nicht einmal eine Waschmaschine, deshalb nahmen Elin oder ich den Guten mit nach Hause und kochten ihn in einem Kochtopf. Wenn wir nicht die Nacht dazunehmen konnten, um ihn zu trocknen, dann mussten wir ihn föhnen, ehe wir zu ihr zurückfuhren. Wir wussten, dass sie dann im Schlechten oder im Grauenhaften dasaß und ungeduldig darauf wartete. Wenn wir ihn nur mit der Hand auswuschen, konnte sie das riechen. Er musste gekocht werden.

Es gab auch allerlei neue Dinge, die gekauft werden mussten, Dinge, deren Verschwinden Mama nach und nach entdeckte. Jeden Tag verließ ich Mama mit neuen Listen über Dinge, die ich besorgen sollte. Es war kein Wunder, dass Dinge verschwanden, da sie ja ohne richtige Vorwarnung verlegt worden war und gestresste Pflegerinnen ihre Sachen eingepackt hatten. Nach ihrem Tod rechneten Elin und ich aus, dass in den vier Monaten, die diese Hölle gedauert hatte, Mamas Kleider und Habseligkeiten sich insgesamt fünf Tage in einem richtigen Kleiderschrank befunden hatten. In der restlichen Zeit lebte sie aus dem Koffer, einem Koffer, über den sie sich natürlich nicht bücken konnte, um ihre Kleidungsstücke herauszunehmen und zu entscheiden, was sie überhaupt anziehen wollte.

Aber an fünf ganzen Tagen lagen ihre Sachen in einem

Schrank, und zwar an den allerersten Tagen in Stovnerskogen. Eine Pflegerin hatte zu Mama gesagt, dass sie sicher eine ganze Weile dort bleiben müsste, so hatte Mama das jedenfalls verstanden, und sie rief mich sofort an, um es mitzuteilen. Ich hatte den Koffer am selben Abend ausgepackt. Mama hatte gelächelt und gelächelt und mich angesehen, nachdem ich auf ihren Befehl zuerst jedes Fach mit Antibac ausgewaschen hatte.

»Man weiß ja nie, Anne.«

»Die Fächer sehen sehr sauber aus, aber ich wasche sie trotzdem aus, weißt du.«

»Sie können ja überall denselben Wischlappen genommen haben, das hat die Haushaltshilfe gemacht, die zu mir nach Hause gekommen ist über diese Firma, Anne, weißt du noch. Sie hat alles mit dem einen Lappen gewischt, nur nicht den Fußboden. Anfangs bin ich zu Hause geblieben, wenn sie da war, aber dann konnte ich das mit dem einen Lappen nicht mehr mit ansehen, und deshalb habe ich sie nur zwischen Tür und Angel begrüßt und bin ins Stovner Senter gegangen und habe mir einen Tee und einen Bienenstich gekauft und Kreuzworträtsel gelöst, bis sie fertig war, und dabei habe ich mir gesagt: Heute macht sie das sicher ganz anders und nimmt für Badezimmer und Küche unterschiedliche Lappen.«

»Was ich nicht weiß, macht mich nicht heiß.«

»Oh doch, Anne, wenn es um Sauberkeit geht, ist dieser Spruch ein Widerspruch in sich. Bazillen gibt es überall.«

Als ihr Koffer leer war, schob ich ihn unter ihr Bett.

»So. Willst du mal sehen?«

Sie zog sich am Rollator hoch, an dem der fesche kleine Sauerstoffapparat befestigt war, und schleppte sich die fünf Schritte weiter, die sie brauchte, um in den Schrank schauen zu können. Ich hatte ihre Kleider sorgfältig und mit glatten Kanten aufgeschichtet.

»Ganz unten liegen Unterhosen und Socken und BHs, hier sind die Pullover, hier sind T-Shirts und hier ganz oben deine beiden Hosen, die Trainingshose ist frisch gewaschen, ich habe sie heute mitgebracht.«

Sie blieb mehrere Sekunden lang stehen und schaute in den Kleiderschrank, und dabei lächelte sie breit.

»Das hast du aber schön gemacht, so sauber und ordentlich. Tausend Dank, Anne. Das ist ungeheuer nett von dir, meine Liebe. Großer Gott, wie schön es ist, diesen Koffer los zu sein.«

III

ELIN MUSSTE DAS NACHTHEMD hochheben, um über Jossi hinwegzusteigen, dann stellte sie Mamas Aschenbecher an die einzige freie Stelle, die sie auf dem Couchtisch finden konnte, ganz auf die Ecke. Mama ließ sofort eine übernatürlich lange Aschesäule in den Aschenbecher fallen.

Der Tisch war übersät von dunkelblauen Wollstoffstücken, die in unterschiedliche Formen geschnitten und auf Seidenpapier arrangiert worden waren, dazu lag am Ende des Tisches ein zusammengefaltetes deckengroßes Stück Wollstoff. Ein altes Tablett war gefüllt mit Stickgarnröllchen in vielen Farben. Das große Stück Wollstoff sollte den Rock ergeben, die anderen Stücke Brustteil, Tasche und Haube.

Mama bestickte auf Bestellung Trachten, außerdem strickte sie Norwegerpullover, sie konnte innerhalb einer Woche einen großen Herrenpullover schaffen. Sie hatte das Muster so gut in den Fingern, dass sie gleichzeitig fernsehen konnte, nur ab und zu musste sie für einen winzigen Moment den Blick senken, um die Farbe zu wechseln. Die Trachten bestickte sie beim Radiohören. Fernsehen konnte sie nur am Wochenende, da sie in der Fabrik immer die Spätschicht nahm, für die besser bezahlt wurde.

»Elin, zieh Pantoffeln an, du hast ja ganz blaue Zehen!«

»Ich bin so müde, Mama.«

»Müde? Jetzt wollen wir doch alle zusammen Waffeln essen! Anne und Finn wollen heiraten! Da musst du dich doch wenigstens ein kleines bisschen freuen. Und man bekommt keine blauen Zehen, weil man müde ist, also zieh jetzt deine Pantoffeln an.«

»Wir schreiben morgen in den ersten beiden Stunden eine Matheklausur. Und ich freue mich doch wie bescheuert!«

»Ich schreib dir eine Entschuldigung, reg dich doch nicht auf.«

»Ich will keine Entschuldigung. Ich hab doch endlos viel gebüffelt, Mama.«

»Du Arme, Elin. Du musst so hart arbeiten. Bei Anne war das etwas anderes. Die hatte nie Lust, Aufgaben zu machen, und dann blätterte sie vor einer Klausur fünf Minuten im Buch und bekam immer gute Noten.«

»Das stimmt nicht, in Mathe ist sie durchgefallen«, sagte Elin und wurde ein wenig wacher.

»Das war keine Mathe!«, sagte ich. »Wir mussten mit Buchstaben rechnen! Das ist doch krankhaft!«

»Algebra nennt sich das«, sagte Elin und sah mir ins Gesicht. »Und es ist eigentlich ziemlich leicht. Und in Deutsch hattest du auch mangelhaft.«

»Du solltest dir Wimperntusche zulegen«, sagte ich. »Deine Wimpern sind ja ganz weiß, du siehst aus wie ein Albino.«

»Jetzt streitet euch nicht! Anne ist von zu Hause ausgezogen und will heiraten und überhaupt, und da könntet ihr ja wohl friedlich sein und euch freuen. Und hol deine Decke, Elin. Setz dich damit aufs Sofa. Dann kannst du schlafen oder schmollen, das ist dann deine Sache.«

Mama schrie immer, wenn sie aus der Fabrik nach Hause kam. Die stellten Plastiktüten her, alles von Brottüten bis zu Einkaufstüten, und die Maschinen machten einen ungeheuren Lärm, weit über jedes vertretbare Niveau hinaus, aber Mama weigerte sich, Gehörschutz zu benutzen, weil ihr davon so heiß in den Ohren wurde. Und wenn Mama schrie, mussten auch wir schreien, um sie zu übertönen. Ich schreie eigentlich noch immer, das kommt aus diesen Jahren, als Mama Abendschicht arbeitete, als Maschinenführerin an einem Extruder, sie schrie bis zu ihrem Tod, nur in ihren beiden letzten Jahren konnten Elin und ich sie überreden, sich einen Hörapparat zuzulegen. Sie stritt ab, dass sie schlecht hörte, sie warf uns immer wieder vor, dass wir undeutlich und wild durcheinanderredeten. Wenn wir nur endlich normal sprechen könnten, würde sie jedes Wort verstehen.

»Was für eine Vorstellung, eine Hochzeit. So eine Überraschung… kommt, wir setzen uns lieber in die Küche, dann brauche ich nicht den ganzen Stoff und das Stickgarn hier wegzuräumen, es ist sinnvoll, wenn es schon bereitliegt, wenn ich mit einer neuen Tracht anfange und nachsehen muss, ob ich alles habe, was ich brauche. Ihr könnt euch gleich vom Waffeleisen nehmen, während ich backe. Du auch, Elin. Jetzt zieh dir endlich Pantoffeln an. Wie oft muss ich das denn noch sagen!«

»Aber du hast doch gesagt, ich dürfte…«, sagte Elin, die schon mit ihrer Bettdecke unterwegs zum Sofa war.

»Für eine ganze Bettdecke ist am Küchentisch kein Platz, das musst du doch einsehen, also zieh Pantoffeln an und leg die Decke wieder in dein Bett, aber lass sie nicht über den Boden schleifen, sonst bleiben Hundehaare daran kleben«, sagte Mama und schüttelte mahnend den Kopf, damals hatte sie eine glatte und wenig kleidsame Pagenfrisur, aber die war pflegeleicht, deshalb sparte sie morgens Zeit, und mit Mannsbildern war sie ohnehin fertig. *Forever and ever,* wie sie selbst sagte.

»Vielleicht möchtest du Brautjungfer sein, Elin?«, fragte ich.

Sie sah mich nur an, und ich ahnte nun doch einen Funken von jugendlicher Rebellion, es bestand also vielleicht doch noch Hoffnung. Sie marschierte mit hocherhobener Bettdecke in ihr Zimmer.

Mein Zimmer.

Plötzlich durchfuhr mich ein kalter Hauch von Erwachsenenangst. Was, wenn dieser Eheschluss doch ein bisschen zu früh kam?

Es wäre so schön, wieder zu Hause zu wohnen, an nichts anderes denken zu müssen als Hausaufgaben und Körperpflege, und eine Mutter zu haben, die sich um alles andere kümmerte. Und hier saß ich mit Waffeln im Anmarsch und war verlobt.

Ich bezahlte meine eigenen Rechnungen im Postamt und kaufte mein eigenes Klopapier und mein eigenes Reinigungsmittel und meine eigenen Milchkartons, während Elin in *meinem* Zimmer wohnte. Sie hatte eine Wahnsinnsmenge Hundeposter aufgehängt, die vor allem Schäferhunde zeigten, weil sie eine Schäferhündin hütete, die sie fast so liebte wie Jossi. Es war seltsam, ein Zimmer zu sehen, in dem alle Spuren meiner Jugendjahre getilgt worden waren. Elin hatte sich mit Mamas tatkräftiger Hilfe das Zimmer im Laufe eines Wochenendes angeeignet. Ich hatte es damals schwarz und lila gestrichen, jetzt war es weiß und orange und unschuldsrein.

Elin wusste sicher nicht einmal, dass man in der unbenutzten Besenklappe unten in der Ecke Bier und Wein aufbewahren konnte. Mama hatte wohl gesagt, Staub und Asche würden hervorquellen, wenn man sie öffnete, und Elin hatte ihr natürlich blind geglaubt. Aber ich hatte sie sauber staubgesaugt, es war sogar möglich, dass sie noch immer einen Rest süßen Obstwein enthielt, von der Sorte Fuhr Fino, die im Verhältnis zum Preis den maximalen Alkoholgehalt aufwies, das hatten wir einige Jahre zuvor auf dem Gymnasium genau berechnet. Mithilfe von Zahlen, nicht von Buchstaben, da ich nach meinem Scheitern in Mathe vom naturwissenschaftlichen Zweig abgegangen war, ich hatte alle meine Pläne, Tierärztin zu werden, an den Nagel gehängt, war auf Englisch übergewechselt und hatte danach Sprachwissenschaft studiert.

Die Hundeplakate hatte Elin an die Wände gehängt, die früher mit insgesamt achtundachtzig mühsam erworbenen Bildern von David Bowie bedeckt gewesen waren. Außerdem hingen ihre vielen Taekwondo-Gürtel an der Wand, in den Farben, die die Leistungsgrade repräsentierten, über die sie längst hinaus war, wie sie stolz und ein wenig überheblich sagte. Sie hatte die Gürtel mit Stecknadeln an der groben Jutetapete befestigt, sie hingen wie lange Schwerter zwischen den Schäferhundeblicken, dicke Baumwollgürtel mit längslaufenden Nähten, damit sie nicht zerreißen konnten, wenn die Kämpferinnen einander auf den Matten umherschleuderten.

Mama hatte große Mühe damit, Elins weißen Taekwondo-Anzug immer frisch gewaschen und gebügelt bereitliegen zu haben. Der Anzug wog in nassem Zustand sicher sieben Tonnen, es war solide Ware, der Gegner sollte im Nahkampf alle Kräfte anwenden können, ohne dass der Anzug in Stücke ging.

Elin trainierte viermal die Woche, und einige Jahre später sollte sie bei der WM in Neapel Silber holen und dort auf der Straße erkannt werden, nachdem sie zur besten Sendezeit im RAI gewesen war, und genau wie immer hing auch an diesem Abend der Anzug zum Trocknen über dem Ölofen im Wohnzimmer, Hose und Jacke, zwei riesige weiße Brocken, die an dünnen Nylonleinen schwebten, wir waren alle an diesen Anblick so gewöhnt, dass wir den Anzug gar nicht mehr bemerkten.

Mama wusch ihn vormittags, wenn Elin abends zum Training wollte. Wenn Elin am nächsten Tag wieder trainieren musste oder einen anderen Taekwondo-Termin hatte, wusch Mama den Anzug, wenn sie abends aus der Fabrik nach Hause kam. Sie hatte ja keine Waschmaschine, Mama hielt nichts von Waschmaschinen, bis an ihr Lebensende nicht, sie fand, die benutzten zu wenig Wasser, mit so wenig Wasser konnten die Sachen unmöglich sauber werden.

Deshalb wusch und spülte sie alles mit der Hand, und das war harte Knochenarbeit. Baumwolle kochte sie in einem großen Stahlkessel, den sie über Nacht auf kleinster Flamme auf der größten Herdplatte stehen ließ. Wenn wir aufstanden, roch es in der ganzen Wohnung nach Waschpulver. Aber obwohl Elins Anzug aus Baumwolle war, wollte Elin nicht, dass er gekocht wurde, sie hatte Angst, der Stoff könne brüchig werden und reißen, aber ich wusste sehr wohl, dass Mama ihn in aller Heimlichkeit manchmal trotzdem kochte.

Mama fühlte sich sicher und erleichtert, wenn sie Textilien kochte, dann wusste sie, dass Schmutz und Bazillen aus den Fasern vertrieben worden waren. Bazillen waren der große Feind. Handtücher, Bettwäsche und Unterwäsche wurden natürlich gekocht. Und gebügelt. Mama bügelte sogar Baumwollunterhosen und Waschlappen. Das alles schaffte sie.

Und jetzt sollte zu allem auch noch eine Hochzeit dazukommen.

»Was wollt ihr auf die Waffeln? Marmelade oder Käse?«

»Beides, immer abwechselnd«, sagte Finn, und Mama lächelte ihn mit glänzendem Gesicht an.

Bei allem, was sie in der kleinen Küche mit der großgeblümten orange, gelb und braunen Tapete unternahm, dampfte und rauchte es. Das Waffeleisen dampfte, das Kaffeewasser im Kochtopf dampfte, und sie selbst dampfte auch, als sie Finn mehrmals durch die Haare fuhr und ihren eigenen Kopf mit dem Pagenschnitt schüttelte, voll Staunen darüber, wie dieser Tag nun geendet hatte.

Ihr erster Schwiegersohn, und zum Glück wusste sie nicht, dass er nicht der letzte meinerseits bleiben sollte.

Die Kaffeemaschine war defekt, aber wir hatten festgestellt, dass der Kaffee viel besser schmeckte, wenn wir das kochende Wasser sofort in den knallgelben Plastikfilter gossen, der auf der Kanne balancierte. Mama wurde immer wütend und empfand es als persönliche Beleidigung, wenn ein Gegenstand seinen Geist aufgab, und sie feuerte alles in den Müll, doch als die Kaffeemaschine den Dienst verweigerte, hatte sie seltsamerweise die Kanne und den gelben Filter behalten und niemals hatte der Kaffee besser geschmeckt.

Elin kam angestapft, endlich mit Pantoffeln an den Füßen, und setzte sich an den Küchentisch, Mama und Finn und ich nuckelten an unseren Zigaretten. Das Küchenfenster über dem Ausguss stand trotz der klirrenden Kälte sperrangelweit offen. Eine Abzugshaube hatte damals kaum jemand, ich weiß nicht einmal, ob sie schon erfunden worden war, und Elin holte sich aus dem Wohnzimmer eine Sofadecke und wickelte sich hinein und sagte:

»Jetzt bin ich ein bisschen wacher. Das wird lustig.«

»Ja. Genau!«, rief Mama und fischte mit einer Gabel eine neue Waffel aus dem Eisen und legte sie mit geübten Köchinnenfingern in das Weidenkörbchen, das mitten auf dem Küchentisch stand, während sie noch mehr kochendes Wasser in den Filter goss und der Dampf aus dem Fenster quoll. Das Einzige, was fehlte, war, dass der Täuberich Bruno kopfwippend auf die Anrichte stolziert wäre, aber er saß sicher mit dem Kopf unter dem Flügel auf einer Lärche auf dem Museumsplass, es ging auf Mitternacht zu, und Vögel fliegen nicht gern im Dunkeln. Bruno, Mamas braunweiße Taube, kam oft zum Fenster herein – von Vogelflöhen hatte damals noch niemand etwas gehört – und bekam allerlei Leckerbissen, ohne dass es andere Tauben angelockt hätte. Bruno kam immer allein.

Jossi ärgerte sich, wenn der Vogel auf der Anrichte saß, griff ihn aber nie an, er saß nur mit großen Augen da und nahm es hin, dass jeder zweite Bissen, was immer es auch sein mochte, in Brunos erhobenem und ruckhaft schluckendem Schnabel verschwand.

»Fräulein Aaseth steht jetzt sicher unter Schock«, sagte ich. »Wo so spät über ihrem Kopf noch so viel Lärm ist.«

Etwas war geschehen. Weil wir gekommen waren und gesagt hatten, dass wir heiraten wollten. Es kam mir vor, als hätten Finn und ich eine ganz neue Art von Glück in unser aller Leben gezaubert, ein Glück, von dem wir alle noch nichts gewusst hatten, jedenfalls nicht von diesem Grad, von dieser Art Glück. Das Glück überfiel uns frisch und unerwartet, sogar Jossi lief die ganze Zeit im Kreis und wedelte mit dem Schwanz, sein Schwanz peitschte gegen Tischbeine und Knie.

Ich zweifelte keine Sekunde daran, dass Mama für alles sorgen würde.

Ich dachte nicht eine Sekunde lang an Geld. Es war normal, dass die Eltern der Braut fast alle Kosten für die Hochzeit übernahmen, die Eltern des Bräutigams beteiligten sich nur an den Getränken. Das war der Brauch, und alle wussten es. Dass Mama alleinstehende Mutter war und eben kein Elternpaar mit zwei Einkommen, fiel mir keine Sekunde lang ein. Als wir die frohe Botschaft verkündet hatten, war ich in Gedanken wieder zu Hause eingezogen, war tief unter Mamas

Fittiche gekrochen und konnte ein weiteres Mal jegliche Verantwortung von mir weisen. Mama würde für alles sorgen.

»Ja, Fräulein Aaseth freut sich vielleicht auch«, sagte ich, »wenn du ihr erzählst, warum hier heute Abend so ein Krach war. Es hat ihr bestimmt nicht gefallen, dass Finn und ich in Sünde gelebt haben.«

Fräulein Aaseth gehörte einer Pfingstgemeinde an und war Rentnerin, sie trug sommers wie winters dicke fleischfarbene Strumpfhosen, hatte ein Paar braune Schnürschuhe für den Sommer und ein Paar Stiefel für den Winter. Sie trug nie Hosen, sondern immer hochgeschlossene Kleider in dunklen Farben, und sicher benutzte sie dicke Unterkleider, denn man konnte eigentlich nie die Konturen ihres tonnenförmigen Körpers sehen, der Stoff legte sich behutsam und gleichmäßig um die Rundungen, auch wenn die Kleider nicht gerade locker hingen. Ihr Aussehen hatte etwas überaus Beruhigendes und Altmodisches, und das galt auch für die dunklen, glatten Haare, die sie hinten zu einem kleinen Klumpen sammelte und mit einem farblosen Tüllstoff umwickelte.

Sie wohnte seit mehr als vierzig Jahren im Erdgeschoss, und sie war überaus besorgt gewesen, als Mama mit zwei lärmenden Mädchen und einem riesigen Hund eingezogen war. Das erzählte sie später, als wir uns miteinander bekannt gemacht hatten. Der Boden wogte mehr denn je, denn vor uns hatte zwanzig Jahre lang ein ruhiger älterer Herr in unserer Wohnung gelebt, der dann aber zu seiner Tochter in den Norden gezogen war, um dort seinen Lebensabend zu verbringen. Er war auf Socken herumgeschlichen, was man von uns nun wirklich nicht behaupten konnte.

Jossi hatte zudem die furchtbare Unsitte zu bellen, wenn jemand zu Besuch kam, sei es zu uns oder auch zu Fräulein

Aaseth. Wir schimpften ihn dann dreistimmig aus, bis Fräulein Aaseth eines Tages sagte: »Ich fühle mich so sicher, seit der Hund im Haus ist, ich bin so froh darüber, dass er hier ist, ich bin ja auch nicht mehr die Jüngste, und man fühlt sich im Alter eben nicht mehr so sicher. Aber jetzt schlafe ich immer gut, denn ich weiß, dass er bellt, wenn jemand kommt.«

Fräulein Aaseth nannte Jossi sehr bald nicht mehr »das Tier«, sondern »er«, nachdem sie sein charmantes Wesen kennengelernt hatte und anfing, ihm Leckerbissen zu geben. Sie hatte zuletzt als Kind eine Beziehung zu einem Hund gehabt, aber jetzt konnte er unten bei ihr sein, wenn Elin und ich abends etwas vorhatten und Mama in der Fabrik war. Sie bekam einen Schlüssel und holte ihn zu sich, wenn sie Lust dazu hatte.

Sie und Mama hatten eine seltsame Freundschaft entwickelt, die auf Respekt und Akzeptanz beruhte. Es war seltsam zu beobachten, wie diese beiden so unterschiedlichen Menschen zueinanderfanden, die Atheistin und die Pfingstlerin, Fräulein Aaseths nüchterner Lebensstil und Mamas draufgängerischer Lebensmut. Als wir einzogen, war der Hinterhof grau und düster und vom Straßenstaub verschmutzt, aber Mama verwandelte ihn in eine Oase. Sie malte die Wasserpumpe knallrot an, die Pumpe funktionierte seit vielen Jahren nicht mehr, aber jetzt wurde sie zu einem dekorativen Denkmal für die Vergangenheit, zwischen Töpfen voller Blumenkresse und roten Geranien.

Sie bekam vom Hausbesitzer Geld, um die Wände zum Hof hin anzustreichen, sie malte sie in Weiß und in etwas, das sie Atlasblau nannte, und für die eine Ecke, wo im Sommerhalbjahr zwischen halb zwölf und zwölf die Sonne schien, zimmerte sie einen kleinen Tisch, den sie in dem gleichen Blauton strich. Dann holte sie unsere Küchenhocker nach unten, wenn es warm genug war, um dort zu sitzen. Meine Schule lag gleich um die Ecke, deshalb lief ich in der großen Pause nach Hause und aß Waffeln, immer gab es Waffeln, und Fräulein Aaseth trank mit uns Kaffee, in ihrer fleischfarbenen Strumpfhose, selbst bei vierzig Grad in unserer kleinen Sonnenecke. Auf dem Boden über dem Klo fand Mama einen alten Gartenschlauch, und die Schieferplatten im Hinterhof wurden von nun an im gesamten Sommerhalbjahr an jedem zweiten Wochenende vom Verkehrsstaub befreit. Jossi wurde dann in einem Aufwasch eine Dusche verpasst, er liebte den Schlauch und biss in den Strahl, sodass das Wasser aus der Tiefe seiner Kehle himmelhoch aufspritzte.

Fast alle in meiner Klasse an der Kathedralschule wohnten in großen Einfamilienhäusern, in Stabban und Byåsen, mit Badezimmer und sicher mehreren Wasserklosetts. Aber ich wohnte gleich um die Ecke, ich konnte in der Pause die Tür zu einem riesigen dunklen Durchgang aufschließen, der ein wenig nach oben führte, um dann dem Licht entgegenzugehen und von einem vor Freude übermütigen Labrador empfangen zu werden, dann um die Ecke, vorbei an einer knallroten Wasserpumpe, die umgeben war von vor Blütenpracht überströmenden Blumentöpfen, ich roch den Duft von Waffeln und Kaffee, schaute hinauf zu dem offenen Küchenfenster, wo das Radio ganz vorn stand, damit man es im Hof noch hören konnte, und sah Mamas Pagenkopf hin und her laufen, während sie nach unten rief:

»Zwei Sekunden! Klopf doch schnell an Fräulein Aaseths Küchenfenster und sag, dass es jetzt Kaffee gibt!«

Fräulein Aaseth sagte ganz offen, obwohl sie von Natur aus eher zurückhaltend und schweigsam war, dass sie sich sehr darüber freute, unsere Bekanntschaft gemacht zu haben, dass

Mama »Leben und Bewegung« in die Kongens gate 37 brachte, und dass sie gern mit Mama sprach, weil die so viel wusste und so weit gereist war. Sie freute sich sicher auch über Mamas Reinlichkeit, ich habe nicht ein einziges Mal gesehen, dass Fräulein Aaseth das Klo auf dem Hinterhof geputzt hätte. Selbst wenn sie das vorgehabt hätte, wäre Mama ihr zuvorgekommen.

Und Mama hatte Fräulein Aaseth schließlich auch gern.

»Sie erinnert mich so sehr an meine Tante Oda, die Einzige, die früher lieb zu mir war, neben meinem Papa. Und dann habe ich auch große Lust, lieb zu ihr zu sein. Armes Fräulein Aaseth.«

»Arm? Wieso denn das?«, fragte ich.

»Das wirst du verstehen, wenn du älter bist«, sagte Mama. »Und die Dinge in der richtigen Perspektive siehst.«

Mama lief immer wieder mit frisch gebackenem Brot zu ihr nach unten, oder mit Kuchen und Brötchen, was immer sie gerade gebacken hatte, und behauptete zum Scherz, das komme von Jossi. Fräulein Aaseth war fasziniert von Mamas Kochkünsten, da sie selbst nur langweilige Durchschnittskost fertigbrachte, wie sie das nannte. Mama kochte ja eigentlich auch Durchschnittskost, gab ihr aber immer noch einen besonderen Pfiff. Denn teure Zutaten konnten wir uns nicht leisten. Fräulein Aaseth jedoch hatte noch nie Spaghetti gegessen, ehe sie bei Mama welche bekam, auch wenn sie dazu noch Kartoffeln wollte, und sie wusste nicht, dass weiße Soße eine Viertelstunde kochen muss, damit der Mehlgeschmack verschwindet, ehe man die Fischklöße hineinlegt.

Sie hatte ihr Leben lang nur für sich selbst gekocht, und sie hatte kein Interesse daran gehabt, irgendetwas anders zu machen. Ehe Mama einzogen war und gesagt hatte, die Soße für die Frikadellen schmecke noch besser, wenn sie ein wenig Honig und ein wenig Senf hineinrühre.

»Honig und Senf? In Frikadellensoße …?«

»Versuch es doch und koste mal bei mir«, sagte Mama, die für Fräulein Aaseth neue Horizonte eröffnete, denn Fräulein Aaseth kostete wahnsinnig gern, sie hatte nur keine Ahnung, wie sie einen neuen Geschmack erreichen sollte.

Als sie nach Hammerfest fahren musste, um die letzten Tage im Leben ihrer Schwester zu begleiten und sie danach zu begraben, sollten wir ihre Blumen gießen: Ich tat das gern, ich fand es spannend und aufregend, ihre kleine Wohnung zu betreten, wie eine andere Zeit, sie kam mir vor wie die Wohnungen, die wir jeden Dienstag in unserem Schwarz-Weiß-Fernseher sahen, wenn dort alte Klassiker gezeigt wurden.

Alle Flächen waren von weißen Häkeldeckchen bedeckt, auch auf den Lehnen der beiden Sessel hingen runde Häkelteile. An der Wand hatte sie eine alte Standuhr mit einem Glasfenster, das Pendel stand still, denn sie war ja verreist und konnte das Uhrwerk nicht aufziehen. Und an den Wänden hingen gestickte Bilder, mit bauernromantischen Motiven vom Hofleben zwischen Fjord und Gebirge. Es gab nicht ein einziges gerahmtes Familienfoto.

Der Deckenanstrich im Wohnzimmer war zwischen den schmalen Holzleisten gesprungen, auf dem Teppich lagen winzige Flocken der abgeblätterten Farbe, sie musste offenbar in regelmäßigen Abständen staubsaugen, wenn wir uns über ihr auf dem wogenden Boden bewegten.

Die Küche war strahlend sauber und nackt und roch vage nach gekochten Kartoffeln und Sunlicht-Seife. Über dem Herd, gleich unter der Decke, hatte sie weiße Nylonleinen gespannt. Dort hingen ein sauberes Geschirrtuch und saubere umgestülpte Plastiktüten, die sie mit Wäscheklammern zum Trocknen aufgehängt hatte, obwohl sie von Mama so viele Plastiktüten hätte bekommen können, wie sie nur wollte.

Ich konnte in ihrer Wohnung ganz still stehen, auf den Verkehrslärm draußen lauschen und daran denken, dass sie hier in diesen Zimmern ihr Leben lebte, ich stand da in meiner Mao-Jacke und wusste, ich wusste und spürte wirklich, dass ich mich auf einem anderen Planeten befand, aber gleichzeitig hungerte ich nach dieser alten Zeit, so, wie ich sie in meiner Kindheit erlebt hatte, das Allersicherste, das hier war ihr Zuhause, es war schwer zu verstehen, dass jeder einzelne Gegenstand hier ihr lieb und vertraut war und eine Geschichte hatte, eine Geschichte, die sie im Alltag mit sich trug. Ehe sie in Rente ging, hatte sie in einem Büro gearbeitet, mehr wusste ich nicht, und ich habe auch keine Ahnung, ob Mama mehr wusste.

Im Schlafzimmer hing ein Messingkreuz mit einem fadendünnen Jesus über dem Kopfende des Bettes, auf dem Nachttisch stand eine große Holzschale voller kleiner weißer Papierstreifen mit Abkürzungen von Wörtern und Zahlen, die ich nicht verstand. Mama erklärte mir, das seien Bibelzitate.

»Wenn man sehr gläubig ist, und das kann man von Fräulein Aaseth ja sicher sagen, dann liest man ein Bibelwort, ehe man abends die Augen schließt. Und um ein wenig Abwechslung zu haben, zieht man mit geschlossenen Augen einen Zettel aus der Schale, so wie früher, als du und Elin auf Weihnachtsfesten Lose gezogen habt, und schlägt sie dann in der Bibel nach und liest genau diese Stelle, ehe sie die Leselampe ausdreht und einschläft.«

»Hast du ihr gesagt, dass du Bibeln in die Sowjetunion geschmuggelt hast?«

»Nein! Ich habe gesagt, dass ich an keinen Gott glaube, aufgrund meiner Kindheit und meiner schrecklichen Mutter. Wenn ich ihr das mit der Sowjetunion erzählt hätte, hätte ich sie nur verwirrt.«

»Mit gutem Grund«, sagte ich.

Mama wusste natürlich auch, dass so ein gehäkeltes Deckchen oben auf einer Sessellehne Antimakassar genannt wurde und den Möbelstoff vor Makassaröl beschützen sollte, mit dem Männer ihre Haare geglättet hatten, ehe Brylcreme modern geworden war.

»In dem Wohnzimmer sitzen nicht gerade viele Männer. Mit Öl in den Haaren.«

»Nein, da sind wir uns ziemlich ähnlich, sie und ich«, sagte Mama.

Als Fräulein Aaseth nach nur wenigen Wochen im Krankenhaus starb, es war im Jahr nach meiner Hochzeit, gingen Mama und ich zu ihrer Beerdigung, Elin war in der Schule. Die Kirche war leer, abgesehen von uns und der Pfingstgemeinde, vielleicht zwanzig an der Zahl, und es tropfte Wasser von der einen Sargecke. Vorne auf dem kleinen Liedheft für die Trauerfeier sah ich zum ersten Mal ihren Vornamen.

Svanhild.

Ich hatte mir nie überlegt, dass sie einen Vornamen haben musste, und ich konnte meinen Blick nicht von den Tropfen losreißen, die in regelmäßigen Abständen vom Sarg fielen, und dabei sah ich vor mir Svanhild Aaseths ziemlich aufgedunsenen und zuckerkranken Leib.

Die Pfingstler luden danach zu Kaffee und Kuchen und Schnittchen in einem Art Konferenzraum im Missionshotel, es waren keine Verwandten dabei, und als wir zum Kaffee gekommen waren, warfen sie die Hände in die Luft, senkten mit geschlossenen Augen die Häupter und sprachen in Zungen. Mama und ich wagten nicht, einander anzusehen, aber das hätten wir ruhig tun können, denn ich musste nicht lachen, ich hatte nur Angst, ich dachte, sie hätten vollständig den Verstand verloren.

»Das war ja vielleicht ein Schock«, sagte ich zu Mama, als wir zu dem halb leeren Haus zurückgingen, dessen Erdgeschoss an eine Kursleiterin in Steinschleifen vermietet wurde, ihr Schleifgerät hätte mindestens zehn bellende Labradore übertönen können.

»Das ist nicht gefährlich. Die halten das für ein Geschenk Gottes.«

»Meinst du, Fräulein Aaseth hat das auch gemacht? Bei den Andachten?«

»Das kann schon sein.«

Ich konnte mir dieses Bild lange nicht aus dem Kopf schlagen. Fräulein Aaseth in züchtigem langen Kleid und Schnürschuhen, während sie mit erhobenen Armen und dem Himmel zugewandten Gesicht das unbegreiflichste Kauderwelsch schrie. Ein Menschenleben konnte wahrlich viele Geheimnisse verbergen, und hätte ich gewusst, welcher Ekstase Fräulein Aaseth sich regelmäßig hingegeben hatte, hätte ich sie zu ihren Lebzeiten mit ganz anderen Augen gesehen.

»Ach ja, Fräulein Aaseth wird sich sicher freuen! Bestimmt kommt sie in die Kirche, und bestimmt bekommt ihr auch ein Geschenk von ihr«, sagte Mama.

Sie ging davon aus, dass wir in der Kirche heiraten wollten, so war das 1978 eben. Standesamtlich heiratete nur, wer hochschwanger oder mehrmals geschieden war oder sonstigen Dreck am Stecken hatte.

Also mussten wir natürlich kirchlich heiraten, alles andere wäre ein Protest gewesen, eine Revolution, auch wenn wir allesamt und zusammengelegt nicht ein Gramm Gottesglauben aufbringen konnten. Aber obwohl wir alle Atheistinnen waren, hielt Mama es für fast unvorstellbar, nicht der lutherischen Staatskirche anzugehören, sie hatte mir eines Tages einen Zeitungsartikel vorgelesen, über Menschen, die aus der Kirche austraten, und dabei lachte sie höhnisch und fragte: »Ja, und wer soll die dann begraben? Wenn ich fragen darf? Wollen die das selbst machen? Ha, ha.«

Finn war ausgetreten, aber es reichte, wenn die eine Hälfte des Brautpaares der Staatskirche angehörte, das wusste ich. Ich traute mich nicht, Mama zu erzählen, dass Finn ausgetreten war, das hätte ihn auf eine Stufe mit den Kommunisten gestellt.

Kommunisten waren wirklich das Schlimmste, was Mama sich vorstellen konnte.

Wir waren fast Nachbarinnen des Oktober-Buchladens, der im Keller der Kongens gate 33 lag, und die Polizei hatte uns in der letzten Zeit, ehe ich von zu Hause ausgezogen war, ziemlich häufig mitten in der Nacht aus dem Haus geholt, weil *für diesen verdammten Buchladen,* wie Mama sagte, eine Bombendrohung eingegangen war.

Es war immer ein furchtbares Chaos, und Mama hatte ihren schönsten Morgenrock, den zitronengelben mit der dunkelbraunen Rundpasse, jederzeit einsatzbereit neben dem Bett liegen. Unsere kleine Wohnung hatte nur zwei Zimmer, deshalb schlief Mama im Wohnzimmer auf einem überdimensionalen Schlafsofa, das man in zusammengeklapptem Zustand niemals für ein Schlafsofa gehalten hätte, ich habe jahrelang erfolglos nach so einem gesucht. Es verbarg tagsüber problemlos Decke und Kissen, war unbeschreiblich bequem zum Sitzen, und alle Mechanismen, die es in ein riesiges, weiches Doppelbett verwandelten, waren diskret unter Kissen und Falten versteckt, ich glaube, es stammte aus den USA.

Die Türklingel war mitten über der Wohnzimmertür angebracht, ungefähr einen Meter von Mamas Ohren entfernt.

Deshalb war Mama die Erste, die entsetzt aufsprang, wenn die Polizei mitten in der Nacht klingelte und wegen der Bombendrohung das Haus evakuieren musste.

Großer Gott, wie haben wir das gehasst. Jossi bellte natürlich aus voller Kehle und warf sich gegen alle Türen, ich musste mich anziehen und ihn gleichzeitig an die Leine nehmen, und dann ging es hinaus auf die Straße und die Straßenbahnschienen, mit einem durchgedrehten Labrador, ich stocksauer, dazu eine übermüdete kleine Schwester und eine ungeheuer beredte Mutter in ihrem besten Morgenrock, und sie nahm wirklich kein Blatt vor den Mund, was die geografische Platzierung dieses *verdammten Buchladens* anging. Aber das konnte sie in diesem Moment nicht laut sagen, sie fluchte nie, wenn Fräulein Aaseth es hören konnte, denn die war natürlich auch evakuiert worden, sie erschien immer in Wintermantel und Stiefeln, also so gut bedeckt wie nur möglich.

Niemals ging eine Bombe hoch, und nach einer Weile ging es wieder hinein ins Warme, mit dem Segen der Polizei, zu frisch gebackenen Waffeln aus dem Tupperware-Behälter, um die Nerven zu beruhigen, und zu zahllosen wütenden Zigaretten aufseiten von Mama.

Ich und alle in meiner Klasse kauften im Oktober-Buchladen Schuhe und Jacken, Chinaschuhe und Chinajacken und sogar die kleine rote Mao-Bibel, die ich kaum je öffnete, aber ich fand, sie sah stark und offensiv aus, wie sie da winzig klein in meinem Bücherregal stand und zum Kampf aufrief, mit steifem knallroten und durchsichtigen Plastikumschlag. Und da Mama nie einen Fuß in den *verdammten Buchladen* setzte, hatte sie ja keine Ahnung, wie die Mao-Bibel aussah, und sie fiel ihr im Regal in meinem Zimmer nie auf.

Die Chinaschuhe sahen aus wie normale Turnschuhe, sie

waren aus blau gestreiftem Stoff und hatten weiße Sohlen und weiße Schnürsenkel, sie waren total flach, und die Jacken waren rechteckig und ganz gerade geschnitten.

»Wo hast du die Jacke gekauft? Und diese Stoffschuhe?«, konnte Mama fragen.

»Die waren superbillig«, antwortete ich.

»Aber wo denn?«

»Bei Sundt«, sagte ich.

Sundt war das große, gut sortierte Warenhaus mitten im Zentrum, mit Boutiquen und Läden für allerlei Krimskrams und einem Café.

Und da Mama den *verdammten Buchladen* hasste, warf sie nie auch nur einen Blick in die halbdunklen Kellerfenster in der Kongens gate 33, in denen die verlockende Auswahl an chinesischen Schuhen und Kleidern zu sehen war. Denn dann hätte ich mir wirklich leidtun können.

Als ich an einem Junitag im Jahre 2001 Mama am Telefon erzählte, dass ich zum Oktober Verlag wechseln wollte, gerieten ihre geplagten Herzklappen in heftige Erregung.

»Ist heute der erste April, Anne?«

»Nein, aber mein Lektor ist jetzt da, und da muss ich natürlich mitgehen.«

Sie schwieg sehr lange.

»Aber Anne … oh, großer Gott, jetzt weiß ich gar nicht, was ich machen soll, ich will nur noch weinen. Oktober, Gott, wie schrecklich. Was ist denn los mit dir, Anne? Was hast du mir bisher verschwiegen?«

»Mama, reg dich ab. Das ist doch kein Problem. Der Verlag gehört jetzt zu Aschehoug. Das andere war früher, dass sie …«

»Wofür hältst du mich eigentlich? Ich halte mich doch auf dem Laufenden.«

»Das ist jetzt ein ganz normaler Verlag, Mama.«

»Die werden dich gewaltig an der Nase herumführen. Die können es nicht ertragen, wenn irgendwer mehr verdient als andere. Das sind Kommunisten, Anne!«

»Ich muss mit meinem Lektor zusammenarbeiten. So einfach ist das.«

»Der ist ja dann auch Kommunist, wo er doch da arbeitet.«

»Ist mir noch nie aufgefallen. Ich glaube, wir haben überhaupt nicht über unsere politischen Ansichten diskutiert.«

»Natürlich ist er Kommunist.«

»Das ist mir dann aber scheißegal. Gullik ist vor allem der beste Lektor in Norwegen.«

»Dass ich das noch erleben muss! Dass die Bücher meiner Tochter in einem Verlag erscheinen, für den sie mitten in der Nacht im Nachthemd barfuß auf den Straßenbahnschienen stehen musste. Ich bin erschlagen!«

»Ich war schnell, Mama, ich konnte mir immer Jeans und ein T-Shirt anziehen. Elin war das mit dem Nachthemd. Und schuld waren die anderen, die die Bombendrohung durchgegeben hatten, nicht die Leute von Oktober.«

»Natürlich! Weil sie Kommunisten waren!«

In ihren Jahren in der Plastiktütenfabrik, 1971 bis 1983, wurde sie von ihren Kollegen immer misstrauisch beäugt, weil sie politisch so weit von ihnen entfernt war. Sie war nicht nur Dänin und damit »Fremdarbeiterin«, auch wenn sie schon seit Jahren die norwegische Staatsbürgerschaft besaß, sondern vor allem wählte sie die Konservativen und sagte das auch.

In der Fabrik brodelte es von Kommunisten, und Mama fiel durch ihre Lautstärke und die Tatsache auf, dass sie als erste Frau die Führung eines riesigen Extruders übernahm, eines ganz besonders gefürchteten Extruders, der über glühendem

Eisen Finger kochte, wenn er sie nicht lieber ganz schnell abhackte. Die Frauen in der Fabrik *packten* Plastiktüten, sie stellten sie nicht her. Aber als Maschinenführerin bekam Mama mehr Lohn, und das reichte für sie als Argument.

»Warum soll die Maschine bei mir schlechter funktionieren als bei euch Mannsbildern?«, fragte sie die anderen.

Sie musste außerdem schneller als der Blitz sein, um zu verhindern, dass ihre Finger verloren gingen, denn sie besserte ihren Lohn ja auf, indem sie Norwegerpullover strickte und Trachten nähte. Wir hätten nicht überlebt, wenn Mama in der Sozialhilfe gelandet wäre und nichts hätte dazuverdienen können.

Aber was sie in der Fabrik am meisten provozierte, war, wenn die anderen über Rambech herzogen, den Fabrikbesitzer. Vor allem, wenn die Männer ihn durch das Fenster sehen konnten, wenn er in seinem Mercedes angefahren kam. Der Mercedes war ihnen ein Dorn im Auge.

»Warum soll er denn keinen Mercedes fahren? Und sich das leisten können? Und mehr verdienen als wir? Wir können nach der Schicht nach Hause gehen und brauchen bis zur nächsten Schicht nicht eine Sekunde an die Fabrik zu denken, er dagegen muss Tag und Nacht damit leben. Er hat die Verantwortung für alles! Für uns. Dafür, dass wir eine Arbeit haben, zu der wir gehen können. Ihr seid nur neidisch auf das Auto. Ihr würdet seine Arbeit nicht eine Woche lang haben wollen. Also kommt mir nicht mit der kommunistischen Propaganda, ich hab keine Lust, mir diese *blöde Pisse* anzuhören!«

»Ich führe dich zum Altar«, sagte Mama und warf eine neue Waffel in das Weidenkörbchen. »Deinen Vater geht das nun wirklich nichts an. Und ich kann mir endlich ein Kleid aus den Stoffen nähen lassen, die ich in Marokko gekauft habe, die liegen schon lange genug im Schrank. Ich frag mal die Frau, die die Trachten zusammennäht, vielleicht kann sie einen Kaftan für mich machen, das wäre schön.«

»Wo soll die Hochzeitsfeier denn stattfinden?«, fragte ich.

»Das muss ich mir erst mal überlegen«, sagte Mama. »Aber ich finde für alles eine Lösung. Heute Abend wollen wir uns nur freuen!«

MAMA BEGANN DIE HOCHZEITSVORBEREITUNGEN damit, dass sie in einer der kleinen Kammern, die hinter unserem alten Verschlag lagen, oben an unserer Treppe, die von Fräulein Aaseth hochführte, einen neuen Verschlag einrichtete. Da die alten Holzhäuser aus dem 19. Jahrhundert stammten, gab es überall verstaubte Kammern und Schlupfwinkel, die weniger als zwei Meter hoch waren, die Menschen waren damals offenbar kleiner gewesen, oder krumm vor Sorgen und harter körperlicher Arbeit.

Ich schaute an einem Tag im Januar vorbei, und ein kleines Heer aus Spanplatten war im Eingang aufmarschiert. In Mantel und Handschuhen war Mama dabei, die erste zu messen und mit Filzstift zu beschriften. Es waren mindestens zehn Grad unter null.

»Was machst du denn da?«

»Das habe ich dir doch gesagt, Anne, das ist für den Raum, den ich herrichten will. Warum bist du übrigens nicht in der Vorlesung? Wenn ich fragen darf?«

»Bei uns ist das Wasser gefroren, ich hatte heute Nacht vergessen, es laufen zu lassen.«

»Was hat das mit der Vorlesung zu tun? Ja, denn du willst doch wohl nicht deine Ausbildung an den Nagel hängen, nur, weil du jetzt heiratest? Und bildest dir ein, dass Finn dich versorgt? Der studiert Philosophie, Anne. Das bringt keine vollen

Schüsseln auf den Tisch. Du musst imstande sein, dein eigenes Geld zu verdienen.«

»Ich kann mich nicht waschen, deshalb bin ich nicht in die Uni gegangen.«

»Morgen soll es milder werden, dann habt ihr wieder Wasser. Aber geh jetzt in die Küche und wasch dich da.«

»Kaffee hab ich auch nicht getrunken.«

»Fang einfach mit allem an, ich komm dann bald rauf. Weißt du übrigens, mit wem ich gestern gesprochen habe?«

Mama richtete sich auf und lächelte mich an, sie war plötzlich so froh, dass sie mindestens zehn Jahre jünger aussah.

»Vorgestern? Nein …«

»Mit Audrey in Southampton.«

Mama hatte kein Telefon in der Wohnung, und Finn und ich hatten natürlich auch keins, in der St. Olavs gate gab es eine Telefonzelle, die wir benutzten, wenn wir bei irgendeiner Behörde anrufen mussten, man kommunizierte mithilfe von Briefen und Postkarten und Kassetten, oder man klingelte an der Tür. Ein Ferngespräch in Norwegen war teuer. Ein Ferngespräch ins Ausland war fast unerhört. Dann mussten wir ins Telegraphenamt im Zentrum, wo man verbunden und in eine kleine, geschlossene Zelle geschickt wurde, in der es dreißig Grad hatte. Danach bezahlte man je nach Gesprächsdauer am Schalter.

Mama hatte von dort einige Male in Dänemark angerufen, als Opa gestorben war, ich war mit ihr gegangen und hatte auf einer Bank aus Kunstleder gewartet, um am Ende des Gesprächs kurz »Hallo!« ins Telefon rufen zu können. Ein Anruf in Southampton, auch ein kurzer, kostete sicher hundert Kronen, zu einer Zeit, wo man für weniger als zehn Kronen einen Liter Milch, ein Brot und eine Büchse Makrele in Tomate bekam.

»Ich bin auf die geniale Idee gekommen zu fragen, ob ich vom Büro in der Fabrik aus anrufen dürfte, bei der Frau, die den Lohn auszahlt, und sie hat die Zeit notiert und wird es mir vom Lohn abziehen und es vielleicht sogar über zwei Lohnzahlungen verteilen, ja, ich wollte doch auch Ib und Lotte anrufen. Und dann stand ich da und redete Englisch, und da kam Fritz Rambech persönlich und hängte seinen Mantel auf und lächelte mich an und fragte, was denn los sei. Und ich erklärte, dass meine ältere Tochter heiraten will, und dass ich doch rechtzeitig einladen muss, und dass die Anrufe natürlich von meinem Lohn abgezogen werden, und weißt du, was er gesagt hat?«

»Nein?«

»›Kommt nicht infrage‹, sagte er, ›das geht aufs Haus, Frau Ragde. Sie sind doch so eine gute Mitarbeiterin.‹ Stell dir vor, das hat er gesagt! Großer Gott, ich war ja vielleicht baff. Aber da hatte ich ja noch nicht bei Ib angerufen, und ich musste doch sagen, dass ich mit der Lohnfrau zwei Gespräche vereinbart hatte. Und er hat geantwortet, das sei schon in Ordnung, unter diesen besonderen Umständen, und es hätte doch viel schlimmer sein können, ein Todesfall, zum Beispiel, und da musste ich meinen Bruder in Kopenhagen ja einfach anrufen und ihm die freudige Nachricht mitteilen.«

»Aber was haben sie denn gesagt?«

»Das erzähl ich dir, wenn ich nach oben komme, wasch dich jetzt und setz Kaffeewasser auf. Nimm das gestreifte Handtuch, das ist nur wenig benutzt, und dann wirfst du es in die Waschschüssel.«

Audrey und ihr Mann, Fred, wollten zur Hochzeit kommen, sie wollten schon zwei Wochen vorher eintreffen und dann noch eine Woche länger bleiben, das hatten sie sofort beschlossen, sie sprachen nämlich schon seit Jahren davon, dass sie doch endlich nach Norwegen fahren müssten, wo sie noch nie gewesen waren. Und da sie jetzt so viel Zeit gehabt hatten, um zu planen und für den Flug zu sparen, war das alles überhaupt keine Frage mehr.

»Sie kommen! Großer Gott, es wird so schön sein, Audrey wiederzusehen, richtig reden zu können. Dann bekommen sie und Fred mein Schlafsofa, und ich gehe in Elins altes Zimmer. Ich wollte daraus ja eine Nähstube machen, aber damit warte ich jetzt bis nach der Hochzeit.«

»Ich dachte ja, vielleicht wolltest du deshalb den neuen Raum einrichten. Als Schlafzimmer.«

»Nein, nein. Das soll ein Vorratsraum werden. Für Tiefkühltruhe und Regale!«

»Aber wir haben doch ... du hast doch eine Tiefkühltruhe!«

»Die ist viel zu klein, das musst du ja wohl begreifen. Sie werden doch drei Wochen bei mir wohnen, Anne! Ich muss alles vorher fertig haben, ich muss in der Zeit schließlich arbeiten. Das Essen muss fertig sein, ehe ich um drei Uhr in die Fabrik gehe, und sie brauchen Abendessen, und wir müssen ja auch Frühstück und Mittagessen haben. Und ich will ihnen doch die Stadt zeigen, da kann ich nicht die ganze Zeit am Herd stehen. Ich brauche für drei Wochen Brot und Rosinenbrötchen und Kuchen und einundzwanzig Hauptmahlzeiten. Und außerdem muss ich alle Kuchen für das Hochzeitsfest backen, außer natürlich den Hochzeitskuchen, den bestelle ich bei Erichsen. Einige Kuchen kann ich ja natürlich erst am Vortag machen, die mit viel Eierschnee, und die Käsekuchen natürlich, aber der Rest geht vorher. Und die Ringe für den Turmkuchen werden von einer Runde in der Tiefkühltruhe nur saftiger.«

Ich nickte nur und rauchte und trank Kaffee.

Es war inzwischen beschlossen worden, das Fest im Restaurant Trubadur auf der anderen Straßenseite abzuhalten, Mama hatte das ganze Erdgeschoss bestellt, sodass die Stammgäste an diesem Abend den ersten Stock benutzen mussten. Aber Mama kannte die Frau, die das Lokal betrieb, da die immer ihre Pudelhündin mit zur Arbeit brachte, ein Tier, in das Jossi sich heiß verliebt hatte. Wir bekamen ab und zu Reste aus der Restaurantküche, für Jossi, wenn der Pudel nicht alles aufessen konnte.

Eigentlich gab es im Trubadur nur Frikadellen und Fischpudding und Gemüsesuppe, und eigentlich vor allem Bier und Wein und Erdnüsse, aber am Johannisabend würden sie für uns einen Koch mieten. Das Menü sollte zusammengestellt werden, Mama war in der Bank gewesen, und ihr war ein Darlehen zugesichert worden, wie hoch es ausfallen würde, sollte erst festgelegt werden, wenn der Preis für das Hochzeitsessen feststand. Das Lokal war eigentlich ziemlich schön, mit geschliffenen Lampen und Wandmalereien. Aber es war nicht gerade ein *feines* Restaurant, ein Lokal, in dem anständige Leute essen gingen. An den Wochenenden gab es Jazzkonzerte, gefolgt von Streitigkeiten im Suff und Geschrei auf dem Bürgersteig, wir waren an den Lärm aus dem Trubadur gewöhnt. Das Haus brannte dann einige Jahre später ab, mit Wandmalereien und allem Drum und Dran.

Ein besseres Restaurant zu mieten, hätte unbeschreiblich viel gekostet, das kam nicht infrage, obwohl Mama ja im tiefsten Herzen davon geträumt hatte, die Feier im ehrwürdigen Britannia Hotel abzuhalten, das erzählte sie mir, als ich zum dritten Mal heiratete und wir nun wirklich im Britannia feierten, aber an jenem Januartag lebte sie ja noch in glücklicher Unwissenheit.

Da sie sich mit der Pudelbesitzerin über das Trubadur

geeinigt hatte, und da die einen eigenen Koch anheuern und die Tische in Hufeisenform aufstellen und weiß decken wollte, um danach am anderen Ende des Lokals kleine Tische für Kaffee und Tanz aufzustellen, mit Musik von einer Hammondorgel, die der Bruder der Pudelbesitzerin traktieren würde, das alles zu einem Zehntel dessen, was das Britannia verlangt hätte, konnte Mama jetzt Einladungen nach Southampton und nach Kopenhagen verschicken. In Trondheim hatten wir keine Verwandtschaft, aber Finn hatte viele Tanten und Onkel, und wir wollten unsere engsten Freunde dazubitten.

Mama hatte auch zu Fräulein Aaseth gesagt, sie sei herzlich willkommen, aber Fräulein Aaseth wollte lieber auf ihrer Straßenseite Jossi hüten, während wir uns amüsierten.

»Und sie trinkt ja nicht, Anne«, sagte Mama. »Und dann wäre es vielleicht zu viel für sie, wenn die Leute sich beim Tanzen so richtig gehen lassen.«

Muhammed war längst in tiefer Verbitterung nach Alexandria zurückgekehrt, und Onkel Ib und Tante Lotte und ihre beiden Kinder konnten sich die Reise nicht leisten. Sie hatten gerade ein Sommerhaus in Nordseeland gekauft, und jede Krone wurde für die Renovierung gebraucht, das wussten wir von der Kassette, die sie uns zu Weihnachten geschickt hatten, auf der alle vier wild durcheinanderredeten und lachten und ab und zu ein Stück von Gasoline laufen ließen, eine Popgruppe, nach der unsere beiden Cousinen »total verrückt« waren.

Die Hexe lebte noch, aber Mama hatte seit Opas Tod keinen Kontakt mehr zu ihr. Meine Großmutter wusste vermutlich nicht einmal von meinen Heiratsplänen. Mama hatte weder Weihnachtskarten noch Weihnachtspäckchen geschickt, aber Elin und ich hatten von Oma Schokolade bekommen.

»Schade, dass die aus Dänemark nicht kommen«, sagte ich.

»Die waren ja vorigen Sommer hier.«

»Es wäre ganz schön voll geworden, der Boden wäre Fräulein Aaseth auf den Kopf gefallen.«

»Nicht doch, sie hätten im Zelt draußen in Flakk geschlafen.«

»Aber das Essen … die vielen Mahlzeiten …«

»Dann hätte ich eben zwei neue Tiefkühltruhen auf Raten gekauft. An Essen soll es niemals fehlen, es braucht ja nicht Gänseleber und Champagner zu sein, wenn es nur mit Liebe zubereitet worden ist.«

Sie bedeckte den Boden und die alten Wände im Verschlag mit Spanplatten, strich Decke und Wände neu und klebte Linoleum auf den Boden. Eine Leitung wurde an der Wand entlang in die kleine Kammer gelegt und spendete Strom für eine riesige Tiefkühltruhe und eine kleine Wandlampe. Sie nagelte Holzklötze in die Ecken und legte darauf Bretter, und dann waren auch die Wandregale fertig, und sie konnte anfangen, sie mit Lebensmitteln zu füllen. Die Kammer war nicht isoliert, deshalb konnte in den Regalen bis auf Weiteres nur trockene Kost gelagert werden, sogar Konservendosen hätten gefrieren und bersten können. Deshalb füllten sich die Regale zuerst langsam mit Kaffee, Mehl, Zucker und immer neuen Kuchenschachteln mit selbst gebackenem *shortbread* in allerlei Formen und Mustern, während sie auf die Tiefkühltruhe wartete.

»Die Engländer essen *shortbread* zu allen möglichen Gelegenheiten«, sagte Mama. »Zum Tee mit etwas Süßem darauf oder zum Frühstück mit Käse. So wie wir Knäckebrot essen. Aber Engländer hassen Fasern und grobes Mehl, sie hassen das ganz einfach, ich glaube, die meinen, das sei nur etwas für Arme. Sie sagen es nicht offen, aber sie finden grobes Mehl nicht fein genug. Im wahrsten Sinne des Wortes. Für die zählt nur weißes Mehl.«

Sowie die Tiefkühltruhe in den Verschlag bugsiert worden war, war Mama zwei Monate lang so gut wie rund um die Uhr mit Backen beschäftigt. Sie buk Tortenböden vor und stapelte sie in der Tiefkühltruhe in Tortenschachteln, die sie bei Bäcker Sand, dem unmittelbaren Nachbarn des Trubadur, für wenige Öre kaufen konnte. Sie buk fünfzig Weißbrote, gewaltige Mengen Hörnchen und Rosinenbrötchen und Weizenbrötchen und *scones*, sie buk die Böden für Sahnekuchen und Nusstorten, und sie buk Mandelringe.

Sie fing jeden Tag damit an, einen neuen Teig anzusetzen, sie stickte oder strickte, während der Teig ruhte oder aufging, und sie stickte oder strickte und wusch und bügelte und summte, während das Gebäck im Ofen stand.

Vielleicht freute sie sich auf Audreys Besuch ebenso sehr wie auf die Hochzeit? Oder vielleicht sogar noch mehr? Das dachte ich nach ihrem Tod, als ich eines Tages mit meinen Schuldgefühlen über meine kurze Ehe beschäftigt war. Eine eheliche Dauer, die in keinerlei Verhältnis zu Mamas Bemühungen in jenem Frühling stand. Ich dachte auch an etwas, das sie eines Tages im Pflegeheim Furuset zu mir gesagt hatte: »Was soll ich eigentlich mit diesem Tag anfangen, Anne?«

An dem letzten Abend ihres Lebens hatte sie mit Elin über die Jahre in der Kongens gate gesprochen.

In diesem Frühling 1979 wusste Mama jedenfalls genau, was sie mit jedem einzelnen Tag anfangen sollte, mit jeder einzelnen Minute und Sekunde.

»Weiß Audrey, dass wir kein Badezimmer haben?«, fragte ich Mama.

»Natürlich. Audrey weiß doch alles über mein Leben. Alles.

Sie finden es nicht weiter schlimm, dass sie sich in der Küche waschen müssen, Audrey weiß ja, wie reinlich ich bin. Sie ist nämlich genauso reinlich. Und dann weiß sie auch, dass ich reinliche Gewohnheiten habe, dass die Wannen mit kochendem Wasser ausgespült werden, dass die Handtücher gekocht sind, dass alles Wichtige so gemacht wird.«

Mama und Audrey schrieben einander etwas, das sie *bookletters* nannten, eine Art Tagebuch, bei denen sie zwei Wochen zum Schreiben brauchten. Darüber, wie die Tage vergingen, welche Bücher sie gelesen hatten, sie klebten Bilder aus Illustrierten hinein, zeichneten, vor allem aber ging es ums Essen.

Mama konnte von der Auswahl in den Trondheimer Lebensmittelgeschäften extrem frustriert sein. Der einzige Vorteil daran, dass diese Läden vertraute und harmlose trøndersche Alltagskost führten, war, dass sie Innereien so gut wie gratis bekam. Schweineherzen, Rinderherzen und Nieren. Mama war die Einzige, die das alles haben wollte, der Schlachter glaubte sicher, es sei für Jossi, der draußen angebunden war, während sie einkaufte. Und die Auswahl an Gewürzen war begrenzt. Üblich waren Salz und Pfeffer und Maggiwürze, und wenn es hochkam, schweifte man mit einem Lorbeerblatt aus. Aber Knoblauch gab es damals nicht, von Knoblauch hatten wir gerade mal gehört, aber den aß fast niemand.

Oregano war ein Jahr zuvor in die norwegische Küche eingeführt worden, zusammen mit Pizza, wir hatten kein richtiges Rezept, deshalb buk ich meine erste Pizza in einer Kuchenform. Die war zehn Zentimeter hoch, das gesamte Hackfleisch lag als Klumpen in der Mitte und war mit so viel Oregano bedeckt, dass der Gaumen brannte. Und wenn jemand nach Knoblauch roch, redeten wir empört und verächtlich darüber, dieser Mensch war für lange Zeit stigmatisiert, wir fanden, es wirke unreinlich, und führten den Geruch auf mangelnde

Zahnhygiene zurück. Erst nach zwei Jahren brachten wir den Geruch mit dem Verzehr von Knoblauch in Verbindung.

Jedes Jahr zu Weihnachten schickte Audrey Mama eine Gewürzmischung aus Zwiebeln und Salbei, die war für die Truthahnfüllung gedacht. Und zu meiner Hochzeit wollte Audrey schwarzen Typhoo-Tee und *lemon curd* für die Käsekuchen mitbringen. Beides war in Trondheim nicht zu haben.

»Sie bringt sicher auch ein bisschen *sage & onion* mit, das ist doch trocken und hält sich problemlos bis Weihnachten.«

Wir kannten niemanden, der am Heiligen Abend Truthahn gegessen hätte, Trønder aßen Schweinerippe mit Kümmelkohl. Als viele Jahre später Truthahn als Silvesteressen in Mode kam und als »einfach zuzubereiten« ausgerufen wurde, erlitt Mama einen Schock.

»Die haben doch keine Ahnung, wovon sie reden! Einfach? Ja, dann kann ich dir garantieren, dass der trocken wie Papier wird. Es ist zehnmal mehr Arbeit, einen guten Truthahn zu braten als einen ganz normalen Schweinebraten! Jedes Kind kann doch einem Schweinebraten eine knusprige Kruste machen!«

Mama war tagelang mit dem Truthahn beschäftigt, schmierte ihn mit Butter ein, massierte Brust und Schenkel weich, ehe sie das Tier mit Zwiebeln und Äpfeln und Backpflaumen und Audreys Gewürzmischung füllte und es in einem Speckmäntelchen langsam briet. Die Soße kochte sie aus den Innereien, eine Soße, die einen halben Tag auf dem Herd stand und der alle übrige Brühe zugesetzt wurde, wenn der Truthahn für gut befunden worden war. Und es gab so viele Beilagen, dass sie nicht genug Töpfe oder Kochplatten hatte. Stattdessen faltete sie kleine viereckige Schalen aus Alufolie und setzte sie dicht an dicht auf ein Backblech, bedeckte das Ganze mit noch mehr Folie und wärmte es im Backofen an, während der Truthahn sich ausruhte und an den Beinen mit Manschetten versehen wurde.

Es war kein Problem für sie, eine riesige Tiefkühltruhe mit Essen zu füllen. Als das Backen erledigt war, war es draußen auch schon wärmer, die Frostnächte hatten ein Ende. Nun wurden Tiefkühltruhe und Regale gleichzeitig versorgt.

»Wenn es Sjokkpris nicht gäbe, wäre ich jetzt ruiniert«, sagte sie oft. Ihr Samstagsjob bei Sjokkpris eröffnete einen Ozean von Möglichkeiten, um Essen zu nutzen, das sich bis Montag nicht halten würde. Sie bekam Bananen, die am Rande der Haltbarkeit balancierten, und buk Bananenkuchen, sie bekam Apfelsinen und Zitronen und kochte ein Glas Marmelade nach dem anderen, immer fünf Stunden lang, nach englischem Rezept, sie bekam Äpfel mit geplatzter Schale und kochte Apfelkompott, das warm und mit gehackten Nüssen und in Butter und Zimt gebratenen Zwiebackkrümeln serviert wurde, das Ganze wurde dann von Schlagsahne gekrönt.

»Das geht doch dann in fünf Minuten!«

Nach Weihnachten häuften sich die unverkauften Feigen und Datteln, und Mama machte davon *mincemeat.* Pralinen, die nicht mehr verkauft werden konnten, schmolz sie im Wasserbad und buk daraus Schokoladenkuchen. Hackfleisch und Aufschnitt, die sich nicht bis Montag hielten, durfte sie am Samstag mit nach Hause nehmen, sie schnupperte ausgiebig daran, ehe sie den Aufschnitt kleinhackte und zusammen mit Hackfleisch, Zwiebeln, Erbsen und Möhrenstückchen briet. Gleichzeitig kochte sie aus Kartoffeln Püree. Das Ganze sollte dann *shepherd's pie* werden.

»Ach, Anne! Du hast ja keine Ahnung! Ich habe eine total geniale Idee«, schrie sie durch das Küchenfenster, als ich an einem Tag im Frühling zu Besuch kam.

»Warte, bis ich oben bin!«

»Ich habe ja nur eine gute feuerfeste Glasform, weißt du, und die passt ja so gut für *shepherd's pie,* man kann sozusagen beide Schichten gleichzeitig sehen, aber bisher wusste ich nicht, wie ich mehr als eine Portion einfrieren könnte. Ich hatte ja zuerst gedacht, ich könnte sie anbraten, ehe ich sie in die Tiefkühltruhe werfe. Aber weißt du, was ich machen werde? In der Thermoskanne ist Kaffee. Also, ich lege die ganze Form mit Backpapier aus, gebe Fleischfüllung und Kartoffelpüree darauf, lege es in die Tiefkühltruhe, und wenn es gefroren ist, nehme ich es heraus, zupfe das Backpapier ab, wickele es in Plastikfolie, und … fertig! Dann brauche ich es bloß noch in der Glasform aufzutauen und in den Ofen zu stellen. Ich werde einen schönen Stapel backen, du. Das wirst du ja sehen. Obwohl ja eigentlich Fleisch drin sein sollte, am besten Lammfleisch, aber das kann ich mir nicht leisten, Hackfleisch und Aufschnitt, und ich habe gekostet, und es schmeckt einfach köstlich. Audrey und Fred werden begeistert sein. Aber den Yorkshirepudding mache ich nicht vorher, das geht doch im Handumdrehen, auf der Insel Tresco habe ich Yorkshirepudding im Schlaf zubereitet.«

Die Tortenböden, die schon fertig gebacken in den Kuchenschachteln in der Tiefkühltruhe lagen, waren für andere Zwecke bestimmt. Sie waren »neutral«, wie sie das nannte, und deshalb konnten sie für süße und pikante Gerichte verwendet werden, sie wurden mit Beeren belegt und zum Nachtisch serviert, oder endeten, gefüllt mit Fleischresten und Gemüse als Pastete zum Mittagessen.

Mit Fischgerichten gab sie sich nicht ab.

»Die essen nicht so gern Fisch, die Leute aus England. Vielleicht *kippers* zum Frühstück, aber dann weiß Audrey, dass sie die Büchsen selbst mitbringen muss, hier kriegt man die doch nicht. Sie müssen in Milch warm gemacht werden, hast du das gewusst? Sie schmecken wie Makrelen. Nein, Fisch interessiert sie nicht. Ich habe ihnen einmal zu Weihnachten eine Dose Makrele in Tomate geschickt, nur zum Spaß, damit sie auch mal etwas Norwegisches hätten, und die haben sie weggeworfen, nachdem sie gerade mal kurz daran gerochen hatten. Sie meinten, dass Tomaten und Fisch nicht zusammengehören, obwohl Audrey total verrückt nach Baccalão war, als wir im Baskenland gewohnt haben. Deshalb nehme ich an, dass Fred die Makrelen weggeworfen hat. Audrey hat mir erzählt, wie eifersüchtig er auf ihre wilde Jugend ist.«

Sie einigte sich mit dem Koch auf das Menü. Als Vorspeise sollte es Krabbencocktail geben, die Pudelbesitzerin wollte die Gläser von einem eleganten Restaurant ausleihen, wo sie einen Koch kannte, die Gläser sollten zwei Abteilungen aufweisen, mit Eiswürfeln in der unteren. Im Trubadur wurde sonst nie Krabbencocktail serviert, obwohl der Laden mit dem Wort »Restaurant« über der Eingangstür prahlte. Als Hauptgericht gab es Kalbsfilet Oscar und zum Nachtisch Eis und Mandelringe. Die Mandelringe machte Mama selbst, weshalb sie auch dort einige Kronen sparen konnte, und damit war der Darlehensbetrag entschieden. Sie wollte das Darlehen über drei Jahre hinweg abstottern.

Sie begann, aus feinem weißen Seidengarn für den Tisch Dekorationen in Form von kleinen Körbchen mit Griffen zu häkeln. Wir hatten insgesamt zweiundvierzig Gäste geladen. Die Körbchen wurden in Zuckerlake gestärkt, in jedes wurde ein kleines Schnapsglas gesetzt, und der Henkel wurde von einem zusammengeknüllten Stück Alufolie gehalten, bis die Zuckerlake getrocknet war. Jedes Körbchen sollte mit Gänseblümchen und Kornblumen gefüllt werden und als Ständer für eine Tischkarte dienen. Ich schlug zwei Karten pro Körbchen vor, dann würde sie nur halb so viele häkeln müssen.

»Kommt nicht infrage, die Gäste müssen sie doch mit nach Hause nehmen dürfen! Im Ausland ist es üblich, den Gästen zur Erinnerung an den Tag etwas zu schenken. In England gibt man ihnen außerdem ein kleines Stück vom Hochzeitskuchen mit, für die, die nicht kommen konnten oder nicht eingeladen waren, zum Beispiel die Kinder, wenn es ein Fest nur für Erwachsene war. Dafür haben sie besonders niedliche kleine Pappschachteln, auf denen der Name des Brautpaars steht.«

»Das muss doch einen schrecklichen Matsch geben, mit Creme und Marmelade und …«

»In England ist das ein Obstkuchen unter Marzipanglasur, Anne. Hochzeitskuchen sind kompakt und halten sich hervorragend, wenn sie in einen Karton gepackt werden. Man kann sie sogar mit der Post verschicken. Nein, wir brauchen auf jeden Fall für jeden Gast so ein gehäkeltes Körbchen, und dann mache ich noch einen größeren Korb, ohne Henkel, für deinen Brautstrauß, der kann dann beim Essen vor euch auf dem Tisch stehen. Also wirf um Gottes willen vor der Kirche niemandem den Brautstrauß zu, Anne, so was gibt es nur in alten Hollywoodfilmen.«

Später im Frühling konnten wir das Unumgängliche nicht weiter hinausschieben, auch wenn es Finn und mir gelungen war, es ausgiebig zu verzögern.

Mama und Finns Eltern mussten einander kennenlernen.

Sie würden doch durch ein gemeinsames Brautpaar vereint werden. Es wurde entschieden, dass Finns Eltern an einem Mittwoch im Mai zum Mittagessen in die Kongens gate kommen sollten, sie wollten es mit einer anderen Besorgung kombinieren, es war ein ziemliches Stück zu fahren. Finn und ich würden auch dabei sein, alles andere wäre unvorstellbar, ich konnte Mama in dieser Situation einfach nicht allein lassen.

Es waren solide und wortkarge Trønder, die nur dann etwas sagten, wenn sie gefragt wurden, es sei denn, es wäre vom Wetter die Rede. Sie waren mit dem Auto in Schweden unterwegs gewesen, das war alles, nicht einmal Oslo hatten sie jemals besucht, was hätten sie dort auch zu suchen gehabt. Zu dieser Zeit fingen die Norweger an, auf Pauschalreise ans Mittelmeer zu fahren.

»Was für ein Quatsch«, sagte Karl, der Vater, oft. »Wir wohnen doch in Norwegen. Es ist nicht natürlich, so weit von zu Hause wegzureisen.«

Die Mutter, Helga, freute sich außerdem nicht sonderlich über die Hochzeit, sie fand es zu früh nach dem Tod von Finns jüngerem Bruder. Ich hatte deshalb in meiner Naivität gefragt, ob sie mein Brautkleid nähen wolle, da sie vor ihrer Heirat als Näherin gearbeitet hatte. Ich hatte mir vorgestellt, sie würde sich freuen, sich endlich einmal ein bisschen freuen.

»Na gut«, antwortete sie.

Sie hatte diverse Schnittmuster, die ich mir ansehen konnte, als Finn, ich und Jossi das nächste Mal mit dem Bus aus der Stadt kamen. Wir fuhren ab und zu am Wochenende zu ihnen, denn dann schonten wir unser eigenes Essensbudget, Helga gab uns auch noch selbst gekochte Dinge mit nach Hause. Aber sie konnte mich nicht leiden. Zu Weihnachten, nachdem wir ihnen endlich erzählt hatten, dass wir heiraten wollten, bekam Finn eine *einzelne* Garnitur Bettwäsche, ich bekam eine Tischdecke.

Im Laufe des Frühlings stand ich nun in regelmäßigen Abständen auf einem Hocker in ihrer Küche im Fertighaus in

Skatval und streckte die Arme aus wie die Jesusfigur in Rio, während Helga mich wortlos mit Musterbögen und Stoffstücken behängte. Es kamen später auch fertig genähte Stücke dazu, von links, während sie hier und da Stecknadeln hineinschob. Die Stecknadeln hatte sie zwischen den Lippen, aber sie sagte auch nichts, wenn sie keine Nadeln im Mund hatte.

Ich schwitzte und dachte an so wenig wie möglich, als ich ganz still dort stand, und horchte auf den Fernseher im Wohnzimmer. Ich sagte Finn nichts darüber. Ich dachte, sie sei vielleicht krank, wegen der Sache mit dem jüngeren Bruder. Auch über diesen Kummer wurde nie gesprochen. Für Finn war alles zu Hause natürlich, natürlich war das so. Die dürren und leeren Gespräche, die ewigen Mahlzeiten mit Stille um den Tisch, die gute, aber nüchterne Kost, die niemals besonders schön angerichtet oder auf irgendeine Weise aufgepeppt worden war, die Mahlzeiten waren solide, nahrhaft und sättigend, sie kauften halbe Schweine und ganze Lämmer und schnitten und hackten und mahlten, es gab niemals Servietten, und ab und zu ein paar Blätter Küchenpapier, wenn es ein wenig fettig werden konnte, bei Hammeleintopf, zum Beispiel. Morgens und abends nahmen sie keine Teller, sie aßen direkt vom Resopaltisch. Die Tischplatte war natürlich leuchtend sauber, aber es war trotzdem ungewohnt. Mama hatte auch einen Resopaltisch, aber wir nahmen Teller.

»Hast du übrigens schon mit deinem Vater wegen der Getränke gesprochen?«, fragte ich Finn in regelmäßigen Abständen, aber seine Antworten fielen vage aus. Wenn er zu Hause zu Besuch war, wurde er so wortkarg wie seine Eltern. Wenn wir allein waren, redete er locker und ganz normal. Und zu Hause bei Mama und Elin war er auch so, redselig und munter. Wenn wir bei Mamas Monologen überhaupt zu Wort kamen, natürlich nur.

»Mama, bitte, mach nichts Großartiges, ihr sollt euch doch vor der Hochzeit nur ein bisschen kennenlernen, kannst du nicht einfach wie sonst ein paar Waffeln backen?«

»Waffeln? Anne! Das sind deine angehenden Schwiegereltern, die ich nun endlich kennenlernen werde. Waffeln … sei nicht albern.«

»Bitte, Mama, sie sind nicht so besonders …«

»So besonders was?«

»Das sind keine Leute, die … die das Essen genießen, so wie wir.«

»Essen die denn nicht? Wie soll ich das verstehen?«

»Doch! Helga ist eine sehr gute Köchin, aber sie … sie … ich weiß nicht, wie ich das erklären soll.«

»Sie wohnen in einem riesigen Haus, Anne.«

»Das ist nicht riesig. Es ist ein ganz normales Einfamilienhaus.«

»Hörst du, was du selbst sagst? Ein normales Einfamilienhaus? Ich habe nichts vorzuzeigen, hier kommen sie zu einem Hinterhofklo. Ich muss das irgendwie ausgleichen, und da will ich ihnen natürlich ein wunderbares Mittagessen vorsetzen, das musst du einfach akzeptieren. Und eigentlich geht dich das auch gar nichts an. Das sind *meine* Gäste. Und du und Finn auch, bei diesem Mittagessen eben. Du bist übrigens voriges Jahr von zu Hause ausgezogen, falls du das vergessen haben solltest.«

Das Mittagessen, das sie vorbereitete, war womöglich noch üppiger als das, welches sie damals Muhammeds Eltern aufgetischt hatte. Als die reichen Ägypter in Mamas wogendem Wohnzimmer gesessen und turmhohes dänisches Smørrebrød gegessen hatten, hatten die Gäste zum Stil der Bewirtung gepasst, was Gold und Brokat und fließendes Gespräch und

Höflichkeit und Respekt in beiden Richtungen anging. Muhammeds Vater hatte mehrmals das Hinterhofklo aufgesucht, er habe Prostataprobleme, erzählte Muhammed später, und ein Klo im Hinterhof sei für einen Araber ganz normal, denn auch wenn er vielleicht zu Hause ein luxuriöses Badezimmer mit europäischem Wasserklosett hatte, so hatte er in seinem Leben doch oft genug über irgendwelchen Kacklöchern im Boden gehockt.

Danach zu einem köstlichen Mittagessen ins Wohnzimmer zurückzukehren stand in gar keinem Widerspruch dazu, es waren Facetten einer komplexen und akzeptablen Wirklichkeit. Mama hatte ihnen das Gästehandtuch neben dem Ausgussbecken in der Küche gezeigt, sie schämte sich durchaus nicht, brauchte sich nicht zu entschuldigen, eben, weil die Gäste Araber waren.

Von Trøndern aus Skatval dagegen hatte Mama keine Ahnung.

Mir wurde richtig schlecht, als ich ins Wohnzimmer kam und den Tisch sah.

Mama hatte den Couchtisch mit dem Möwenservice gedeckt, sie hatte inzwischen genug für acht Personen. Alle drei gaben sich förmlich die Hand, ehe Karl und Helga sich aufs Sofa setzten, Helga fast auf den Rand des Sitzkissens, die Knie aneinandergepresst. Jossi war in diesen ersten Sekunden eine willkommene Ablenkung. Finns Eltern liebten Tiere, und sie liebten Jossi, der jetzt mit Schwanz und Rumpf grüßte, weshalb wir wirklich aufpassen mussten, dass er nicht das ganze königlich-dänische Porzellan vom Tisch fegte. Aber nicht das Porzellanservice war das Problem. Helga hatte selbst schönes Kaffeegeschirr, das sie hervorholte, wenn es sonntags süße Kuchenfladen und Sandkuchen gab.

Mitten auf dem Tisch standen zwei große Platten mit Smørrebrød, auf dem Tablett, das Mama mit Alufolie belegt hatte. Die Weißbrotscheiben waren bis über den Rand bedeckt mit Krabben mit Zitrone und Dill, Leberpastete mit Bacon und braunem Bratengelee mit Pilzen, Roastbeef mit Kapern und Gewürzgurke und gebratenen Zwiebeln, Brie mit Apfelsine und roten Cocktailkirschen, Schinken mit Waldorfsalat und Ananas und gehackten Nüssen, Räucherlachs mit Porree und Rührei, und als ob das nicht genug wäre: Hier und da zwischen die Brotscheiben hatte sie kleine Spargelbäume gesetzt, die standen aufrecht da, wie gespreizte Sträuße, mit Bauchbinden aus gebratenem Speck, ungeheuer wirkungsvoll und delikat.

»Dann hole ich den Kaffee«, sagte Mama. »Oder hätte irgendwer lieber Tee?«

Sie schüttelten beide den Kopf und starrten das Essen an. Und als Mama sie einige Sekunden später bat zuzugreifen, sagte Karl:

»Ja, jetzt nehme ich mir zum ersten Mal mit einem Tortenheber Brote. Hast du das schon gesehen, Helga? Das musst du zum Mittagessen bei uns jetzt auch so machen.«

Es ist eigentlich komisch, dass ich Mama nie an dieses Mittagessen erinnert habe, nicht einmal dann, wenn wir uns im Bristol in der Bibliothekbar trafen, und wenn sie immer wieder darauf herumritt, dass sie mit den Krabben, die die Köche im Bristol auf ein einziges Krabbenbrot packten, fünf hätte belegen können. Waren inzwischen wohl so viele Jahre und so viele Ehen vergangen, dass ich über dieses Mittagessen Witze hätte machen und darüber lachen können?

Nein. So viele Jahre waren nicht vergangen, und so viele Jahre würden auch nie vergehen.

Das Gespräch schleppte sich dahin, es wurde viel über Jossi geredet. Helga sagte kein Wort.

Sie saß da in einem selbst genähten weinroten Kleid mit einer Silberbrosche auf der linken Brustseite. Finn kraulte die ganze Zeit Jossi, Jossi drehte sich auf den Rücken und spreizte die Beine und streckte die Vorderpfoten weit von sich, und Finn kraulte und sah ihn an und nahm sich zugleich mit der linken Hand ein Brot. Jossi war vermutlich noch nie so lange und gründlich gekrault worden.

Die Hochzeit wurde mit keinem Wort erwähnt. Karl und Helga fragten nicht, Mama fand keine Überleitung, die Gesprächspausen waren gefüllt mit dem Lärm der Straßenbahnen, die draußen vorüberfuhren, und ab und zu von einem Auto oder Bus. Alle außer Helga rauchten beim Essen, und wir starrten interessiert unseren in der Luft schwebenden Zigarettenrauch an. Es kam ein wenig willkommene Bewegung ins Gespräch, als Karl fragte, wie denn der Fernsehempfang in der Stadt sei, ob es da nicht viele andere störende Frequenzen gebe.

»Ich sehe nicht viel fern, ich arbeite doch immer Spätschicht, aber ich habe gehört, es gibt viele Störungen, ja«, sagte Mama. »Am Wochenende geht es, das Bild ist ganz fantastisch, auch wenn es oft wackelt, aber das liegt sicher nicht an den Frequenzen, es ist ein altes Gerät, und dann muss man oben mal kurz draufhauen.«

Sie erkundigten sich nicht nach ihrer Arbeit. Sie wussten von Finn und mir, dass sie in der Fabrik arbeitete. Weitere Details brauchten sie offenbar nicht. Karl arbeitete in Stjørdal im Finanzamt, und Mama hatte sicher keine Ahnung, wonach sie ihn fragen könnte.

»Jetzt greift doch bitte zu!«

»Ich habe schon so oft zugegriffen«, sagte Karl. »Das war

köstlich. Sehr fremd. Aber gut. Ich habe noch nie Nachtisch auf Brot gegessen.«

»Ach?«, fragte Mama lächelnd und sah ihn an. »Wie meinst du das?«

»Ananas zu Schinken und Kirschen auf Käse«, sagte Karl. »Das war mir neu. Aber wir essen ja auch nicht so oft Butterbrote mit Messer und Gabel.«

Helga nickte, plötzlich eifrig, während sie ihre Hände anschaute, die miteinander verschränkt auf ihren Knien lagen. Die hellblaue Serviette, die Mama neben jeden Teller gelegt hatte, hatte sie nicht angerührt.

»Aber dann räume ich schnell ab«, sagte Mama.

Ich sprang auf, um ihr zu helfen. Ich dachte, jetzt sei es vorüber.

»Und dann hole ich den Kuchen«, sagte Mama. »Anne, bring die Teller in die Küche, damit wir sie schnell spülen können.«

Sie hatte Schokoladenkuchen, Käsekuchen mit Obst und Geleeguss und Nusskuchen mit Kaffeecreme gebacken. Die drei runden Kuchenplatten wurden mitten auf den Tisch gestellt. Der Schokoladenkuchen war verziert mit Silberkugeln in kleinen Vierecken aus aufgesprühter Schokoladencreme. Der Geleeguss zeigte ein kompliziertes Muster aus Mandarinenscheiben und grünen Cocktailbeeren, die Kaffeecreme war bestreut mit geriebener Kochschokolade in langen dünnen Streifen.

»Jetzt bringt Anne die Teller, und hier haben wir die Kuchengabeln«, sagte Mama. »Die Teller sind doch nicht zu warm, Anne? Du hast sie noch einmal kalt abgespült, ehe du sie abgetrocknet hast? Damit die Kuchenstücke nicht schmelzen. Das wäre doch nicht so gut.«

»Nein, natürlich nicht.«

»Danke für die Bewirtung und auf Wiedersehen«, sagte Karl, als sie gehen wollten.

Wieder reichten beide Mama die Hand.

Finn wollte sie zum Auto bringen, und ich war mit Mama allein. Wir fingen an abzuräumen.

»Ja, ja«, sagte Mama. »Das ist wohl gut gegangen.«

»Verdammte miese Höllenpest. Gut? Hast du *gut* gesagt?«

»Aber Anne? Was ist denn los? Meinst du, sie waren nicht zufrieden?«

»Jetzt wird sie mich nie im Leben leiden mögen. Oh, Scheiße!«

»Wie meinst du das? Mag sie dich nicht leiden?«

»Hättest du nicht einfach Waffeln backen können? Hättest du nicht zum Teufel einfach nur Scheißwaffeln backen können? Ich hab dich doch darum gebeten!«

»Aber ich verstehe nicht …«

Mama ließ sich an den Küchentisch sinken und steckte sich eine Zigarette an.

»Warum bist du so wütend, Anne? Ich habe doch … Herrgott, ich bin jeden Tag um halb fünf aufgestanden, um alles so schön zu machen, wie ich nur … Und das Klo war sauber, Fräulein Aaseth wusste, dass sie kommen würden, sie hat versprochen, da unten das Fenster aufzumachen, falls sie … Sie waren doch auch gar nicht auf dem Klo. Wussten sie das vielleicht nicht? Dass wir kein Klo in der Wohnung haben?«

»Ich weiß nicht. Ich kann mich nicht erinnern. Vielleicht. Darum geht es nicht. Darauf scheiß ich. Alles ist jetzt ruiniert.«

»Wie meinst du das? Ruiniert? Ihr wollt doch heiraten.«

»Sicher. Aber … ich kann einfach nicht mehr darüber reden. Du kapierst ja doch nichts.«

»Aber warum mag sie dich nicht leiden, Anne?«

»Weil es zu früh zum Heiraten ist. Wegen Finns jüngerem Bruder. Oder vielleicht auch nicht deshalb. Ich habe keine Ahnung. Aber jetzt ist alles ruiniert.«

»Aber Anne. Ich habe mir doch solche Mühe gegeben.«

Sie fing an zu weinen. Ich setzte mich auch an den Küchentisch und nahm mir eine Zigarette aus Mamas Packung.

»Mama. Sie nehmen keine Teller. Nicht zum Frühstück und nicht zum Abendessen. Das geht sehr gut, der Tisch ist ganz sauber, ich kann das nicht erklären.«

»Die essen direkt von der Tischplatte? Machst du jetzt Witze?«

»Nein. Und sie machen das Essen nicht schön. Sie essen es einfach. Helga ist eine sehr gute Köchin, aber da ist alles anders. Die legen nicht einmal einen Zweig Petersilie auf das Essen. Karl nennt Petersilie *Gras.* Sie essen nur Gurken und Tomate. Alles ist anders! Aber Waffeln sind Waffeln, und deshalb wäre es so schön gewesen, wenn du welche gemacht hättest. Wie ich dich gebeten hatte.«

»Jetzt reicht es!«, schrie Mama und sprang auf, warf die Zigarette in den Aschenbecher, ohne sie auszudrücken, zog einen Stapel nagelneue Plastiktüten aus dem Schrank, Einkaufstüten, die sie selbst im Extruder hatte entstehen sehen. Und ehe ich reagieren konnte, hatte sie beide Platten voll belegter Brote und die drei Kuchen in zwei Tüten gekippt und die Tüten fest verknotet.

»Hast du gefragt, ob sie die Getränke bezahlen? Übrigens. Wenn. Ich. Fragen. Darf.«

»Ich … das ist doch immer so. Dass die Eltern des Bräutigams … Aber wirfst du einfach alles weg? Mama! Was soll das denn?«

Die Einkaufstüten beulten sich aus, ich konnte die Farben des Essens durch den Kunststoff sehen.

»Hast du nicht gefragt? Und Finn auch nicht? Großer Gott! Die Getränke kosten doch fast genauso viel wie Essen und Tisch und Blumen und Lokalmiete. Wir brauchen zum Essen Wein und Bier, und zum Kaffee Cognac und Likör, und vielleicht wollen einige danach einen Schnaps oder einen Cocktail, ich hab doch damit gerechnet, dass Finns Eltern …«

In diesem Moment kam Finn zur Tür herein.

»Was ist denn hier los? Ich hab einen Wahnsinnshunger«, sagte er.

»Mama hat alles Essen weggeworfen«, sagte ich. »Und die Kuchen.«

»Weggeworfen? Warum das denn?«

»Jetzt könnt ihr gehen«, sagte Mama.

»Gehen?«, fragte Finn.

»Das hat nichts mit dir zu tun, Lieber, es ist nur so, dass ich nicht kapiere, dass ich eine Tochter habe, der gar nichts gut genug ist, und da will ich, lieber, bester Finn, dass du meine Tochter mitnimmst und jetzt nach Hause gehst. Ich bin nicht fein genug für deine Eltern.«

»Komisch«, sagte Finn. »Genau das hat meine Mutter gesagt, als sie sich ins Auto gesetzt haben. Dass sie sich nicht fein genug vorkommt. Für dieses elegante Essen.«

»Verstehst du, Mama? Verstehst du jetzt, was ich meine? Sie kommt sich nicht fein genug vor. Kapierst du denn gar nichts?«

»Nein. Ich begreife rein gar nichts. Bitte, geht jetzt. Ich muss gleich zur Schicht. Entschuldige, Finn, das ist nicht deine Schuld.«

Auf den offiziellen Hochzeitsbildern sind wir ohne ein Lächeln zu sehen, aber das lag daran, dass es modern und in war, leidend zu wirken. Auf keinem einzigen Hochzeitsbild lächelte damals jemand, alle Brautpaare sollten dramatisch den Brautstrauß anstarren oder über die Schulter des Gegenübers etwas ganz anderes ansehen. Finn und ich erlitten beim Fotografen zahllose Kicheranfälle, aber wir konnten uns doch zusammenreißen, sodass die Bilder ausreichend trist und zeitgemäß wirkten.

Der ganze Hochzeitstag war fantastisch, und es wurde viel gelacht, und so war es auch in den Wochen davor, bei allen Vorbereitungen in letzter Sekunde. Und Audrey und Fred, die bei Mama und Elin wohnten. Audrey servierte jeden Abend um sechs nach elf Tee und Abendbrot, und das Letzte, was Mama tat, ehe sie sich in Elins altes Bett legte, war, in die Tiefkühltruhe zu tauchen und die Mahlzeiten des nächsten Tages zum Auftauen herauszuholen. Alles lief wie geschmiert, was Logistik und Planung betraf.

Mama führte mich in ihrem neuen Kaftan aus heruntergefeilschten marokkanischen Stoffen durch den Mittelgang der Vår-Frue-Kirche, und ihre Pagenfrisur war vom Friseur in blanke Locken verwandelt worden. Sie hielt mich fest im Griff, ihre älteste Tochter, als ich in einem von Helga genähten Brautkleid und mit einem Brautstrauß aus weißen Freesien, gelben Rosen und Efeu dahinschritt.

Auf den Bildern, die von meinem Weg im Mittelgang geknipst wurden, bin ich leichenblass, nachdem ich drei schmerzstillende Tabletten eingeworfen hatte, weil sich am selben Morgen meine Tage einstellten, fast hätte ich mich erbrochen, während ich die Bastmatte zwischen den Kirchenbänken anstarrte, und meine eigenen weißen Schuhspitzen, die sich zu Nordraaks »Purpose« voranbewegten. Es war so weit zum Altar, wo Finn wartete. Aber da stand er und lächelte Mama mit feuchten Augen an. Mein Mann.

Helga kehrte mir den Rücken, ich sah sie nur aus dem Augenwinkel. Ihre Schultern bebten ein wenig, sie stand da und weinte. Weder sie noch Karl redeten mit Mama, nicht vor der Kirche, nicht beim Essen im Trubadur. Als aus dem einen langen Tisch viele kleine wurden, setzten sie sich zu ihrer eigenen Verwandtschaft in eine Ecke. Ich registrierte das alles vage, aber ich war so glücklich und froh und erleichtert und voll von den schmerzstillenden Tabletten, dass ich es nicht richtig an mich heranließ. Gegen halb elf Uhr abends waren Helga und Karl plötzlich verschwunden.

»Wo sind denn deine Eltern?«, fragte ich Finn.

»Ich habe ihnen gesagt, sie sollten verdammt noch mal machen, dass sie nach Hause kommen.«

»Hä?«

»Ich konnte ihre Anwesenheit nicht länger ertragen. Oh, verdammt! Die haben ja kein Wort mit Birte gewechselt! Kein einziges Wort!«

»Aber großer Gott, was ist mit den Getränken, Mama hat doch geglaubt, sie würden … Weiß Mama, dass sie weg sind?«

»Ich habe mich bei ihr entschuldigt. Für meine Eltern.«

»Und was hat sie gesagt?«

Ich musste rufen, die Hammond-Orgel dröhnte unter den eifrigen Fingern des Bruders der Pudelbesitzerin, ich schaute zu Mama hinüber, sie saß mit Audrey und Fred und mehreren Freunden von Finn und mir an einem der kleinen Tische, ihre Locken kochten und bebten, und sie gestikulierte und lachte, einer der kleinen Häkelkörbe lag umgekippt zwischen Likörgläsern und Kuchenresten und Notenblättern mit halb aufgerollten und abgesungenen Hochzeitsliedern, sie sah glücklich aus, ihre Augen glänzten, ich spürte ein Stechen im Unterleib, ich brauchte bald noch eine Schmerztablette, vielleicht zusammen mit einem Likör, ich packte Finn am Handgelenk und sagte: »Ich liebe dich.«

»Aber willst du nicht wissen, was sie gesagt hat?«

»Doch.«

»Sie hat gesagt, dein Vater sei schlimmer gewesen. Und es sei nicht meine Schuld.«

Papa hatte vormittags im Trubadur vorbeigeschaut, während wir zur Trauung in der Vår-Frue-Kirche waren, und einen Briefumschlag mit einer Glückwunschkarte und einem Tausender hinterlegt, hatte ihn der Pudelbesitzerin in die Hand gedrückt und war einfach wieder verschwunden, obwohl sie ihm eine Tasse Kaffee angeboten hatte.

»Das war aber erbärmlich«, sagte Mama, als sie das erzählte, während sie und ich vor dem Tisch mit den Geschenken standen. Papas kleiner Umschlag lag zwischen einem Waffeleisen und einer riesigen knallroten Suppenschüssel aus Keramik.

»Erbärmlich? Er war ja nicht mal eingeladen. Und tausend Kronen sind für Finn und mich ein Vermögen.«

»Er hätte doch den Kaffee annehmen und ihr vielleicht einen Gruß an mich ausrichten können. An dem Tag, an dem ich unsere Tochter verheirate.«

Ein wenig später saß ich auf dem Klo und hatte das Brautkleid bis unter meine Arme hochgezogen, und ich lauschte der Hammond-Orgel, die etwas Spanisches spielte, während ich zugleich aus dem ersten Stock wütenden Dixieland-Jazz hören konnte. Von allen vier Elternteilen hat eigentlich nur Mama etwas beigetragen, dachte ich. Eine von vieren. Vielleicht sollte man damit zufrieden sein. Ich war einundzwanzig Jahre alt und frisch verheiratet, daran dachte ich dann auch.

Und daran, dass viele im Lokal lachten, dass es eine gelungene Hochzeit gewesen war, ein gelungenes Fest.

Als ich am Montagvormittag in der Kongens gate vorbeischaute, saßen nur Audrey und Fred im Wohnzimmer. Fred hatte lauter Reiseprospekte auf den Knien liegen, Audrey bestickte ein Stück Stoff für eine Tracht.

»Hello there«, sagte ich. »So … where's my mum?«

»She had some appointment with her bank«, sagte Fred. »She'll be back soon. Want some pie? It's lovely. And so are you, Anne. You look quite happily married, if you don't mind me saying so.«

»Fred! Please! You embarrass her!«, sagte Audrey und kicherte.

Sie konnte das Darlehen erhöhen. Und jetzt sollte sie es über fünf Jahre verteilt abstottern, nicht über drei, wie ursprünglich abgemacht.

WARUM HABE ICH IHR nicht den Tausender von Papa gegeben? Der hätte ihr ein Stück weit, ein großes Stück weit bei der Rechnung aus dem Trubadur helfen können.

Sie hätte durchaus auf die Idee kommen können, tödlich beleidigt zu sein.

Den ganzen Frühling hindurch, bis zur Hochzeit, war sie stolz, weil sie alles organisieren konnte. Ich habe mehrmals gehört, wie sie damit prahlte, dass sie alles bezahlen würde, auch als wir noch davon ausgingen, dass Karl die Getränke übernehmen würde. Aber ich versuchte nicht einmal, ihr den Tausender meines verhassten Vaters zu geben.

Ich wusste, dass sie sich selbst gern als Mutter betrachtete, die sich *opferte,* da sie sich so dafür schämte, eine schlechte Mutter gewesen zu sein, als wir noch klein waren. Sie hatte das Gefühl, auch hier auszugleichen, als ob das Leben eine Waage sei, die auf und ab wippte, je nachdem, was in den Schalen lag, ein Hinterhofklo, das mit allzu üppigem Essen in schönem Geschirr ausgeglichen wurde, Ohrfeigen und zu wenig körperliche Zuwendung, die durch Hochzeit und Selbstaufopferung und Verzicht aufgewogen wurden.

Sogar in ziemlich erwachsenem Alter, nach einer und zwei und drei Ehen, wurde ich zu einer überaus selbstsüchtigen Tochter, wenn ich einige Tage bei ihr in Oslo wohnte.

Ich brachte meinen Teller nicht selbst zum Spülbecken, ich

ließ mein Handtuch nach dem Duschen einfach auf den Badezimmerboden fallen, ich warf meine Unterhosen in das Hängeregal hinter der Duschkabine.

Ich bestand nicht etwa darauf, dass sie in ihrem eigenen Bett schlief, sondern machte es mir vielmehr selbst darin gemütlich, während sie im Schlafsack auf einem Feldbett im Wohnzimmer nächtigte, auch, als sie schon alt war und auf achtunddreißig Quadratmetern in der Sozialwohnung in Stovner wohnte, die ihre letzte Haltestelle sein sollte. Sie wollte es so.

»Ich kann doch ein paar Nächte auf dem Feldbett überleben, Anne, wenn du endlich mal zu Besuch kommst, das ist ja wohl das Mindeste, was ich tun kann. Du bist doch nur so selten hier, da will ich, dass du gut schläfst, das kannst du dir ja wohl denken.«

Nur in den letzten sieben, acht Jahren wohnte ich immer im Bristol, und Mama hatte ihr Bett für sich, das ohne Matratze.

Das Frühstück stand auf dem Tisch, und der Kaffee wurde in der Sekunde eingeschenkt, in der ich frisch geduscht und angezogen aus dem Badezimmer kam, während sie hineinlief, um Handtuch und Unterhose aufzuheben.

»Himmel, du bist ja so unordentlich, Anne!«, sagte sie und lächelte zufrieden, während sie eilig für mich einen sauberen Aschenbecher holte.

Sie hatte ganz plötzlich verkündet, dass sie nach Oslo umziehen wollte.

Ich kam eines Donnerstags im April mit dem Bus von der Universität, um meinen Sohn zu holen, er war in diesem ganzen Winter drei Vormittage in der Woche bei ihr, ich wollte ihn nicht so früh in den Kindergarten geben, deshalb hatte ich zu Hause gelernt, statt die Vorlesungen zu besuchen, bis er drei Jahre alt war. Um zur Nebenfachprüfung in Sprachwissenschaft zugelassen zu werden, musste ich jedoch einige Seminare besuchen, und es wurde zu schwierig, im Institut nicht anwesend zu sein, Sprachwissenschaft ist kein leichtes Fach. Aber im Herbst wurde er vier und sollte dann in den Kindergarten gehen.

»Anne. Ich habe mir etwas überlegt. Wenn Stian im Herbst in den Kindergarten kommt, dann braucht mich hier doch niemand mehr. Und wo Elin in Oslo ist … ich kann es hier nicht mehr aushalten.«

»Niemand braucht dich? Aber auch wenn er in den Kindergarten kommt, bist du doch seine Oma.«

»Nein, Anne. Jetzt muss ich bald anfangen, auch mal an mich selbst zu denken.«

Elin ging in Oslo auf die Polizeischule. Finn und ich waren seit einem Jahr geschieden, was für Mama ein solcher Schock gewesen war, dass sie sich unbezahlten Urlaub erbeten hatte, um per Anhalter nach Istanbul zu fahren, obwohl sie doch ein Darlehen abbezahlen musste und Miete und Strom ja weiterliefen. Sie musste weg, wie sie selbst sagte, denn sie wurde verrückt vor Abenteuerlust, wenn »zu Hause die Dinge nicht stimmten«. Vor allem, wenn es nicht in ihrer Macht stand, daran etwas zu ändern.

Sie hatte bei unserer Trennung Finns Partei ergriffen und behauptet, ich sei zu starrköpfig und verlange zu viel.

»Außerdem habe ich die Arbeit satt. Es ist so unangenehm da, warum soll ich mich mit all den verdammten Kommunisten rumschlagen, die melden sich doch dauernd krank und denken nur an sich, und ich stehe da mit dem Extruder und muss mit Leuten zusammenarbeiten, an die ich nicht gewöhnt bin, das geht auf Kosten der Sicherheit, in letzter Zeit sind so viele junge Leute eingestellt worden, und die sind so faul, wir mussten ihretwegen mit der Akkordarbeit aufhören, das macht mich so müde und frustriert, können die Leute denn nicht einfach arbeiten? Ich werde jetzt kündigen, dann kann ich vor dem Urlaub aufhören. Ich werde vormittags zusätzlich bei Sjokkpris aushelfen, das bringt mehr ein als Stricken und Nähen, und dann kann ich den größten Teil der Hochzeitsschulden bezahlen, ehe ich losfahre.«

»Wohin fährst du denn? Ziehst du nach Kopenhagen? Um in der Nähe von Tante Lotte und Onkel Ib zu sein?«, fragte ich.

Stian lag auf dem Boden und blätterte in Micky-Maus-Heften.

»Nein. Ich kann in Dänemark nicht alt werden, ich habe da keine Rechte, ich habe ja nur in Norwegen gearbeitet, hier habe ich Rentenpunkte. In Dänemark würde ich bestimmt in einem Pflegeheim vermodern, hier in Norwegen besteht immerhin eine gewisse Hoffnung.«

»Weder in Dänemark noch in Norwegen vermodert noch jemand in einem Pflegeheim, Mama. Aber das dauert doch auch noch lange! Bis du alt bist!«

»Genau. Und vorher will ich leben! Ein bisschen frei sein. Und ich habe das Klima hier in der Stadt satt. Oslo ist besser. Also ziehe ich nach Oslo.«

»Oslo? Aber brauchst du nicht Arbeit und eine Wohnung?«

»Oma will umziehen? Ziehst du um, Oma?«, fragte Stian und drehte sich um, um sie anzusehen. Er hatte rote Wangen und Mehl in den Haaren, sie hatten sicher gebacken, das machten sie immer, bei Mama hatte Stian eine eigene Küchenschürze, die sie für ihn genäht hatte, und als wir später seine Sachen packten, hatte er wirklich eine Tüte frisch gebackene Rosinenbrötchen im Rucksack.

»Noch nicht, mein Schatz, erst nach dem Sommer. Das ist noch lange. Das ist erst, wenn du in den Kindergarten kommst. Und ich habe es satt, von allen Frauen im Block als Wärmestube benutzt zu werden, Anne.«

Mamas Freundinnen aus dem Block, in dem wir vor dem Umzug in die Kongens gate gewohnt hatten, schauten oft vorbei. Sie hatten jetzt ebenfalls erwachsene Kinder und tagsüber frei. Fast keine war berufstätig gewesen, da ihre Männer sie versorgt hatten. Mehrmals pro Woche kamen sie in die Stadt, und dann gab es bei Mama, die ja so zentral wohnte, Kaffee und Kuchen.

»Die bringen ja ab und zu Kaffee oder ein paar Stück Kuchen mit, aber nicht so oft, und auch, wenn es nett ist, mit ihnen zu quatschen und zu klatschen, frisst das doch meine Tage auf, auch wenn ich gleichzeitig stricke. Die können danach zum Mann und zum gedeckten Tisch und einem erholsamen Abend nach Hause fahren, während ich zur Abendschicht muss. Das macht mich so müde. Wenn sie kommen, kann ich außerdem nicht lesen, und ich lese so gern in der letzten Stunde, ehe ich zur Fabrik hinübergehe, aber wenn sie hier sind, muss ich danach aufräumen, sie bleiben ja manchmal bis nach zwei, und du weißt, wie wichtig es für mich ist, abends in eine saubere Wohnung zurückzukehren.«

»Sicher, Mama, ich weiß, ich weiß das alles. Aber wo willst du wohnen? Und wovon willst du leben?«

»Ich werde erst mal bei Elin wohnen.«

»Aber Elin hat doch selbst nur eine kleine Wohnung, mit ihrer Freundin zusammen.«

»Ich habe mit ihr gesprochen, die haben eine leere Kammer, da kann ich ein Feldbett aufstellen, bis ich etwas gefunden habe. Ach, Anne, ich freue mich ja so unbeschreiblich!«

Ich starrte sie nur an.

»Und ich habe mich bei Manpower beworben. Die brauchen immer Leute, das habe ich in der Zeitung gelesen. Ich kann überall zur Aushilfe arbeiten, neue Leute kennenlernen, in einer Stadt mit immer neuen Ausstellungen wohnen, ins Theater gehen, ins Kino, ein bisschen richtige Kultur erleben.«

»Wir haben auch hier in Trondheim Theater und Kino, Mama. Und Ausstellungen.«

»Aber ich muss doch abends immer arbeiten.«

»An den Wochenenden haben die Kinos geöffnet, und das Theater auch. Und die Galerien sind sonntags immer offen. Du kannst dir doch auch hier in der Stadt eine andere Arbeit suchen. Tagsüber. Vielleicht bei Sjokkpris? In Vollzeit?«

»Anne. Mein Entschluss steht fest.«

»Das habe ich begriffen.«

Sie arbeitete bis zu Beginn der Fabrikferien Anfang Juli wie besessen, während sie gleichzeitig fast alle ihre Besitztümer verkaufte oder verschenkte. Sie hatte nicht viel, aber die wenigen Möbel und den Herd und den Kühlschrank verkaufte sie über eine Zeitungsannonce oder an Kollegen bei der Arbeit.

»Du kannst das Möwenservice haben, Anne.«

»Das Möwenservice? Aber …«

»Ja, was soll ich denn damit? Und du bekommst das wenige, was ich von meinem Vater noch habe. Das ist nur ein bisschen Silberkram, den ich nicht verkaufen konnte, als ich vor zwei Jahren zur Fußball-WM wollte, aber bestimmt gefällt er dir. Du schmückst doch auch gern dein Zuhause, Anne, auch wenn du geschieden bist. Du deckst gern schön den Tisch, das hast du von mir. Ich nehme nur Bücher und Kleider mit. Elin und ihre Freundin haben einen Bodenraum, da kann ich meine Bücher einlagern. Und ich muss wohl möbliert mieten. Das wird viel einfacher, wenn ich dort ankomme und die

Zeitungsanzeigen durchsehe. Hier muss ich ja bis zum Bahnhof, um mir eine schnöde Osloer Zeitung kaufen zu können. Ich habe keine Angst davor, ein bisschen ärmlich zu wohnen, Anne, wenn ich nur atmen kann.«

Sie war froh und energisch, während sich die Wohnung immer weiter leerte. Mamas Schlafsofa war das Letzte, was den wogenden Boden verlassen sollte, sie hatte es einem Kollegen verkauft, der großzügig genug war, um sie bis zum Schluss darauf schlafen zu lassen, es wurde an dem Morgen abgeholt, an dem sie die Stadt verließ.

Dann nahm sie im Juli den Zug nach Oslo. Die Kartons mit den Büchern und die Koffer mit den Kleidern wurden mit der Bahn aufgegeben. Sie nahm keine Gabel mit, keinen Teller und keinen Kochtopf, nur Bücher und Kleider und die wenigen Schmuckstücke, die sie nicht verkauft hatte.

Ich hatte inzwischen den Führerschein gemacht, hatte aber kein Auto, deshalb konnte ich sie nicht nach Oslo fahren. Elin hatte auch keinen Wagen und konnte sie deshalb nicht abholen. Als ich sie im Jahr zuvor nach Klett gefahren hatte, wo sie ihre Tramptour beginnen wollte, hatte ich Finns Auto leihen können, das er bei unserer Trennung von seinem Vater bekommen hatte. Ein ganzes Auto hatte er bekommen, zum Trost.

Und als sie dann losfuhr, um zu leben und zu atmen und frei zu sein, stand ich auch nicht zum Winken auf dem Bahnsteig. Ich wollte mein letztes Studienfach angehen, büffeln, meine Ausbildung beenden und eine so gute Mutter sein, wie ich nur konnte. Der einzige Verwandte, den ich in Trondheim jetzt noch hatte, war mein Sohn. Wir wohnten im Studentenheim in Moholt, wir hatten Wasserklosett und Badezimmer mit Badewanne und Platz für eine Waschmaschine, wir würden schon zurechtkommen. An ihrem letzten Nachmittag in Trondheim fuhr ich mit Stian und Jossi mit dem Bus zu ihr, ehe sie am nächsten Tag den Zug nahm. Nachtzug mit Schlafwagen war ihr zu teuer gewesen.

Später war mir klar, dass es ein Fehler gewesen war. Stian wanderte durch die leeren Zimmer und bohrte und fragte nach jedem Gegenstand, an den er sich erinnerte, vor allem wollte er wissen, warum Herd und Kühlschrank verschwunden waren und wo das ganze Essen geblieben war.

Als Finn ein Jahr vorher ausgezogen war, hatte Stian seinem Vater geholfen, alles Mögliche ins Auto zu bringen, er begriff so wenig und war nur munter und froh wie immer, die Zimmer waren außerdem nicht leer, und sein Spielzeug war noch da, und seine Kleider, und ich. Er glaubte vielleicht, Papa wollte nur eine Runde fahren, mit allerlei Kram auf der Rückbank.

»Aber Oma, wo ist denn meine Schürze«, fragte er mit einer Stimme, die vor Kummer zu brechen drohte.

»Die hat Mama mit nach Hause genommen, mein Schatz, die wartet da auf dich. Und ich habe Rosinenbrötchen gekauft, und ich habe Apfelsinensaft für uns.«

Ohne Herd konnte sie keinen Kaffee kochen, wir saßen nebeneinander auf dem Sofa in dem ansonsten leeren Wohnzimmer und tranken Apfelsinensaft aus Pappbechern und starrten den Nadelfilzboden an, die vorhanglosen Fenster mit den nackten Bänken – Mamas extrem üppige Topfblumen waren verschenkt oder weggeworfen worden –, alles war still, kein Fernsehen oder Radio, nur der Straßenlärm war zu hören. Es waren auch keine Lampen mehr da, aber es war Juli und hell. Wir hätten im Hinterhof sitzen können, aber der war schmutzig und heruntergekommen. Und der atlasblaue Tisch war in Stücke geschlagen und weggeworfen worden.

Mama gab Jossi winzige Brötchenstücke, er sabberte so sehr, dass sich auf dem Nadelfilz blanke Lachen sammelten, sein Sabber zog nämlich nicht in das Material ein, er musste immer mit Wasser und Seife abgewaschen werden, um keine matten, hässlichen Flecken zu hinterlassen, aber das spielte jetzt keine Rolle. Die gesamte Kongens gate 37 war verkauft worden, das Haus sollte renoviert und zu einer kleinen Kunstgalerie werden. Einige Jahre später wagte ich mich hinein und fand mich kaum noch zurecht. Die Küche war zu einem Büro geworden, mit Pinnwänden und Kasse und einer kleinen Anrichte mit einer Kaffeemaschine. Die Raumaufteilung war dieselbe, und ich ging in mein altes Zimmer, wo wildfremde Menschen herumliefen und sich die Bilder an der Wand ansahen, eine kleine Bank stand unter dem Fenster, das ich jeden Abend vor dem Schlafengehen einen Spaltbreit geöffnet hatte, ich ging nie wieder hin, nicht einmal, als es dort eine Ausstellung gab, die mich brennend interessiert hätte.

»Aber wann besuchen wir dich denn, Oma?«

»Ihr besucht mich, wenn ich eine gemütliche kleine Wohnung gefunden habe, mein Schatz, und dann wird alles wunderbar. Und du kannst dann mit dem Flugzeug kommen, weißt du, ganz allein, ich hole dich auf dem Flugplatz ab.«

»Und Mama? Was ist mit Mama? Wenn ich komme?«

Er fing wieder an zu weinen, ließ den Pappbecher los, und der Saft tropfte auf den Nadelfilz.

»Nicht auf das Sofa, bitte«, sagte Mama. »Das gehört mir nicht mehr, Anne. Morgen früh wird es doch abgeholt.«

Ich nahm ihm den Becher ab und stellte ihn auf den Boden, nahm Stian auf den Schoß, er weinte unter meinem Kinn, schniefte und schluchzte und flüsterte dann:

»Kann ich dann meine Schürze mitnehmen, Mama? Wenn ich mit einem großen Flugzeug nach Oslo fliege?«

»Aber klar doch«, flüsterte ich zurück. »Aber wir können auch Papas Auto leihen, und dann fahren wir zusammen zu Oma, du und ich, und Papa passt auf Jossi auf. Mama kommt dann mit dir, weißt du. Mama kommt mit dir, das ist doch klar.«

»Ja. Das können wir. Können wir das, Oma?«

»Ich hab ja nicht richtig gehört, was deine Mama gesagt hat, aber das ist sicher kein Problem, mein Schatz.«

Sie rief ab und zu an. In meiner Wohnung im Studentenheim gab es ein Telefon, das von acht Uhr morgens bis halb vier Uhr nachmittags für eingehende Anrufe offenstand, und deshalb rief sie heimlich von ihren verschiedenen Aushilfsarbeitsposten an. Manpower hatte sie dann wirklich mit offenen Armen aufgenommen, sie hatten viel zu wenig verantwortungsbewusste Frauen im besten Alter, solche, die nicht kurzfristig absagten, weil Kinder krank geworden waren oder weil sie selbst einen Kater hatten. Für solche fest angestellten Frauen machte Mama die Vertretung, am Empfang von Betrieben jeder Art.

Sie rief morgens früh an, damit sie auch mit Stian sprechen konnte, ehe ich ihn in den Kindergarten brachte. Eines Tages hörte ich ihn fragen:

»Bist du traurig, Oma?«

Und nach einigen Sekunden:

»Aber ich. Wann fahren wir dich besuchen, Oma?«

Er bekam von ihr witzige Postkarten und kleine Geschenke. Er legte alles weg, wollte den Inhalt fast nicht ansehen und nicht wissen, was auf den Karten stand. Ich konnte sehen, dass er traurig war, aber er redete nicht darüber. Nur, wenn wir Kassetten aufnahmen, ließ er sich gehen:

»Jetzt spielen wir, dass Oma im Kassettenrekorder sitzt und dir zuhört«, sagte ich.

»Ja. Du musst auf Record drücken, Mama. Drück schon auf Record! Hast du auf Record gedrückt?«

»Sicher.«

»Oma! Oma! Hörst du? Willst du einen Witz über einen Norweger, einen Schweden, einen Dänen und ein Schwein hören? Der Norweger ging zum Schwein und furzte, und dann furzte der Däne, und dann auch der Schwede, und dann lief das Schwein weg! Und jetzt wollten wir … Mama! Was wollen wir?«

»Ganz ruhig, Stian, jetzt werde ich dir ein Brot machen, die Kassette dauert eine ganze Stunde, das ist doppelt so lange wie die Kinderstunde im Fernsehen, das ist zweimal Kinderstunde hintereinander, da kannst du ganz viel erzählen, rede einfach ganz ruhig, du, während ich dir ein Butterbrot mache. Was willst du draufhaben?«

»Das darfst du mich nicht fragen, wenn Oma das hören kann! Hörst du mich, Oma? Ich will Wurst und Bananencreme! Weißt du was, Oma, Sara bei mir im Kindergarten, die haben einen ganz winzig kleinen Welpen. Und wenn der groß wird, wird der ein Hund. Mama!«

»Ja?«

»Können wir auch so einen Welpen haben?«

»Einen Welpen? Aber wir haben doch Jossi!«

»Jossi …?«

»Ja. Der ist ein Hund. Und als er klein war, war er ein Welpe. Deshalb heißt es auch Hundewelpe.«

Mama hatte bei einer ihrer Aushilfsstellen ein altes Radio mit Kassettenrekorder geerbt.

»Großer Gott, Anne, was hat der für ein Mundwerk, da lach ich mich ja scheckig. Ich habe die letzte Kassette bestimmt zwanzigmal gehört«, sagte sie am Telefon.

Sie fühlte sich in Oslo ungeheuer wohl.

»Die Abende freizuhaben, Anne, das ist total fantastisch. Und ich wohne ja so billig, da brauche ich nicht mehr auf Bestellung zu stricken und zu nähen, ich lese und lese und lese einfach nur. Großer Gott, das ist einfach wunderbar, ich kenne schon alle hier in der Bibliothek mit Vornamen!«

Als sie aus Elins kleiner Kammer ausgezogen war, fuhren Stian und ich in Finns Auto zu Besuch.

Weit draußen in Nordstrand hatte sie eine Art Hängeboden bei einer griechischen Familie mit einem riesigen Haus gemietet. Sie hatte keine eigene Tür und keinen eigenen Eingang, nur eine Wendeltreppe, die sie von ihren Vermietern trennte. Sie hörte alles, was unten gesagt wurde, aber natürlich verstand sie kein Griechisch, sie bekam nur mit, wenn die Kinder sich auf Griechisch-Norwegisch mit ihren Eltern stritten. Und bei Familientreffen wurde sie dazugebeten, die Vermieter konnten es nicht fassen, dass eine Frau von über fünfzig ihren kleinen Hängeboden mieten wollte, sie versuchte ihnen zu erklären, dass sie eine freie Nomadin sein wollte, und dann staunten sie womöglich noch mehr, als Stian und ich zu Besuch kamen und wie ganz normale Menschen aussahen.

Wir stiegen über fremde Schuhe und Ranzen im Eingang, mussten dann ein Wohnzimmer halb durchqueren und erreichten die Wendeltreppe zu Mamas Reich, wo sie uns Waffeln vorsetzte, gebacken mit einem frisch erworbenen Waffeleisen unter einem Dachfenster, das ein wenig vom Backgeruch abziehen ließ. Butter und Marmelade standen daneben auf einem Hocker, und auf dem Boden stand ein neuer elektrischer Wasserkocher neben einer Dose Pulverkaffee. Wir aßen von Papptellern und tranken Kaffee aus Pappbechern, da sie ihr

Geschirr in der Küche unten abwaschen musste. Der Hängeboden hatte weder Wasser noch Kühlschrank.

»Ich will ja nicht lange hier wohnen, aber für den Moment ist es ganz super, denn es ist so billig, und mit Waffeleisen und Wasserkocher komme ich weit. Ich mache immer abwechselnd Käsebrot und Waffeln, und fast überall, wo ich arbeite, gibt es eine Kantine oder einen Speisesaal, und da bekomme ich alles Gemüse, das ich brauche.«

Sie fand offenbar, dass sie alles bestens im Griff hatte, und sie hatte durchaus kein Bedürfnis, ihre Wohnverhältnisse zu erklären oder sich dafür zu entschuldigen. Dass sie weniger etabliert war als ihre Tochter, interessierte sie nicht weiter, sie war wieder jung, sie erlebte Abenteuer, sie arbeitete bei Manpower und war ein Füllhorn von komischen Geschichten über alles, was sich an Oslos unterschiedlichen Arbeitsplätzen zutrug. Die Bücherkisten standen in einer Ecke, einige mit offenem Deckel, die Koffer waren daneben an der Wand aufeinandergestapelt. Ein kleiner Reisefernseher stand auf einem weißen Couchtisch vor einem zusammenklappbaren Schlafsofa, schmaler und härter als das alte, das sie in Trondheim verkauft hatte.

Stian hörte sich die Geschichten seiner Oma an und lachte und aß Waffeln wie ein Besessener und trank aus einem Karton Schokomilch, während ich mir überlegte, wie widersprüchlich ein Mensch wohl überhaupt leben konnte. Im einen Moment beschämt, weil ihr Zuhause nicht fein genug war, gleich darauf ohne Probleme damit, von der Hand in den Mund zu leben, mit zwei Hockern als einziger Kücheneinrichtung, wie in einer Puppenstube. So, wie sie auch eingestand, dass sie Bettgymnastik verabscheute, um im nächsten Moment lüstern zu kichern, während sie von Männern mit starker Behaarung schwärmte. Als sie von der Fußball-WM zurückkam, hatte sie wochenlang über die Oberschenkel von Dino Zoff geredet, der Torwart der italienischen Nationalmannschaft, sie hatte in der Kurve hinter dem einen Tor einen Tribünenplatz gehabt und diese Oberschenkel während der gesamten zweiten Halbzeit gesehen, als Italien die BRD im Endspiel mit 3:1 besiegte, es war die Zeit, als Fußballspieler kurze, enge Hosen trugen. Wenn wir im Fernsehen einen Film sahen und irgendwer zu knutschen anfing, wandte sie sich schnaubend ab und sagte jedes Mal dasselbe: »Don't make a meal of it.«

Und hier konnte ich nicht einmal einen Kleiderschrank sehen, alles befand sich offenbar in den Koffern an der Wand. Dennoch war sie in bester Stimmung und wiederholte mehrmals, dass sie das Gefühl hatte, einen neuen Anfang zu machen. Womit denn einen neuen Anfang machen? Mit dem Leben? Dem Atmen? Sie war über fünfzig. Ich selbst war siebenundzwanzig und studierte, das konnte man vielleicht als eine Art Start bezeichnen, auch wenn meine Zukunftspläne für die Zeit nach dem Examen eher vage waren, aber jedenfalls wollte ich nicht in Nordstrand auf einem Hängeboden logieren. Dann mir lieber in einem Extruder die Finger abhacken und nur ein Hinterhofklo haben.

Stian hatte unbedingt seine Küchenschürze mitnehmen wollen, ich hatte meine Zweifel gehabt, und nun sagte er es selbst:

»Wir können hier ja gar nicht backen, Oma.«

»Nein, das holen wir nach, wenn ich umgezogen bin und einen Backofen habe.«

Wir wollten bei ihr übernachten und schliefen auf dem Boden auf Schaumgummimatratzen, ich hatte für Stian und mich Schlafsäcke mitgenommen, die Matratzen hatte Mama vom Vermieter geliehen. Wir machten uns in einem Badezimmer fertig, das auch als Waschküche fungierte.

»Außer mir benutzt niemand hier Klo und Dusche«, sagte Mama. »Deshalb putze ich hier auch, du kannst also ganz beruhigt sein, es glänzt vor Sauberkeit. Und es ist so schön, den Tag mit einer warmen Dusche in einem sauberen Badezimmer anzufangen! Bei Elin und ihrer Freundin war die Sauberkeit nicht gerade eine Meisterleistung. Ganz okay und durchschnittlich, aber nicht mein Standard.«

»Dein Standard ist extrem, Mama.«

»Ja, ich weiß, ich weiß. Genau in der Hinsicht bin ich wohl eine kleine Hysterikerin. Ha, ha.«

Wir schliefen ein zu den Geräuschen der Familie, die unter uns lachte und plauderte, und zum Geräusch eines griechischen und glücklichen Familienvaters, der lautstark mitten in die Kloschüssel pisste, aber glücklicherweise nicht in das Klo, das Mama, Stian und ich benutzten.

Nach vier Monaten auf dem Hängeboden der Griechen fand sie eine kleine Wohnung draußen in Vollen, teilmöbliert und mit vollständig ausgestatteter Kochnische. Elin war inzwischen auch mobiler, frisch ausgebildete Polizistin mit bezahlter Arbeit, und damit frischgebackene Besitzerin einer alten phosphorgrünen Rostlaube, ein Fiat Mirafiori mit Sportlenkrad. Mama fand dieses Auto total stark, vor allem wegen dieses Lenkrades. Von der Farbe war sie nicht ganz so begeistert.

Elin fuhr Mamas Siebensachen nach Vollen, wo Mama für sechs Monate in einem Holzhandel aushelfen sollte. Eine so lange Zeit am selben Ort erlaubte es ihr, sich eine ganze Armada von Topfblumen zuzulegen. Und nach den sechs Monaten wurden Bücher, Kleider, Topfblumen, Wasserkocher und ein paar andere Küchenutensilien in den Fiat gequetscht und zu einer kleinen Wohnung in Skullerud gefahren, von wo aus es leichter war, in die Stadt und zurück zu gelangen.

»Vollen war zu weit von der Stadt entfernt, wenn ich mit der Arbeit fertig war, Anne. Und die Busse waren ja total hoffnungslos, die fuhren vollkommen ohne System, ich hab das nie durchschaut. Skullerud ist ja auch nicht gerade zentral, aber hier funktionieren die Verkehrsmittel immerhin wie geschmiert.«

Und da Elin nun Autobesitzerin war, konnten Stian und ich das Flugzeug nehmen, um sie zu besuchen. Elin holte uns in Fornebu ab. Stian beharrte nicht mehr auf seiner Schürze, obwohl Mama nun einen Backofen nach dem anderen hatte, er fand es spannender, dass seine Tante eine echte Polizistin war. Er durfte sie bei der Arbeit besuchen und im Streifenwagen sitzen, und da war Kuchenbacken nicht mehr so aufregend, wir buken zudem zu Hause in Trondheim sehr viel, aber da benutzte er die Schürze nie, ich hatte sie in einen Schrank gelegt und warf sie weg, als wir zwei Jahre später aus dem Studentenwohnheim auszogen. Ich fand, sie sei schließlich kein Sammelstück.

In Skullerud hatte Mama eine Küche, aber keine Möbel. Sie kaufte auf Raten ein Sofa, ein Bett und einen weißen Couchtisch mit Glasplatte, sowie einen kleinen Gartentisch und vier Klappstühle, auf denen wir bei den Mahlzeiten saßen.

»Auch wenn es Gartentisch heißt, kann man den ja wohl auch im Haus benutzen, Anne! Es ist viel billiger. Und gegen die Stühle ist doch nichts zu sagen, man sitzt vielleicht nicht so wahnsinnig gut, aber ich habe doch das Sofa, und man muss ja nicht lange auf den Stühlen sitzen, nur zum Essen eben. Und ich habe eine schöne Decke für den Tisch gekauft, man sieht die dünnen Tischbeine kaum noch.«

Irgendwann hatte sie sich auch eine Bratpfanne und ein

paar billige Kochtöpfe zugelegt, einige Teller und Becher und ein wenig Besteck. Aber es war nicht so schön, in die Wohnung in Skullerud zu kommen, sie war nackt und kalt, wir waren mitten im Winter zu Besuch, die Veranda war bis zum Rand zugeschneit, und der Fernsehempfang war elend, wenn Stian die Kinderstunde sehen wollte. Mama schlief im Feldbett, Stian und ich teilten uns ihr Bett, es gab keine Teppiche, und der Fußboden war eiskalt, wenn wir aufstanden.

Ich konnte zu Hause in meiner gut eingerichteten, wenn auch kleinen Wohnung im Studentenheim liegen, während Stian im Bett neben meinem schlief und regelmäßig atmete, und an Mama in der hektischen Periode denken, als sie in Elins phosphorgrünem Fiat von einem Ort zum anderen verfrachtet wurde. Und ich dachte fast ohnmächtig und staunend an alle die Sekunden, wenn man so allein ist, unmittelbar vor dem Einschlafen, halbwach im Schlaf, wenn man sich im Bett umdreht, oder wenn man morgens im grellen Badezimmerlicht steht und sich im Spiegel am eigenen Gesicht zu schaffen macht, oder wenn man auf dem Klo sitzt und beschäftigt ist und die Wand anstarrt, alle die Sekunden, wenn man versucht, die Gedanken zu verdrängen, die sich dennoch zu Wort melden, und wenn sie sich dann für einen kurzen Moment entfalten dürfen, ehe man sie erstickt. Was hat sie in diesen vielen Sekunden gedacht? Wenn sie sich selbst ganz nahe war, entblößt, ehrlich, aber zugleich so fest in ihrer Lebenssituation gefangen.

Das einzige Mal, dass ich einen Spalt erlebte, einen Riss in ihrem hektischen und optimistischen Turboleben, war, als Jossi starb, und ich sie anrufen und es ihr sagen musste.

»Oh, großer Gott. Nein, nicht Jossi!«

Sie fing an zu schluchzen, musste das Telefon hinlegen, um

die Tür zum Büro zu schließen, in dem sie saß, dann war sie wieder da, weinte und weinte, und dann schrie sie:

»Großer Gott, was hast du denn getan?«

»Getan?«, fragte ich. »Wie meinst du das, Mama? Jossi war fast zwölf.«

Sie konnte nicht antworten, sie legte nur auf, fragte nicht, wie Stian damit fertigwurde, oder ich. Sie hatte danach wohl auf ihrer Aushilfsstelle früher nach Hause gehen müssen, das hörte ich später von Elin.

In Skullerud wurde es ihr schließlich zu langweilig. Sie brachte es nicht über sich, abends in die Stadt zu fahren, wenn sie erst nach Hause gekommen war.

»Ich kann das kulturelle Angebot nicht hinreichend ausnutzen, Anne.«

»Kannst du das kulturelle Angebot nicht gleich nach der Arbeit ausnutzen? Wenn du noch in der Stadt bist?«

Für diesen Sarkasmus war sie taub.

»Nein, dann bin ich zu müde. Und obwohl ich ja gern lese und mich den ganzen Abend in ein Buch vertiefen kann, möchte ich doch noch andere Dinge erleben. Der Fernsehempfang hier draußen ist außerdem total unmöglich, wie du sicher noch weißt.«

»Mir gegenüber brauchst du dich nicht zu rechtfertigen, Mama. Zieh doch einfach um.«

Der nächste Stopp wurde ein großes Haus in Vinderen, sie half bei Selvaagbygg aus, denen das Gebäude gehörte. Das Haus sollte abgerissen und durch einen Block ersetzt werden, aber bis auf Weiteres waren dort ausländische Bauarbeiter einquartiert, die bei Selvaag angestellt waren. Und Mama.

»Ich und die anderen Fremdarbeiter, Anne«, sagte sie am

Telefon und lachte. »Jetzt sollten die Kommunisten aus der Fabrik mich mal sehen!«

Die Wohnung war winzig, sie hatte gerade Platz genug für Bett, Couchtisch und die vier Klappstühle. Sofa und Gartentisch wurden im Keller des Hauses untergestellt.

»Ich wohne hier fast gratis«, sagte sie zufrieden, als ich zu Besuch kam.

»Dann kannst du die Gelegenheit doch nutzen und ein bisschen sparen«, sagte ich.

»Das habe ich aber nicht vor. Ich habe die Möbel ja auch noch nicht abbezahlt. Aber ich würde mir gern eine Reise leisten können, das habe ich vor. Ich war noch nie in Rom, ich möchte schrecklich gern nach Rom und den Petersdom und das Kolosseum und den Trevi-Brunnen sehen. Erinnerst du dich an den Film, Anne? Der lief, als wir in der Kongens gate wohnten. *La dolce vita*… Ja, ich muss unbedingt nach Rom.«

Ich war sehr froh darüber, dass ich Stian nicht in das Haus in Vinderen mitgenommen hatte, sondern einige Tage allein gekommen war und bei Elin übernachten würde. Man möchte sich nicht für den Rest seines Lebens daran erinnern, dass seine Oma so gewohnt hat. Da war sogar der Hängeboden noch besser gewesen, den Stian als Zwischenstation betrachten konnte, auf dem Weg zu etwas Besserem, einem dauerhaften Zuhause vielleicht.

In Vinderen teilte sie die Küche mit den anderen, das waren natürlich alles Männer, und die Gemeinschaftsräume waren verdreckt. Die Männer kamen in Arbeitskleidung nach Hause, mit Mauerstaub und Holzspänen und Mörtel an Schuhen und Kleidern.

»Ich kann doch nicht für die allesamt putzen. Ich fasse nur meine eigenen Sachen an, und ich nehme Gummihandschuhe, wenn ich in der Küche zu tun habe. Im Kühlschrank habe ich mein Essen in einer fest verschlossenen Dose, und die rührt niemand an.«

»Aber was ist mit Klo und Badezimmer?«

»Ich lege Papier auf die Brille. Und dann habe ich eine eigene Badematte, die benutze ich beim Duschen. Und auf den restlichen Badezimmerboden lege ich Zeitungen. Und es macht ja auch ein bisschen Spaß, in Vinderen zu wohnen, weißt du. Hier habe ich deinen Vater kennengelernt, weißt du. Hier habe ich Martin kennengelernt. Als ich hier gearbeitet habe!«

»Hä? Hast du nicht im Telegrafenamt gearbeitet, als du ihn kennengelernt hast?«

»Nein, das war nur, als ich ganz neu hier im Land war. In einer englischen Zeitung war eine Stelle im Telegrafenamt ausgeschrieben, sie suchten jemanden aus Skandinavien, wegen der Sprache. Aber ich habe nur ein Jährchen dort gearbeitet, dann habe ich die Stelle in Vinderen bekommen, als Gouvernante.«

»Das hast du mir noch nie erzählt.«

»Vielleicht, weil du nicht gefragt hast. Heute heißt das wohl *Au-pair*. Es waren reizende Kinder, acht und zehn, aber dann fuhren sie in die Sommerferien, und ich konnte drei Wochen allein in dem Haus wohnen, ich wollte natürlich nicht nach Hause nach Kopenhagen und zu diesem verdammten Weibsstück, das sich Mutter nannte. Ich hatte ja gehofft, Ib würde im Sommer zu Besuch kommen, ich hatte das mit der Familie abgesprochen und freute mich richtig. Aber stell dir vor, die Hexe wurde total hysterisch bei dieser Vorstellung und verbot ihm zu fahren. Er war achtzehn und alt genug, nur zwei Jahre jünger als dein Vater, aber er traute sich nicht, nicht bei dem Drama, das die Hexe veranstaltete, er musste ja irgendwann zu ihr zurück. Also wohnte ich drei Wochen allein dort, zum Glück hatten sie eine fantastische Büchersammlung, und ich sonnte mich im Garten und las über norwegische Geschichte, jedenfalls in der ersten Woche, bis dann … Und ich habe abends einen Spaziergang gemacht und das Haus wiedergefunden, Anne! Es sieht wirklich noch genauso aus. Eine stattliche Villa. Ja, in Vinderen gibt es ja fast keine normalen Häuser, weißt du, nur Villen. Und dann diese niedrigen Blocks, die Selvaag baut, natürlich. Die haben einige total hysterische Gegner, aber wenn nur niedrig genug gebaut wird, kann niemand etwas dagegen einwenden. Der alte Selvaag ist sehr sympathisch, das kann ich dir sagen, wir reden ganz oft miteinander, und er findet es so beruhigend, eine erwachsene Frau am Empfang zu haben. Er hätte ja schon längst in Pension gehen können, aber er kann einfach nicht loslassen, er verfolgt die Projekte so gern aus nächster Nähe. Stell dir vor, jedes einzelne neue, vollendete Projekt bekommt an exponierter Stelle eine Skulptur von einem norwegischen Künstler, und darüber freuen sich die Bewohner und der Künstler eben auch! Der alte Selvaag ist wirklich ein wunderbarer und guter Mensch, das muss ich sagen.«

»Aber was hat Papa hier in Vinderen gemacht?«

»Damals war er noch gar kein Papa! Ha, ha. Nein, er hat seine Wehrpflicht abgeleistet, er war zwei Jahre älter als die anderen, er hatte doch alles aufgeschoben, um auf dem Hof helfen zu können, weil dein Großvater oft krank war, aber er war ja trotzdem sechs Jahre jünger als ich, der Grünschnabel. Er war bei der Königlichen Garde und verdiente sich im Sommer mit Gartenarbeit etwas dazu. Als Bauernsohn hatte er das in den Fingern, weißt du. Und plötzlich eines Tages sah ich diesen Typen draußen im Garten. Ich stürzte hinaus, um ihn zu verjagen, und dann erfuhr ich, dass er mit Fug und Recht dort war. Er musste das, wie ich das auf Dänisch sagen würde.«

»Und dann wurdet ihr ein Paar?«

»Nur ein bisschen Kino und Ausflüge und so, für den Anfang.«

»Und ein Paar.«

»Himmel, Anne, du musst aber auch immer … Na ja, das kam wohl so. So peu à peu.«

Nach Rom und dem Trevi-Brunnen zog sie nach Sandaker in eine Gegend, die ironischerweise Nordpol genannt wurde. Der Name stammte von einem längst verschwundenen Restaurant. Hier wohnte sie in einem endlos langen Schlauch von Wohnung, in Dunkellila angestrichen und mit beeindruckend breiten Fensterbänken, Mama liebte Fensterbänke, sie füllte sie mit ihren Topfblumen, sie hatte grüne Finger, knallgrüne Finger, noch die lichthungrigsten Pflanzen gediehen im Halbdunkel, wenn sie nur bei ihr zu Hause wohnen konnten, sie überlebten nicht nur, sie blühten auf!

»Jedes einzelne Zimmer ist lila. Mama. Wirst du davon nicht knatschverrückt?«

»Das ganze Jahr Advent. Ich weiß außerdem nicht, wie lange ich hier wohnen werde, es kann ja etwas Besseres auftauchen.«

»Du könntest vielleicht ein bisschen tapezieren?«

»Ich habe genug mit Putzen zu tun, meine Vorgänger hier müssen die totalen Schmutzfinken gewesen sein. Nicht einmal die Griffe an den Kleiderschränken waren …«

»Schon klar. Du hast in deinen letzten Wohnungen ja wirklich Pech mit der Sauberkeit gehabt.«

»Das liegt daran, dass ich gründlich bin. Man muss Blick und Umsicht dafür haben, wo der Schmutz sich festsetzt. Ich habe schon allerlei Schrankgriffe gesehen, die oben fast zerrieben waren, aber der Griff war vorn trotzdem mit Fett und Dreck verschmiert.«

»Du weißt ja offenbar alles über Türgriffe, Mama.«

»Ja, und merk dir das nur ruhig. Halt deine Türgriffe sauber. Das ist ein wirklich guter Rat!«

Die Wohnung am Nordpol war wirklich seltsam geschnitten, alle Zimmer lagen wie aufgereiht zwischen zwei dicken Mauern, ich hatte schreckliche Asthmaanfälle, als ich im Mai dort zu Besuch war, ich hatte Stian bei mir, ich bekam fast keine Luft.

Wir fuhren zum Oslofjord hinunter, Mama meinte, ich brauchte Meeresluft, aber dort wogten gigantische gelbe Pollenklumpen bis zur Kongebrygge. Als wir in den Wohnschlauch am Nordpol zurückkehrten und Stian im Bett lag und eingeschlafen war, hing ich aus einem komischen dreieckigen Fenster und hatte das Gefühl, dass trockener Rauch meinen Bronchien ein bisschen guttat. Die Penner saßen draußen im Park auf den Bänken. Unter den Bänken wuselten die Ratten herum.

Sie saßen mäuschenstill auf ihren Schwänzen und warteten, bis die Penner ihre Bierflaschen auf den Boden stellten, und wenn die Menschenhand die Flasche losließ, war sofort der kleine Rattenmund da. Die Flasche kippte um, und die Ratten leckten das Bier aus dem spärlichen Gras, wo das Bier zitternd auf dem zundertrockenen Boden lag. Sie sprangen elegant zur Seite oder zogen sich rasch zurück, wenn der Menschenarm dann unter der Bank nach der Flasche tastete.

Sie waren unglaublich niedlich. Klein und lebenslustig und angetrieben von einem zutiefst rationalen Überlebensdrang. Ich habe mich vor Ratten nie gefürchtet. Im Gegenteil, seit Onkel Ib in Trondheim zu Besuch kam, als ich sechs Jahre alt war und im Dezember sieben wurde, und er mir eine braune Zigarrenkiste gab, in der energisch gescharrt wurde, liebe ich Nagetiere.

Ein kleiner brauner Hamster sprang aus der Kiste, als ich sie öffnete, kletterte blitzschnell an meinem Pulloverärmel hoch und setzte sich auf meine Schulter, schaute sich um und schnupperte, die winzige Nase gen Himmel gehoben. Ich liebte ihn vom ersten Moment an, und ich liebte auch Onkel Ib, der endlich zu Besuch gekommen war, ich hatte mich schon so lange darauf gefreut. Onkel Ib, der mir dieses unerwartete kleine Wunder geschenkt hatte, Onkel Ib, der es faustdick hinter den Ohren hatte, der so laut und so viel lachte, der immer eine Geschichte zur Hand hatte, der einen gewaltigen dunkelbraunen Bart hatte und knallblaue Augen, die blauesten, die ich je gesehen hatte, mein geliebter Onkel Ib, der sagte, er sei Araber, wenn irgendwer in Trondheim seine dänische Aussprache nicht verstand, und der viele Jahre später vor dem Kopenhagener Hauptbahnhof von einem Taxi überfahren wurde, als er über die Straße ging, um Mama abzuholen, die mit dem Bus von Säffle kam, um seinen sechzigsten Geburtstag zu feiern. Mama merkte das, als ich gerade mit ihr telefonierte, sie lief mit ihrem Rollkoffer über den Bürgersteig und suchte nach ihm, er hatte sie vom Bus abholen wollen, so hatten sie das abgemacht, aber sie sah nur die blinkenden Lichter des Rettungswagens und jemanden, der den Asphalt abspülte, als der Wagen weggefahren war. Sie und Tante Lotte sahen ihn einige Stunden später in der Leichenhalle, aber Mama bereute danach, das nicht Tante Lotte überlassen und lieber draußen auf dem Gang gewartet zu haben.

»Seine ganze Kopfform war seitlich verzerrt, wie bei einem schrägen Ei, er war gar nicht mehr mein kleiner Bruder.«

Ich streichelte vorsichtig den Rücken des Tierchens, ich hatte das Gefühl, warme Watte zu berühren.

»Ist der für mich? Ganz bestimmt, Onkel Ib?«

»Der ist für dich, kleine *Annepige*. Das ist er«, sagte Onkel Ib und nickte, sodass sein gewaltiger Bart über seinem Brustkasten wogte.

MAMA WAR WÜTEND, ALS sie den Hamster entdeckte. Sie hatte keine Angst, sie fürchtete sich weder vor Ratten noch vor Mäusen.

»Ib! Hast du ein Tier in einer Zigarrenkiste ins Land geschmuggelt? Du Idiot!«

»Einen kleinen Hamster. Herrgott, Schwesterchen, jetzt reg dich doch nicht auf!«

»Der kann doch alle möglichen Krankheiten haben. Deshalb ist die Einfuhr von Tieren verboten, das hab ich gelesen.«

»Aber sieh doch nur, wie sehr die kleine Anne sich freut.«

»Und wo soll sie den unterbringen? Wer soll ihn versorgen? Wenn ich das mal fragen darf.«

»Das macht sie schon selbst. Sie ist sechs Jahre alt und ein großes Mädchen, das kann sie sehr gut allein.«

»Aber Martin! Nun sag doch was«, schrie Mama.

»Ich habe im Keller eine leere Apfelkiste«, sagte Papa, er war noch nicht ausgezogen, das passierte erst zwei Jahre später. »Die hol ich jetzt mal schnell.«

»Genau. Klar kann ich ihn versorgen«, sagte ich. »Sei Onkel Ib nicht böse, Mama. Tausend Dank, Onkel Ib.«

»Ich tu doch alles für dich, meine kleine Prinzessin. Wie willst du ihn denn nennen?«

»Ich weiß nicht so ganz …«

»Nenn ihn Carl Johan, das ist ein guter dänisch-norwegischer Name.«

»Du kleiner Ignorant«, sagte Mama. »Carl Johan war eigentlich Franzose, und dann wurde er König von Norwegen und Schweden. Und er hat dazu beigetragen, dass Dänemark Norwegen abtreten musste.«

»Das ist trotzdem ein sehr schöner Name, Onkel Ib«, sagte ich. »Ich finde, er soll Carl Johan heißen.«

»Und ich hab dir auch dänisches Lakritz mitgebracht, mein Schatz«, sagte er und wollte mich wie immer hoch in die Luft schwingen.

»Nein! Nicht! Dann kriegt Carl Johan doch Angst!«, sagte ich. »Warte, bis Papa die Kiste geholt hat.«

»Sie muss jetzt zu Abend essen und sich danach die Zähne putzen, das Lakritz kannst du ihr morgen geben«, sagte Mama und knallte einen Teller mit Butterbroten auf den Küchentisch vor mich hin, dann kam noch ein Glas Milch, und sie knallte es so wütend neben den Teller, dass die Milch fast übergeschwappt wäre. Die Salami lag schief darauf, und die Käsescheiben lagen auf der platten Brotscheibe wild durcheinander. Carl Johan saß noch immer ganz still auf meiner Schulter.

»Ich versorg ihn selbst, Mama. Versprochen. Großes Ehrenwort.«

»Ja, natürlich. Wer denn auch sonst«, sagte Mama. »Aber setz ihn beim Essen weg. Solche Tiere dürfen nicht in die Nähe von Lebensmitteln kommen. Die können sonst was übertragen.«

»Nein, Schwesterchen, da irrst du dich. Die sind ungeheuer reinlich«, sagte Onkel Ib. »Der hier putzt sich dauernd. Wenn der irgendwas überträgt, dann Zigarren, und eine Zigarre hat noch keinem Menschen geschadet.«

Es war eine überraschende und neue Erfahrung, die einzige Auserwählte zu sein, auch wenn ich nur von einem kleinen Tier auserwählt worden war, jedenfalls in den Augen der Erwachsenen. Er wollte nur in meine Hand, nur auf meine Schulter, die nach der langen Reise von Dänemark nach Norwegen der sicherste Zufluchtsort auf der Welt war. Ich war die allen anderen Vorgezogene, das hatte ich in meinem kurzen Leben nur mit Tove erlebt, meiner besten Freundin. Wir waren füreinander die Vorgezogene und gingen Hand in Hand zur Schule.

Carl Johans bedingungsloses Vertrauen führte zu einer heftigen Fürsorge meinerseits, ich liebte jedes Haar an seinem Körper, jedes einzelne zitternde Schnurrhaar, den verwunderten blanken Blick, die winzigen Pfoten, die aussahen wie Miniaturfinger, mit Nägeln und weißem Flaum, seine Wärme, wenn er in meiner Halsgrube schlief, während ich auf dem Sofa Micky Maus las, seine kugelrunden Ohren, die an dem hauchdünnen Rand immer ein bisschen kalt waren, wenn ich sie an den Mund hielt, weil ich mit ihm schmusen wollte, den Eifer in seinen Bewegungen, wenn er in meine Hand sprang, auch wenn es sich dann ziemlich bald herausstellte, dass er eine *Sie* war, deren Unterleib mit kleinen Hamsterkindern gefüllt war, und aus Carl Johan wurde Caroline.

Es war auch total verblüffend, dass ein so kleines Tier von lächerlichen zweihundert Gramm – ich hatte ihn, als Mama im Laden war, als ich noch immer glaubte, er heiße nach einem schwedisch-norwegischen König, auf der Küchenwaage gewogen – zwölf blanke, kleine, perfekte rosa zusammengerollte Pastillen zur Welt bringen konnte.

Die Jungen hatten nicht ein einziges zimtbraunes Haar am Leib, nicht einmal Schnurrhaare, und sie drängten sich in der Ecke der Kiste aneinander, als ich eines Tages aus der Schule nach Hause kam, ich ging seit Neuestem in die erste Klasse und hatte mich schon gefragt, warum Carl Johan an den vergangenen Tagen die Stoffreste und die alten Topflappen zerkaut hatte, die ich ihm als Liegeunterlage gegeben hatte. Er hatte zudem mit den Vorderzähnen Späne von der Kistenwand gekratzt, um dann alles wieder auszuspucken, ich hatte das Kinn auf die Kiste gelegt und ihm dabei zugesehen, er baute hinten in der dunkelsten Ecke der Apfelkiste, die jetzt sein Zuhause war, eine Art Nest. Ich hatte nicht den geringsten Verdacht, dass Carl Johan in Wirklichkeit eine hochschwangere Caroline war.

Mama war schweißnass und abgehetzt, als ich an diesem Tag aus der Schule kam, sie hatte mir nicht einmal Brote und Milch hingestellt. Elin, ein Jahr alt, saß auf ihrem Kinderstuhl vor einem Chaos aus Apfelsinenstückchen auf dem Tisch, jedes auf andere Weise angebissen, und ihr ganzes Gesicht war nass und klebrig vom Saft. Ihre Haare waren zu einem dicken Pferdeschwanz gebunden, sie war mit wogenden, schulterlangen mahagonifarbenen Haaren auf die Welt gekommen, und die Haare gingen auch nie aus, sie wuchsen und wuchsen nur, ganz anders als meine hellen glatten.

»Anne, großer Gott, da bist du ja. Schau mal nach, was da in der Kiste vor sich geht! Das hat so heftig gepiepst. Ich dachte, ich würde vom Zuhören verrückt! Ich glaube, das Tier könnte tot sein!«

Er war niedergekommen. Mit einem kleinen Häuflein aus rosa blanken Jungen. Und Er war zu einer Sie geworden.

Sie wollte sofort zu mir, als ich mich über die Apfelkiste bückte. Jetzt, als Erwachsene, weiß ich, dass Nager, wie Schweine, ihre eigenen Jungen töten können, wenn sie sich bedroht fühlen, um die Jungen nicht mutterlos zurückzulassen. Lieber tot als mutterlos, so denken Schweine und Nagetiere und sicher auch noch andere Tierarten.

Ich war ja erst sechs Jahre alt, die Jüngste in der Klasse, weil ich im Dezember Geburtstag hatte, ich war ein kleines Kind. Aber sie wollte zu mir, stellte sich auf die Hinterbeine und suchte mit ihren schwarzen Augen nach meinen, sie wuselte ein bisschen hin und her, dann setzte sie sich auf ihr schwanzloses Hinterteil und putzte sich blitzschnell und aufgeregt das Gesicht mit ihren rosa Hamsterhändchen.

»Hast du Babys bekommen?«, flüsterte ich. »Bist du denn ein Mädchen?«

Ich sah den bewegungslosen Haufen aus zusammengerollten rosa Pastillen an und riss einen Schuhkarton an mich, der ein Zimmer von Barbies Wohnung gebildet hatte. Die Pastillen mussten beschützt werden.

Toves und meine große Leidenschaft war es nämlich, in nebeneinandergestellten Schuhkartons Barbie-Wohnungen einzurichten, wir dekorierten mit allem, was wir an Tapetenmustern und Servietten und Stoffstücken auftreiben konnten, wir bauten Möbel aus Pappe, die wir färbten und bemalten. Zwischen die Schuhkartons wurden Türen geschnitten, sodass Barbie sozusagen von einem Zimmer ins andere gehen konnte. Sie war natürlich viel zu groß und lang, um problemlos durch die Räume wandern zu können. Deshalb fassten wir sie um die Taille und ließen sie von Zimmer zu Zimmer schweben, und sie konnte dabei ihre Träume und Enttäuschungen schildern und komplizierte Kleiderwechsel vornehmen. Ken war nie dabei. Er war entweder bei der Arbeit oder lag unsichtbar und laut schnarchend in einem Zimmer auf dem Sofa. Aber in unseren Gesprächen, denen zwischen Tove-Barbie und Anne-Barbie, wurde er oft erwähnt.

Ich merkte kaum, welchen Schuhkarton ich da erwischt hatte.

Wie sich herausstellte, war es die Diele bei Anne-Barbie, wo kleine zusammengefaltete Kleiderattrappen an die Wände geklebt waren, wie im wirklichen Leben Kleidungsstücke an Haken hingen. Ich riss alles heraus und entfernte sämtlichen Inhalt aus dem Karton, schnitt die Türöffnung etwas größer und stülpte den Karton vorsichtig über das Geburtsnest. In letzter Sekunde.

»Was ist denn hier los?«, fragte Mama und blies aus dem Mundwinkel Mentholzigarettenrauch. »Warum hat das Tier so wahnsinnig gepiepst? Ist es tot? Ich hab mich ja gar nicht getraut, in den Karton zu schauen, denn was hätte ich denn machen sollen, wenn es gerade im Sterben lag?«

»Er hat … sie hat kleine Kinder bekommen.«

»Was? SIE? Lass mal sehen!«

»Nein, du darfst ihr keine Angst machen. Du redest so laut. Dann kriegt sie Angst. Und jetzt habe ich den Karton darübergelegt.«

»Dieser verdammte Ib! Dem werd ich verdammt noch mal die Meinung geigen. Der kann froh sein, dass er wieder nach Hause gefahren ist. Wie viele sind es denn?«

»Nicht sehr viele. Die müssen jetzt schlafen, Mama, sei nicht so laut.«

»Aber du musst doch begreifen, dass die nicht am Leben bleiben können, Anne. Ich spreche mit deinem Vater, wenn er nach Hause kommt.«

»Nicht am Leben?«

Ich fing sofort an zu weinen, leise, um der frischgebackenen Mutter keine Angst zu machen. Mama nahm mich nicht in den Arm, um mich zu trösten. Sie ging ins Badezimmer, um die Zigarette ins Klo zu werfen, und sagte, mit dem Rücken zu mir: »Ein Hamster muss reichen, Anne. Das ist auch schon einer zu viel.«

»Aber ich hab ihn doch so lieb. Mama! Und jetzt hab ich auch seine Jungen lieb … ihre, meine ich.«

»Du kennst sie doch erst seit ein paar Minuten, da kannst du sie unmöglich schon lieb haben.«

»Doch, weil das die von Carl Johan sind! Nein, weil es die von … *Caroline* sind.«

Damit war der neue Name da. Und während Mama in die Küche ging, um mir ein paar Brote zu machen, rieb ich mir mit dem Pulloverärmel Rotz und Tränen ab und hob vorsichtig den Schuhkarton hoch. Es war schwer, die winzig kleinen rosa Pastillen mit der hellblauen Haut, wo irgendwann wohl Augen sitzen würden, zu zählen. Ich kam bis zehn, aber später stellte sich heraus, dass es zwölf waren. Ich wagte nicht, sie zu berühren. Alle Kinder wussten, dass man Vogeljunge in einem Nest nicht anfassen durfte, denn dann würde ihre Mutter nichts mehr mit ihnen zu tun haben wollen. Den Jungs war das natürlich schnurz, aber es wussten alle. Und ich dachte, dass das sicher auch für Hamsterjunge galt.

»Was willst du draufhaben?«, rief Mama aus der Küche.

Ich legte den Karton vorsichtig wieder hin.

»Egal«, sagte ich leise. Ich stellte Caroline neues Wasser hin und kippte aus der Tüte, die daneben auf dem Boden stand, Haferflocken in ihren Napf. Ich wusste eigentlich nicht, was Hamster essen, aber Caroline mochte auch Möhren und gekochte Kartoffeln und Mandeln. Ich experimentierte einfach mit ihrer Kost.

Und ich dachte: Jetzt kann ich nicht mehr in die Schule gehen. Denn dann sind die Jungen sicher verschwunden, wenn ich nach Hause komme.

Deshalb hatte ich am nächsten Morgen Bauchweh, so schrecklich, dass ich nicht frühstücken konnte, ich glitt nur schlaff vom Stuhl und ließ Brote und Milch unberührt stehen. Ich aß in meinem Zimmer ein wenig von Carolines Haferflocken, sie waren total staubig in meinem Mund, und ich musste husten. Ich verschluckte mich dabei an den Haferflocken, und sie spritzten aus meinem Mund heraus, ich kroch auf dem Flickenteppich herum und las jede einzelne auf, damit Mama sie nicht entdeckte, und ich warf sie Caroline in die Kiste. Dann ließ ich mich wieder ins Bett fallen, zog die Decke bis ans Kinn und schloss halb die Augen, um so krank auszusehen wie überhaupt nur möglich.

Aber dann stellte sich heraus, dass Mama Caroline gernhatte, das dachte ich jedenfalls zuerst, es war ein Wunder, dachte ich, auch wenn ich dieses Wort damals noch gar nicht kannte, ich wurde nur einfach vor Glück und Erleichterung ganz himmelblau im Kopf.

Denn ich hätte doch nicht tagelang krank und mit Bauchschmerzen im Bett liegen können, zwei Tage später musste ich in die Schule, und als ich an diesem Tag nach Hause kam und mir schlecht vor Angst war, dass alle Jungen verschwunden sein könnten, lagen feuchte, frisch geschälte Möhrenstücke in der Apfelkiste, obwohl Caroline die Schalen eigentlich gern aß, aber das konnte Mama ja nicht wissen, und die Jungen waren allesamt unversehrt.

Ich wusste jetzt, dass es zwölf waren, denn sie bewegten sich nun ein wenig in der Mulde aus zerkauten Topflappen, aber ich hatte diese gewaltige Anzahl Mama natürlich nicht verraten.

»Sie ist gar nicht so dumm, die Kleine da«, sagte Mama. »Wenn man sich das mal so überlegt.«

Die Brote standen auf dem Tisch, rechts davon das Milchglas, und ich sank vor dem Essen auf dem Stuhl in mich zusammen, mir war schwindlig vor Erleichterung.

»Sie hat zwölf Junge bekommen, kein Wunder, dass in der Apfelkiste so ein Gepiepse war!«, sagte Mama und steckte sich eine Mentholzigarette an. »Und sie ist ja reinlich, wäscht sich die ganze Zeit, und die Jungen auch. Das muss ich sagen. Ja, das muss ich wirklich sagen!«

Ich nickte nur und kaute und sah sie an, auf der einen Schnitte war Cervelatwurst und auf der anderen Bananencreme.

»Beeindruckend«, sagte Mama und blies mir Rauch über den Kopf. »Dass Ib einen schwangeren Hamster einschmuggeln konnte. Den bring ich um, diesen fiesen Schurken!«

Und dann lachte sie, mit dem Mund voll eingesperrtem Rauch, und mir war klar, dass sie das ernst meinte. Aber ich wusste auch, dass sie ihren eigenen Bruder nie im Leben umbringen würde, und deshalb lachte ich auch.

»Ja, die sind niedlich«, sagte ich. »Wann die wohl die Augen aufmachen?«

»Dauert sicher nicht mehr lange, aber sie müssen auch mal aus der Kiste raus, damit sie nicht glauben, die ganze Welt sei eine Apfelkiste aus Hardanger.«

»Dürfen die das? Mal raus? Aber wo sollen sie denn hin, Mama?«

»Nur mal durch die Wohnung laufen, sich mal umgucken. Und ich habe gehört, dass der Tierladen unten in der Stadt Hamsterjunge kauft. Dann ist es aber wichtig, dass sie an Menschen gewöhnt sind und schon etwas erlebt haben.«

»Soll irgendwer die *kaufen*?«

»Noch nicht. Aber später. Wenn Caroline sie satthat, wenn sie allein zurechtkommen und selbst essen können.«

Mein Bissen Brot blieb mir im Hals stecken, ich konnte doch auch selbst essen.

»Wir können ein paar Kronen an ihnen verdienen, Anne.«

»Aber jetzt noch nicht?«

»Nein. Erst in drei Wochen oder so.«

Es war wichtig. Geld zu verdienen. Das wusste ich doch. Es war wirklich ungeheuer wichtig, Geld zu verdienen, alles drehte sich darum.

Papa verdiente als Lehrling im Fotoladen nicht viel, und er versuchte die ganze Zeit, nebenbei Bilder zu verkaufen. Bilder der neugeborenen Elin mit wogenden, schulterlangen mahagonibraunen Haaren wurden an viele norwegische Zeitungen verkauft, sie war eine Sensation mit ihren Haaren, sogar eine niederländische Zeitung hatte das Bild gebracht.

Außerdem flog er ab und zu sonntags mit einer kleinen Cessna umher und machte Luftaufnahmen von Bauernhöfen. Er flog nicht selbst, sondern bezahlte einen Flugzeugbesitzer für Treibstoff und Arbeitszeit. Die Bilder wurden entwickelt, vergrößert, retuschiert, damit die Farben klarer hervortraten, und gerahmt. Dann fuhren er und ich sonntags einige Wochen später diese Route mit Auto und Landkarte ab, fanden alle Höfe, klopften an, zeigten ihnen die Bilder und fragen, ob sie eins kaufen wollten.

Die Leute auf den Höfen waren immer ungeheuer aufgeregt, aber auf positive Weise, sie konnten sich gut an das Flugzeug erinnern, das einige Wochen zuvor so tief über ihre Dächer geflogen war, und sie erzählten, wie sie darüber diskutiert und spekuliert hatten, wer um alles in der Welt so tief über ihre Köpfe flog.

Ich war bei diesen Verkaufstouren immer dabei, und oft durfte ich auch mitfliegen. Auf den Höfen wurden wir zu Kaffee und Waffeln und Rosinenbrötchen und Saft hineingebeten. Es kam nicht ein einziges Mal vor, dass jemand es ablehnte, ein gerahmtes und schön retuschiertes Foto seines Erbhofes zu kaufen. Noch ehe wir gegangen waren, wurde schon diskutiert, wo das Bild hängen sollte. Einige bezahlten sogar mehr, als Papa verlangte, und gaben uns Lebensmittel mit, Eier und selbst gebackenes Brot, Obst und Kohlköpfe, einmal einen ganzen Räucherlachs, und das war ein Schatz. Selbst, nachdem der Flugzeugbesitzer bezahlt worden war, war noch Geld übrig. Mama hatte das Essen auf dem Tisch, wenn wir nach Hause kamen, es waren schöne Sonntage.

Aber sie wollte mich nicht mit ins Flugzeug lassen. Und dann wurde beim Sonntagsfrühstück heftig gestritten. Jedes Mal!

»Sie fällt raus! Das ist lebensgefährlich!«

»Nein. Sie sitzt doch hinten. Da kann ihr nichts passieren.«

»Das ist nicht gefährlich, Mama. Ganz bestimmt nicht. Das macht Spaß!«

»Du bist ein Kind. Das geht nur mich und deinen Vater an.«

»Ich war doch schon so oft mit!«

»Einmal kann es das letzte Mal sein.«

»Birte, ich passe auf sie auf, jetzt reg dich doch nicht so auf. Und Anne macht es doch solchen Spaß!«

Mama hätte nur wissen sollen!

Sie hätte nur wissen sollen, welche Sprünge das Flugzeug über den Hofdächern überall in Trøndelag machte, wenn Papa, der nicht gerade ein kleiner Mann war, mit dem ganzen Oberkörper aus dem Flugzeugfenster hing, während seine dunklen Haare vom Wind erfasst wurden, und mit einer riesigen Kamera, die er auf Raten gekauft hatte, Aufnahmen machte.

Er wollte, dass ich mich an dem Hebel festhielt, mit dem die Flugzeugtür geschlossen wurde, und ich klammerte mich daran, gewickelt in eine dicke Jacke und Schal und Mütze, es war ganz schön zugig in dem kleinen Cockpit, und der Wind machte furchtbaren Krach, alles, was nicht niet- und nagelfest war, klapperte und schlug herum.

Außerdem war ein Kasten voller Objektive und Zwischenringe neben mir auf dem Sitz festgeschnallt. Die Objektive hatten Aufkleber mit Nummern, und sie waren in Vertiefungen in dickes Schaumgummi gesteckt, während die entsprechende Nummer mit Tusche auf das Schaumgummi geschrieben war.

Papa konnte ein Objektiv abdrehen und mir geben und dabei schreien:

»NUMMER VIERZEHN!«

Und da ich mich an der Tür festhalten und ihm noch dazu Sachen aus dem Schaumgummikasten geben sollte, konnte ich den Sicherheitsgurt nicht sehr fest anziehen, sondern wurde ein wenig darin herumgeschleudert, je nachdem, welche heftigen Bocksprünge das Flugzeug gerade veranstaltete.

Manchmal nahmen wir Flugblätter mit nach oben, dadurch konnten wir die Treibstoffkosten für einen ganzen Sonntag decken. Die Kartons mit den Flugblättern standen auch hinten bei mir, und wir warfen die Flugblätter über Trondheim ab, wenn wir mit Fotografieren fertig waren.

Ich fand es wunderbar, Flugblätter abzuwerfen.

Von all dem hatte Mama nicht die geringste Ahnung. Denn dann hing auch ich aus dem Fenster und hatte die Hände voller Papierstapel, und niemand hielt den Hebel fest, mit dem die Tür verschlossen wurde. Tausende von kleinen rosa Blättern mit Reklame für Singer-Nähmaschinen konnten wie Konfetti über der Stadt wirbeln, es war ein fantastischer Anblick, als wäre man auf dem Dach der Welt, und ich stellte mir vor, wie froh alle am Boden sein müssten, wenn dieses viele Rosa auf sie herabrieselte.

»Wie viele Kronen kann man mit einem kleinen Hamster denn verdienen, Mama?«

»Die sind plötzlich ziemlich beliebt, ich habe mit Ketils Mutter gesprochen, er wünscht sich nämlich einen. Die kosten im Laden dreißig Kronen. Also bekommen wir vielleicht zehn für jedes Junge? Der Laden will ja auch etwas verdienen, so ist das eben«, sagte Mama und hob Elin aus dem Kinderstuhl, wir hatten zugesehen, wie sie presste, knallrot im Gesicht.

»Aber Ketil kann uns doch einen abkaufen?«, fragte ich. »Der braucht ihn doch nicht im Laden zu kaufen. Vielleicht für zwanzig Kronen?«

»Aus dir wird noch eine richtige Krämerseele«, sagte Mama und lachte schallend, ich begriff natürlich nicht, was sie damit meinte, aber sie lachte, und das war gut. Und ich freute mich auch ein bisschen, weil ich helfen konnte, ein paar Kronen zu verdienen, so wie Papa, und wenn Ketil einen kleinen Hamster kaufte, würde ich ihn ja wiedersehen können.

Deshalb dachte ich makabererweise vor allem an diese zwanzig Kronen, die der Direktverkauf an Ketil eingebracht hatte, als Papa zwei Wochen später aus Versehen ein Junges tottrat, aber dann sah ich Papas blutige Socke und den kleinen zerfetzten Hamsterleib auf dem himmelblauen Linoleum. Von nun an war ich untröstlich bei der Vorstellung, wie das kleine Hamsterjunge sich unter Papas verwirrtem, aber erbarmungslosen Fuß plötzlich und ganz unerwartet zu Tode gequetscht hatte.

Ich hatte außerdem Masern und verfiel wohl fast in einen Fieberschock aus Weinanfällen und Hysterie, als ich im Bett kniete und alles mit ansah. Wie Mama Papa eine schallende Ohrfeige verpasste und ihn anschrie:

»Wie ist es möglich? Du Oberidiot! Kannst du denn nicht aufpassen? Du weißt doch, dass die nachmittags hier frei rumlaufen!«

Elin schrie wütend auf ihrem Hochsitz in der Küche.

»Ich wollte nur … ach Gott … ich hatte ein Geschenk für Anne, ich habe nicht auf den Boden geblickt. Der hat sicher auf der Türschwelle gesessen, die Tür war doch angelehnt, und ich hab sie nur aufgemacht und bin reingegangen. Ich hab ein Geschenk für sie, Bitters …«

Aber weder seine Beteuerungen noch der Kosename konnten Mama besänftigten, sie bückte sich, verbog sein Bein in einem Winkel, als ob sie ein Pferd beschlagen wollte, riss ihm die Socke herunter, wischte mit der Socke die Hamsterreste auf und stürzte ins Badezimmer, wobei sie immer weiter schrie: »Du musst sie selbst trösten! Das war deine Schuld!«

»Anne oder Elin trösten?«, fragte Papa und musterte seine blutigen Zehen.

»ANNE, natürlich. Großer Gott …«

Ich hörte, wie sie die Toilette abzog, ich kniete im Bett und war gerade zu dieser wahnsinnigen Szene erwacht, aber ich konnte mich doch, während ich furchtbar schluchzte, im Zimmer nach den restlichen elf Jungen und Caroline umsehen.

Doch sie waren alle nicht zu finden.

Die arme Caroline, dachte ich, ihr Baby so zu sehen, aber vielleicht war ihr das ja doch erspart geblieben. Und ein Hamster konnte wahrscheinlich nicht bis zwölf zählen.

Und der arme Papa, er war bei meiner Geburt einundzwanzig, er wurde ins Erwachsenenleben geworfen und wollte alles richtig machen, aber so war es damals ja, man heiratete in einem Alter, das heute als »jugendlich« gilt. Heute könnte er mit einundzwanzig Jahren noch immer zu Hause wohnen, damals jedoch war er mit siebenundzwanzig Jahren zweifacher Vater und hatte auf dem Heimweg von Simon Engen Foto, wo er als Lehrling angestellt war, seit er einige Jahre zuvor erkannt hatte, dass er Fotograf werden wollte und nicht Bauer, für seine masernkranke ältere Tochter ein Geschenk gekauft.

»Ich wasch mir nur schnell den Fuß, Anne, dann komm ich zurück, wein jetzt nicht mehr, ich komme gleich.«

Ich ließ mich ins Bett sinken und rief nach Mama.

»Ich hab solchen Durst, Mama …«

Sie holte ein Glas Milch, die Milch war lauwarm, wir hatten keinen Kühlschrank, bei Tove hatten sie einen, deshalb bat ich immer um ein Glas Milch, wenn ich bei ihr war, und ich wusste also genau, wie gut Milch eigentlich schmecken konnte. Eigentlich trank ich lauwarme Milch, ohne zu mucksen, jetzt aber nicht.

»Ich will lieber kaltes Wasser«, sagte ich und schluchzte dramatisch, um getröstet zu werden, aber sie holte einfach nur Wasser und Thermometer, drehte mich auf die Seite und presste mir das Thermometer ins Hinterteil, rasch und schmerzhaft, ohne Vaseline an der Quecksilberspitze. Sie hatte bis auf Stillen, Kleiderwäsche, Kochen und Vorlesen am Bett niemals etwas über körperliche Fürsorge gelernt. Sie war bei einer Mutter aufgewachsen, die gesagt hatte: »Geh weg, niemand kann dich leiden.«

Die Hexe.

Dachte Mama je darüber nach, dass ich immer zu Papa lief, wenn ich Trost und seelische und körperliche Nähe brauchte?

Ist ihr das überhaupt aufgefallen? Das muss doch der Fall gewesen sein, und vielleicht war es ihr nur recht, es entlastete sie. Sie hatte mehr als genug damit zu tun, sich um die kleine Elin zu kümmern, die dauernd krank war.

Elin war bei ihrer Geburt mit den langen sensationellen Haaren durch eine doppelseitige Lungenentzündung dem Tode nahe. Mama hatte Schwangerschaftsvergiftung, und auch wenn Elin nicht zu früh geboren war, musste sie noch lange im Krankenhaus bleiben, ehe sie nach Hause durfte. Mama fuhr jeden Tag mit frisch ausgedrückter Muttermilch ins Krankenhaus, sie produzierte Milch in solch monströsen Mengen, dass sie die Brutkästen gleich mitversorgen konnte, und alle beteten sie an.

Elins Krankheit gab ihr und Mama eine ganz andere Nähe, Mama konnte stundenlang mit Elin auf dem Schoß dasitzen. Während ich, wenn ich nachts aus einem Albtraum erwachte, in ihr Schlafzimmer stürzte und unter Papas Decke kroch, auf seine Seite des Bettes, nicht zwischen die beiden. »Aber, aber«, sagte er dann, und sofort war ich wieder eingeschlafen.

Deshalb war ich wütend auf Mama, als ich mehrere Jahre später erfuhr, dass Papa mich nach der Scheidung unbedingt hatte behalten wollen. Denn ich war ja fast zerbrochen, als Papa ohne Vorwarnung ausgezogen war, zwei Jahre, nachdem er das Hamsterchen zertreten hatte. Ich war acht Jahre alt und total unvorbereitet darauf, verlassen und im Stich gelassen zu werden, Erwachsene redeten 1965 mit Kindern nicht über solche Dinge, Kinder waren das Eigentum der Erwachsenen, und niemand glaubte, Kinder hätten eigene Gefühle, die Rücksicht verdienten, denn Kinder waren ja angeblich so anpassungsfähig. Ich kam eines Tages aus der Schule, und er füllte gerade einen Lieferwagen mit seinen Habseligkeiten. Und zu allem

Überfluss sagten sie mir beide nicht, dass Papa mich doch eigentlich haben wollte.

Nicht Papa, immer loyal, und Mama schon gar nicht, denn sie wusste ja genau, worauf ich bestanden hätte, hysterisch, unbeugsam. Sie verriet es erst viel später und erklärte es damit, dass sie mich und Elin nicht hatte trennen wollen, was im Grunde ja eine kluge, mütterliche Entscheidung gewesen war.

Aber wenn ich die Wahrheit sagen soll, dann zerbrach ich wohl ganz, nicht nur fast. Ich blieb zerbrochen, bis ich über zwanzig war, bis ich mit Kaninchensprüngen und durch einige zufällige Puzzleteile, wie das Leben sie eben bringt, meine eigene Familie gegründet hatte, mit Mann und Kind, und dermaßen davon ausging, dass meine Familiengeschichte hier und jetzt anfing, dass ich mich weigerte, am Heiligen Abend mein Zuhause zu verlassen, ein Zuhause, das aus neunundvierzig Quadratmetern in einem Studentenheim bestand. Alle anderen Studierenden verließen dieses Haus mit jubelnder Freude und Erleichterung, als Weihnachten näher rückte, ich dagegen schmückte alles für das Fest.

In einer sechs Quadratmeter großen Küche stellte ich Leberpastete und Lammwurst und Marzipan her, alles mit einem von Hand zu drehenden Fleisch- und Mandelwolf, ich buk sieben Sorten Plätzchen, sogar Rosettenküchlein, was wahnsinnig anstrengend und durch das kochende Schmalz lebensgefährlich war. Ich wurde zur Familienmutter, ich hatte ein Kind, ich bereitete Weihnachten für Mann und Kind und setzte nicht einen Fuß vor meine Türschwelle.

Mama hatte es oft gesagt: »Wenn man Kinder bekommt, wird man zur Familie, und das ist dann Zuhause, noch mehr als das alte Zuhause. Kinder müssen mit den Traditionen ihres Elternhauses aufwachsen, nicht mit denen ihrer Großeltern.«

Vielleicht weil sie selbst als Kind niemals Weihnachten im

Hellelidenvej in Amager gefeiert hatte, sondern von Jahr zu Jahr unterschiedlich bei den verschiedenen Tanten und Onkeln ihrer Mutter und anderen Verwandten oder Freunden, denn Oma hasste es zu kochen und vor Stapeln von schmutzigem Geschirr zu stehen. Sie mochte auch die Gästebetten nicht neu beziehen, sie wollte trinken und lachen und singen und verwöhnt werden.

Deshalb beschloss ich, Zuhause sei Zuhause, an dem Symbolabend des Familienlebens. Finn war verzweifelt über meine Hartnäckigkeit, aber nach zahllosen und intensiven Streitnächten musste er Mitte Dezember aufgeben. Mama und Elin und Finns Eltern könnten gern zu Besuch kommen, sagte ich, und ihre Weihnachtsgeschenke mitbringen, aber sie sollten sie unter unseren Weihnachtsbaum legen und den Abend mit uns teilen, wir hatten ausreichend große Töpfe, um für so viele das Weihnachtsessen zu kochen, und man konnte auch an einem Couchtisch sehr gut das Weihnachtsmahl zu sich nehmen, am Esstisch war nur Platz für drei Personen und einen Kinderstuhl.

Mama und Elin beklagten sich auch nicht, sie fanden es großartig, sie waren begeistert davon, wie schön ich alles gemacht hatte, Finns Eltern dagegen fanden unsere Feier wohl ein wenig schäbig, deshalb blieb es für sie bei der einen Weihnachtsfeier auf neunundvierzig Quadratmetern.

Erst als ich zur Hausfrau im eigenen Haus geworden war, ließ der Schmerz in mir nach, die Sehnsucht, der Schock.

Ich schaffte es, mir nichts anmerken zu lassen, sogar, als Papa uns in dieser kleinen Studentenwohnung besuchte, wo alles improvisiert werden musste, und ich drei verschiedene Kuchen und Schnittchen servierte. Unser Sohn wurde im August geboren, und wir hatten schon unser erstes Weihnachtsfest gefeiert, als er es für angebracht hielt, sich dort blicken zu lassen. Zusammen mit seiner Frau und deren Tochter, der über Nacht ein Papa geschenkt worden war, auch sie war damals acht gewesen, so alt wie die ältere Tochter, die er verlassen hatte.

Papa saß da in unserem rostroten Sessel, mit dem kleinen Stian in den Armen, und ich dachte: Was zum Teufel macht er eigentlich hier?

Die Frau und die Tochter wetteiferten darum, Nettigkeiten über den schönen kleinen Jungen anzubringen, ihre Reden strömten wie Milch und Honig zu meinem einen Ohr hinein und als leere Blasen zum anderen wieder hinaus.

Ich kann in meinem Album die Bilder von diesem Besuch ansehen, damals wurde immer fotografiert, die ganze Zeit, Bilder, die entwickelt und ausgesucht wurden, um in dicke Alben geklebt zu werden, so machten wir das damals, alle machten das, und ich lächele und lächele, und der Tisch biegt sich unter Kuchen und Kaffeetassen und Blumen und Geschenken, die sie mitgebracht hatten, und auf dem Sofa und neben den Geschenken liegt zerknülltes Geschenkpapier, auf dem Boden achtlos hingeworfene Bändchen, es sieht richtig gemütlich aus, ein Besuch bei einer frischgebackenen Mutter, und während sie dort saßen, dachte ich: Wer sind diese Leute eigentlich? Ich brauche diese Leute doch gar nicht in meinem Leben. Kann ein Vater einfach in der Zeit von acht bis vierundzwanzig Jahren seine Tochter vergessen, um dann mit Geschenken und Blumen anscharwenzelt zu kommen und sein Enkelkind in den Armen zu halten und sich lächelnd abbilden zu lassen, als wäre er ein ganz normaler, vertrauter Großvater?

Außerdem hatte er sich selbst einen neuen Namen gegeben. Er hieß nicht mehr Papa, sondern Vater. Das passierte gleich nach seinem Auszug. Auf den Paketaufklebern zu Weihnachten stand nun »Für Anne, von Vater«. Und auf allen Weihnachtskarten, die im Laufe der Jahre eintrudelten, zusammen mit immer billigeren Geschenken. »Fröhliche Weihnachten, Anne, von Vater und der restlichen Bande.« Die Tochter, die er gegen mich eingetauscht hatte, bekam mit zwölf Jahren zu Weihnachten einen Fotoapparat, ich bekam ein leeres Fotoalbum, obwohl ich nicht einmal eine Kamera besaß. Mit vierzig bekam ich zu Weihnachten einen Kerzenhalter geschickt, das Preisschild klebte noch immer daran, er hatte siebenundzwanzig Kronen gekostet und landete sofort im Abfall. Vater vergaß jeden einzelnen Geburtstag, meinen achtzehnten und den zwanzigsten, und Elin vergaß er total, sie war ja noch so klein gewesen, als er gegangen war, erst drei, er hatte keine Beziehung zu ihr, er hatte mehr als genug mit seiner neuen Familie zu tun, seine Frau hatte neben der Tochter, die so alt war wie ich, noch drei Kinder, und alle übernahmen sofort seinen Nachnamen, einfach so, und niemals wären sie auf die Idee gekommen, ihn mit einem so kindischen Namen zu benennen wie *Papa*.

»Bitte sehr«, sagte Papa, er hatte sich das Hamsterblut vom Fuß gewaschen und saubere Socken angezogen. »Bitte sehr«, sagte er, der zu diesem Zeitpunkt noch immer *mein* Papa war, ein erwachsener Mann, der für mich einfach selbstverständlich war, denn so ist es mit bedingungsloser Liebe, wenn man ein kleines Kind ist, man weiß nicht einmal, dass es bedingungslose Liebe genannt wird, es ist einfach da, wie Luft und Atem und Schlaf, etwas, nach dem man jederzeit die Hände ausstrecken kann, es ist da, natürlich ist es da, es besteht kein Grund, auch nur im Geringsten dankbar zu sein, es ist einfach da, so überzeugend wie der Boden unter dir und der Himmel über dir.

»Jetzt musst du aber auspacken«, sagte Papa und reichte

mir, seiner sechs Jahre alten Tochter, das viereckige Päckchen, von dem ich nur noch vage wusste, dass er es in der Hand gehalten hatte, als auf dem blauen Linoleum alles rot und nass zerspritzte. Ich nahm das Geschenk müde entgegen und schluchzte, sie hatten mir noch nicht die Nase geputzt, ich lag erschöpft in den Kissen und konnte das Päckchen nur mit Mühe richtig ansehen.

»Jetzt ist sie schon bei neununddreißig, wir müssen Savosnick anrufen«, sagte Mama.

»Aber wir wissen doch, dass es Masern sind, mehr kann er da wohl auch nicht tun.«

»Das hast nicht du zu entscheiden, du bist ja den ganzen Tag bei der Arbeit, was hier zu Hause läuft, weiß ich.«

»Wo sind die anderen, Mama? Caroline und …«

»Sicher hinter dem Herd, wie immer«, sagte sie mit einem raschen Lächeln, dann drehte sie uns den weichen runden Rücken zu und verließ das Zimmer.

Der Herd hatte Räder, das entdeckten wir, als Caroline und die Jungen sich zum ersten Mal darunter verirrt hatten. Ich hatte furchtbare Angst, sie könnten sich auf Dauer dort niedergelassen haben, und ich würde sie niemals wiedersehen, aber Mama hatte ganz gelassen den Herd langsam und vorsichtig nach vorn gezogen.

Und da saßen sie, die ganze Bande, kauend und blinzelnd, vom plötzlichen Licht überrascht und bloßgestellt. Mama putzte nicht jeden Tag zwischen Wand und Herd, deshalb war das hier zur Lieblingsstelle der kleinen Hamsterfamilie geworden, ein Ort, der ein Büfett aus Kartoffelstückchen und Bratenfettspritzern und ab und zu einer Erbse und eigentlich Resten von allem aufweisen konnte, das oben in Töpfen und Pfannen zubereitet wurde.

»Aber willst du denn nicht auspacken, Anne?«, fragte Papa.

Ich öffnete das Päckchen, das zum Glück nicht zugebunden war, ich war zu mitgenommen und müde, um Schleifen aufzubinden. Und niemand hatte mir die Nase geputzt, deshalb schniefte ich heftig.

»Ich muss mir die Nase putzen.«

»Ich hole Klopapier«, sagte Papa.

Als er zurückkam, hatte ich das Päckchen geöffnet, ich lag da und sah es an, es war ein Buch, aber ich konnte mich fast nicht bewegen.

»Gefällt es dir nicht? Es ist ein Liederbuch, Anne-Cath Vestly hat es gemacht, die mit den Knorzel-Büchern, die ich dir vorgelesen habe«, sagte er und putzte mir die Nase.

»Kannst du nicht Caroline suchen, Papa. Und alle anderen. Die sollen hier bei mir sein.«

»Martin! Kümmer dich um Elin. Ich geh zu Elsa zum Telefonieren und rufe Savosnick an«, sagte Mama in der Diele.

Papa holte Elin mit ihrem Stühlchen und stellte sie vor meinem Bett ab. Danach ging er auf Hamsterjagd und fand Caroline und ihre elf Jungen, die er dann behutsam auf meinem Kopfkissen absetzte. Sie waren daran gewöhnt, dort zu liegen, und sofort kamen sie zur Ruhe, in einem Kranz aus beruhigendem, atmenden Pelz, mit einer Ausnahme, einem kleinen Hamster, der sich zur Abendwäsche mitten auf meinen Brustkasten setzte, die Hinterbeine zu beiden Seiten gespreizt, um auf der beweglichen Unterlage das Gleichgewicht zu halten. Er putzte sich blitzschnell und geduldig Gesicht und Ohren und fuhr sich mit seinen winzigen Händchen über das Fell, so, wie er es von seiner Mama gelernt hatte, die schon an meiner linken Wange eingeschlafen war.

Ich schlief auch ein, während Papa über den Mann sang, der »in einen Wald ging und eine Krähe schoss, und dann fiel sie runter«, und ich erwachte, als Dr. Savosnick sich über mich beugte, lächelnd, mit gütigen Augen unter kohlschwarzen buschigen Augenbrauen, und mir eine kühle Hand auf die Stirn legte. Er war oft bei uns, weil Elin von ihrer Geburt an so viel krank gewesen war, und er war »einer der Juden, die unbegreiflicherweise Auschwitz überlebt« hatten, wie Mama mir einmal gesagt hatte.

»Was bedeutet das, Mama?«

»Ach nein, denk da nicht mehr dran. Ich habe mich für einen Moment vergessen. Du bist doch noch ein kleines Kind.«

»Das wird zu warm, Anne«, sagte Savosnick leise. »Du hast so hohes Fieber, und da müssen die Tierchen doch in ihrem eigenen Bett liegen, und wir müssen hier ein Fenster aufmachen.«

Papa und Savosnick legten die schlafenden Hamster vorsichtig in die Apfelkiste.

»Wo ist Mama, Papa? Kann ich nicht wenigstens Caroline hierhaben?«

»Nein, das wird zu warm«, sagte Savosnick. »Und eine Hamstermama muss bei ihren Hamsterkindern sein, wenn die Nacht kommt.«

»Sie ist mit Elin im Badezimmer«, sagte Papa. »Jetzt musst du dich ausruhen und gesund werden. Dr. Savosnick glaubt, du hast so hohes Fieber, weil du dich so aufgeregt hast. Und das mit dem Jungen tut mir schrecklich leid, Anne. Ich wollte das wirklich nicht, es war ein Versehen.«

»Das weiß ich, Papa. Es macht nichts. Caroline sieht nicht so schrecklich traurig aus.«

»Morgen früh geht es dir bestimmt viel besser, Herzchen. Schlaf jetzt. Ich lasse die Tür angelehnt. Ruf mich einfach, wenn du wach wirst und vor irgendetwas Angst hast.«

Als Papa auszog und sich eine neue Familie zulegte, begann die Zeit, die Mama später als die »finstersten vier Jahre meines Lebens« bezeichnete. Es fing damit an, dass ich aus der Schule nach Hause kam, Ende März, als Papa und ein fremder Mann gerade die eine Hälfte des Doppelbettes aus der Haustür bugsierten, die ein Kind aus dem Treppenhaus B für sie offen hielt. Vor dem Eingang stand ein Lieferwagen. Mein erster Gedanke war, das Bett sei zerbrochen und müsse in Reparatur, aber das Kind, das die Tür aufhielt, flüsterte, als ich mich vorbeidrängte:

»Dein Vater zieht aus.«

Mama war nicht in der Küche, und der Kinderstuhl war leer. Papa und der Mann kamen herein, und jeder nahm einen Karton.

»Was hast du vor?«, fragte ich.

»Deine Mutter will mich nicht mehr hierhaben, also muss ich leider ausziehen.«

»Ausziehen?«

»So ist das, Anne.«

»Aber wo ist Mama?«

»Sie hat sich mit Elin im Badezimmer eingeschlossen.«

Ich klopfte an die Badezimmertür.

»Mama …? Mama?«

»Ja?«

»Warum darf Papa nicht mehr hier wohnen?«

»Das hab ich nie gesagt!«, rief sie.

»Aber sie hat sich so verhalten, als ob sie mich nicht mehr hierhaben wollte«, sagte er und trug den Karton aus der Wohnung.

»Er hat sich eine andere gesucht, Anne! Das war nicht meine Schuld!«

Elin fing an zu weinen.

»Mach dir ein Brot, Anne, und denk nicht mehr daran. Ich komm raus, wenn sie gefahren sind.«

Neben dem halben Doppelbett nahm er den Schreibtisch und den Schreibtischsessel mit, die Kiste mit allen Rahmengläsern, die er für die Bauernhofbilder brauchte, die langen Rahmenleisten, die er mit einer kleinen Säge schräg zerteilte, wenn der Rahmen zusammengeklebt und genagelt werden sollte, seine gesamte Fotoausrüstung, den Koffer mit Objektiven und Zwischenringen und die Sachen aus Gaza.

Die Sachen aus Gaza hatte er aus dem Mittleren Osten mitgebracht, als er als UNO-Soldat dort gewesen war, ich war so stolz darauf, wenn ich andere Kinder zu Besuch hatte, ich kannte keine anderen mit einem Vater, der ein richtiger Soldat an einem Ort mit echtem Krieg gewesen war. Er war mit Lampenschirmen in knalligen Farben, Schemeln mit Messinggriffen in Form von blanken Kugeln, die Mama oft putzte, und aus kleinen bunten Lederstücken zusammengenähten Puffs aus Gaza zurückgekehrt.

Er hatte auch einen großen Weidenkorb mitgebracht, in dem Mama Garn und Strickzeug aufbewahrte, der Korb war hellgelb und schön und hatte einen gelben Deckel zum Aufklappen. Aber den ließ er bei uns. Er öffnete nur den Deckel, schaute in den Korb und schloss den Deckel dann wieder.

Ich aß eine Scheibe Brot mit Bananencreme ohne Butter und trank lauwarme Milch und sah zu, wie er und der Mann die Sachen wegtrugen. Im Badezimmer war jetzt alles still. Am Ende zog Papa einfach die Tür hinter sich zu, ohne Auf Wiedersehen zu sagen, und Mama rief:

»Ist er weg?«

Ich rannte ins Schlafzimmer und sah, wie der Lieferwagen mit zwei Köpfen hinter der Windschutzscheibe losfuhr.

»Ja! Jetzt sind sie weg!«

Mama weinte nur, rund um die Uhr. Auch Elin weinte. Mama war oft drüben bei Elsa zum Telefonieren, und wenn sie zurückkam, weinte sie noch mehr. Ich schmierte für uns alle drei Brote, und ich ging mit der Einkaufsliste in den Laden, wenn ich Mama so lange gedrängt hatte, bis sie mir half zu überlegen, was wir brauchten. Sie weigerte sich, die Wohnung zu verlassen.

»Ich kann den Leuten nicht in die Augen schauen. Was für eine Schande. Ich bin erschlagen. Er hat mein Leben ruiniert.«

Ich ging jeden Tag nach der Schule mit Elin los, ging mit ihr zum Spielplatz und schaute kleine Ewigkeiten lang zu, wie sie im Sandkasten herumwühlte, mit Eimer und Spaten und Sandkuchenförmchen aus buntem Plastik.

»Musst du auf sie aufpassen, weil dein Vater ausgezogen ist?«

»Ja.«

»Warum ist er denn ausgezogen?«

»Weiß ich doch nicht.«

Ich machte Hausaufgaben, ohne von Mama dazu aufgefordert zu werden, ich kümmerte mich um Caroline, die jetzt zwei und damit ein alter Hamster war, ich versuchte sogar, den Boden zu putzen, aber das schaffte ich nicht, Mama nahm mir den Schrubber weg und machte da weiter, wo ich aufgehört hatte. Stattdessen stellte ich eine Rolle Klopapier auf den Küchentisch und wischte um Elins Kinderstuhl herum, sodass wir zumindest nicht in alles traten, was sie beim Essen fallen ließ. Mama wusch Kleider und Elins Windeln, badete Elin und buk Brot, so wie sie es immer getan hatte. Aber früher hatte sie dabei immer geredet oder gesungen und gesummt, und jetzt war sie verstummt.

Da ich jetzt einkaufte, sah ich, wie das Portemonnaie immer leerer wurde.

»Hast du noch Geld, Mama?«

»Ein bisschen. Er hat an dem Tag, als er gegangen ist, ein paar Scheine in meinen Schrank geworfen.«

Mama hatte einen eigenen Küchenschrank mit Schmuckkästchen und Alben und Halstüchern und Nylonstrümpfen und Lockenwicklern und vielen anderen Dingen, die ich nicht kannte, der Schrank war so hoch oben, dass ich auf einen Hocker steigen musste, um mit der Hand hineingreifen zu können, aber ich kam nicht hoch genug, um hineinzuschauen, ich konnte nur die Bilder sehen, die sie innen an die Tür geklebt hatte, Bilder von Jim Reeves, die sie aus Illustrierten ausgeschnitten hatte, Jim Reeves und seiner Band. In weißen Anzügen mit rotem Revers.

Papa schickte einige Umschläge mit Geldscheinen, ich holte die Post, wenn ich ohnehin mit Elin spazieren ging, Mama wollte nicht einmal die beiden kleinen Treppen zum Briefkasten hinuntergehen. Ich erkannte seine Schrift und sah das Geld, wenn Mama die Umschläge öffnete. Aber am Ende war der Schrank leer.

Für eine ganze Weile wurde Frau Wold aus dem Erdgeschoss die Rettung. Herr und Frau Wold waren das einzige kinderlose Paar im ganzen Block. Frau Wold war außerdem, neben Elsa mit dem Telefon, die Einzige, zu der Mama in der ersten Zeit nach Papas Auszug Kontakt hatte. Als kinderlose Frau konnte sie sich kümmern und kam zu Mama zum Kaffee. Sie tröstete Mama und schimpfte sie aus. Ich hörte vom Schlafzimmer aus zu und stimmte in jeder Hinsicht mit Frau Wold überein.

»Du musst rauskommen, Birte, du musst weiterkommen,

du kannst nicht einfach nur herumjammern. Und es ist zudem eine viel zu große Verantwortung für Anne, sie ist doch erst acht.«

»Anne macht das sehr gut.«

»Aber sie ist erst acht.«

Frau Wold kaufte Mama sehr viel ab. Kristallgläser und Schmuck, Silberbesteck und bestickte Tischdecken, das brachte Geld, von dem wir leben, mit dem wir Rechnungen bezahlen konnten. Vierzig Jahre später rief sie mich an, ganz plötzlich, und fragte, ob ich nicht irgendwann einmal vorbeischauen könnte, sie wolle mir etwas zeigen. Sie und ihr Mann wohnten noch immer in der Blockwohnung in Moholt, die Wohnung war spiegelverkehrt zu unserer von damals, und sie hatten niemals Kinder bekommen. Ihre Schwelle zu übertreten, war, wie in der Zeit zurückgeworfen zu werden, sie servierte am Küchentisch Kaffee und Berliner. Aber die Aussicht war eine andere, die Bäumchen meiner Kindheit waren zu riesigen und stattlichen Kiefern und Lärchen geworden.

»Ich konnte das alles nicht brauchen, wir hatten doch selbst genug. Ich habe mir damals notiert, was ich gekauft und was ich dafür bezahlt hatte. Du kannst alles zum selben Preis zurückkaufen. Das habe ich schon damals gedacht. Das Silber ist übrigens nicht echt. Es ist versilbert, das siehst du am Stempel.«

»Aber zum selben Preis?«, fragte ich. »Das ist doch vierzig Jahre her.«

»Ja. Zum selben Preis. Ich will nicht mit dem Elend anderer spekulieren. Und ich werde jetzt alt. Meine Neffen und Nichten sind gierige Ratten. Ich will nicht, dass die das hier an sich reißen, wenn Arne oder ich plötzlich sterben. Du kannst alles mitnehmen und dann einfach das Geld auf mein Konto überweisen, ich schreibe dir die Nummer auf. Du machst das sicher per Computer. Das tun ja jetzt alle. Arne und ich machen es per Überweisungsschein. Und dann musst du mit Elin teilen. Ihr habt mir leidgetan, ich habe gemacht, was ich konnte. Aber am Ende gab es nichts mehr, was ich kaufen konnte, und sie musste den schweren Gang zum Sozialamt antreten. Sie hat es ihren wöchentlichen Gang nach Canossa genannt, das weiß ich noch.«

Ich habe Mama nie erzählt, dass ich alles von Frau Wold zurückgekauft hatte. Mama wohnte in einer Sozialwohnung in Stovner und wäre durchaus fähig gewesen, alles, was ich ihr gegeben hätte, gleich wieder zu verkaufen.

Und es kam der Tag, an dem sie dann wirklich zum Sozialamt gehen musste, fast ein halbes Jahr war vergangen, seit Papa ausgezogen war, und oben in Mamas Schrank lagen Rechnungen, die mit der Post gekommen waren, und von denen ich wusste, dass sie nicht bezahlt waren, ich dachte die ganze Zeit an sie, und wenn ich einkaufen ging, kaufte ich deshalb Sirup statt Bananencreme, Sirup war nämlich viel billiger, und ich sagte Mama, die Bananencreme sei ausverkauft gewesen. Ich tat auch so, als ob ich vergessen hätte, zum Beispiel italienischen Fleischsalat zu kaufen, den Mama so gern aß. Der war teuer, viel teurer als jeder andere Belag.

»Das Regal war leer«, sagte ich.

Und wenn auf der Einkaufsliste Salami stand, kaufte ich Cervelatwurst und behauptete, die äße ich lieber als Salami.

Ich stellte auch fest, dass brauner Zucker billiger war als weißer, dass Margarine billiger war als gute Butter, und dass Rosinen sehr billig waren und auf Brot gegessen werden konnten. Man musste die Rosinen einfach fest in die Margarine drücken, dann hingen sie am Brot fest. Die Schulbrote schmierte ich selbst, und dann legte ich zwei Scheiben aufeinander, damit der Belag nicht zu sehen war.

Die Sozialhilfe wurde bar ausbezahlt, einmal pro Woche, jeden Dienstag. Mama musste am frühen Morgen mit dem Bus in die Innenstadt fahren und sich mit Elin auf dem Arm in der Schlange anstellen, die sich die ganze Treppe zum Sozialamt im ersten Stock in einem riesigen Steinhaus hochzog.

»Alle stehen auf der äußeren Treppenseite, auf jeder Stufe einer«, sagte sie.

Sie hatte immer Angst, jemand von »den Verlierern« könnte den Kinderwagen stehlen und weiterverkaufen. Sie erzählte, die Schlange stinke nach frischem und altem Suff, und dass sie fast immer die einzige Frau sei.

»Elin ist jedenfalls immer das einzige Kind. Ab und zu steht da eine Bordsteinschwalbe, mit zerrissenen Nylonstrümpfen in ihren Lackstiefeln. Igitt.«

»Bordsteinschwalbe?«

»Das verstehst du, wenn du älter bist. Und an allem ist dein Vater schuld, Anne, das darfst du nie vergessen.«

Nach einem Jahr kam die Sozialhilfe per Postanweisung. Dann erfuhren alle, dass wir »von der Stütze lebten«, nachdem der Postbote eines Tages aus Versehen die Postanweisung in den falschen Briefkasten geworfen hatte. Frau Wold hätte das nie verbreitet, Elsa auch nicht, leider landete die Postanweisung bei keiner von beiden. Ein Vater aus dem Nachbaraufgang sagte zu Mama, als er ihr auf dem Weg zum Laden begegnete:

»Ach was. Sind das meine Steuern, die bei dem schönen Wetter hier spazieren gehen?«

Die Sozialhilfe reichte nicht einmal für das Allernötigste. Ich hatte damals nur eine lange Hose, und als am Ende das eine Knie so nachdrücklich zerrissen war, dass Mama es nicht mehr flicken konnte, musste ich von der Schule zu Hause bleiben und auf Elin aufpassen, während Mama mit dem Staubsauger in die Stadt zum Pfandhaus fuhr, weil Frau Wold schon einen Staubsauber hatte. Ich lief im Schlafanzug herum und spielte mit Elin und wartete auf die neue Hose, und Mama kam mit einer himmelblauen Stretchhose zurück, richtig modern mit Gummiband unter der Fußsohle, das die Hose stramm und fest sitzen ließ.

»Ja, was wollen wir mit einem Staubsauger, wenn man die Teppiche einfach ausschütteln kann. Die steht dir gut, Anne. Und ich konnte auch noch ein bisschen neue Unterwäsche kaufen, für uns alle drei.«

Damals hatte Mama damit aufgehört, tagsüber zu weinen. Und nun hörte auch Elin auf und war fast nie mehr krank.

»Ich werde deinem Vater verdammt noch mal zeigen, dass ich allein zurechtkomme. Und der Vollidiot aus dem Nachbaraufgang soll sich bloß keine Sorgen um seine Steuern machen. Er ist sicher nicht der Einzige, weißt du, die klatschen bestimmt überall hier beim Abendessen.«

Dass sie sich nun zusammenriss, führte dazu, dass sie nicht mehr nur mit Hausfrauen zusammenkam. Sie hatte sich offenbar ganz einfach dazu entschlossen, nicht mehr darauf zu achten, was die anderen von uns hielten. Und die anderen Hausfrauen schienen sie fast ein wenig zu bewundern. Eine sagte ganz offen, sie beneide Mama, die nicht zusätzlich zur ganzen Hausarbeit auch noch einen Mann versorgen müsse. Mama war die einzige alleinstehende Mutter im ganzen Block.

Wir Mädchen aus dem Haus hatten viele Singspiele, und bei einem gingen wir Hand in Hand auf die Jungen zu und sangen dabei:

»Wir rücken vor. Auf Wand und Tor.«

Und dann klammerten wir uns aneinander fest und rissen die Jungs um, wenn sie sich nicht rechtzeitig in Sicherheit brachten.

Mama kannte dieses Singspiel nicht, aber sie schien es trotzdem unbewusst zu ihrem Mantra gemacht zu haben. Ich brauchte nicht mehr einzukaufen, jetzt war sie diejenige, die am Essen sparte und alles über Bananencreme und Sirup, braunen und weißen Zucker, Margarine und gute Butter entdeckt hatte und kreative und leckere Lösungen für Mahlzeiten aus den billigsten Zutaten fand. Sie stellte auch einige Jahre später fest, dass eine Wohnung in der Kongens gate mit Hinterhofklo viel billiger war als eine moderne Dreizimmerwohnung mit Badezimmer bei einer Wohngenossenschaft, wo sie noch dazu ihre Kaution von vierzehntausend Kronen zurückbekam, als wir auszogen.

Sie kaufte nie mehr italienischen Wurstsalat, außer zu Weihnachten und Ostern, und keine Essensreste wurden jemals weggeworfen, nicht einmal altes Brot. Sie kratzte den Schimmel weg, schnitt das restliche Brot in Würfel und kochte es mit Malzbier und Zuckerrübensirup – der war billiger als Rohrzuckersirup –, bis es einen dicken Brei ergab. Das nannte sie »Kinderbierbrot«.

»Echtes Bierbrot muss mit dunklem Erwachsenenbier gekocht werden, aber eigentlich schmeckt das hier besser«, sagte sie.

Wir verzehrten es warm oder kalt, mit etwas Milch.

Mama hatte nie besondere Lust, über unsere negativen Erlebnisse in diesen vier Jahren zu sprechen, nachdem Papa ausgezogen war und ehe sie über den Mann einer Nachbarin die Stelle in der Plastiktütenfabrik fand. Der Mann arbeitete schon dort, und Mama lernte ihn kennen, weil sie feststellte, dass sie die gleichen Kreuzworträtsel löste. Sie fingen an, das gemeinsam zu machen, und auf diese Weise erfuhr Mama, dass bei Rambech eine Stelle frei war. Sie konnte die Sozialhilfe aufgeben und als Tütenpackerin anfangen, um später zur Maschinenführerin aufzusteigen. Wenn sie etwas aus jener Zeit erwähnte, dann Geschichten über das allerärmste Wochenende, als ich durch die Gegend radelte und leere Flaschen suchte. Ich wollte Hefe kaufen, damit sie mit dem Mehl, das wir noch hatten, irgendetwas backen könnte.

Eines Vormittags, als sie alt war, und als wir im Hotel Bristol in Oslo etwas aßen, sagte sie plötzlich:

»Ist es eigentlich gut für eine Autorin, Anne, eine traurige Kindheit gehabt zu haben?«

»So traurig war die nun auch wieder nicht.«

»Du weißt schon, was ich meine.«

»Doch, Mama, das ist wahnsinnig gut.«

»Bist du jetzt sarkastisch?«

»Eigentlich nicht. Ich nehme nämlich nichts für selbstverständlich. Und ich weiß, dass man sich alles erarbeiten muss, dass nichts von selbst kommt.«

»Manche gewinnen aber im Lotto.«

»Darauf kann man sich nicht gerade verlassen.«

»Aber manche gewinnen. Das sehe ich doch an jedem einzelnen Samstag.«

»Das weiß ich, Mama. Aber die Chance, im Lotto zu gewinnen, ist so groß wie die, im Schlosspark von einem Tiger gefressen zu werden.«

»Der könnte doch aus einem Zirkus ausgebrochen sein, man weiß ja nie. Aber damit wären dann zumindest die Krabben überstanden. Hier gibt es auf den Broten immer so viele

Krabben, zu Hause hätte ich davon mindestens fünf machen können. Dann seh ich noch mal am Kuchenbüfett vorbei, Anne.«

Als Mama aufhörte zu weinen und wagte, der Lage ins Auge zu blicken, und als es auch nichts mehr gab, was sie Frau Wold hätte verkaufen können, hatte sie eingesehen, dass mehr Geld hereinkommen musste. Und in nur einem kurzen Monat wurde unser gesamtes Dasein in der Dreizimmerwohnung von siebenundsiebzig Quadratmetern auf den Kopf gestellt. Zuerst wurden beide Schlafzimmer als zu vermieten annonciert, und zwei Abende nacheinander kamen fremde Menschen, um sich die Zimmer anzusehen. Mama nahm alle ganz genau unter die Lupe.

»Ich sehe sie mir an, Anne. Ich bin eine gute Menschenkennerin.«

Das größere Schlafzimmer wurde an eine junge Dame vermietet, Aud Jensen aus Tromsø, die als Sekretärin arbeitete.

»Während ich auf einen Mann warte«, sagte sie. »Und heiraten und eine eigene Wohnung suchen kann.«

Aud Jensen, oder »die Audienz«, wie Mama sie nannte, wenn Aud Jensen nicht in der Nähe war, benahm sich nicht ganz nach Mamas Erwartungen. Mama hatte gedacht, sie werde ein wenig Bescheidenheit an den Tag legen, jetzt, wo sie zur Untermiete wohnte. Aber Aud Jensen, die sich jeden Abend in unserer Küche zwischen fünf und halb sechs ihr Essen kochen durfte, hielt sich durchaus nicht zurück.

Sie müsse einfach jeden Tag Kartoffeln essen, behauptete sie, und Fisch an mindestens vier Tagen pro Woche, und dazu Gemüse, und sie brauchte einen kleinen Topf für zerlassene Butter. Sie hinterließ einen Stapel schmutziges Geschirr, das sie danach noch spülen musste, wenn sie ausgiebig in ihrem

Zimmer gegessen hatte. Damit überschritt sie die ihr zugeteilte halbe Stunde ganz gewaltig.

Außerdem wusch sie jeden Abend im Badezimmer Kleider, die dann dort hingen und tropften, ehe sie in ihrem Zimmer über Nacht fertig trocknen konnten. Elin und ich mussten unter Vorhängen aus feuchten Nylonstrümpfen und BHs und Blusen unsere Abenddusche erledigen.

»Sie verbraucht heißes Wasser, als ob es nichts kostete«, sagte Mama. »Als ob es so warm gleich aus dem Boden kommt! Ich glaube, sie spült ihre Kleider mindestens viermal aus.«

Aud Jensen vergaß auch immer, den Heizkörper auszuschalten, ehe sie zur Arbeit ging, das sahen wir ja dem Strommesser in der Küche an, deshalb musste Mama die Heizung abdrehen und dann ganz schnell wieder einschalten, ehe die Audienz um fünf Uhr nach Hause kam. Aud Jensen schloss ihre Zimmertür hinter sich ab, aber sie wusste nicht, dass unser Schlüssel für beide Schlafzimmer und für das Badezimmer passte.

Der andere Untermieter, der das kleinere Zimmer bekam, konnte Aud Jensens grenzenlose Anwesenheit bis zu einem gewissen Grad ausgleichen. Es war ein junger, sehr zurückhaltender Mann, Kjell Werner. Mama nannte ihn den »jungen Werther«. Wir sahen ihn fast nie. Er war Lehrling in einer Werkstatt und fuhr am Wochenende nach Hause, was Aud Jensen niemals tat. Samstagnachmittag waren Duschen und Schminken und Lockenwickler und Ein und Aus im Badezimmer angesagt, ehe sie auf himmelhohen Absätzen davontrippelte. Dann wollte sie *zum Tanz.*

»Neben der Audienz komme ich mir vor wie eine graue Maus«, sagte Mama manchmal zu Elsa von gegenüber. »Da ist es schon etwas anderes mit dem jungen Werther und seinen Leiden, bei dem entwickele ich mütterliche Gefühle, es kommt mir vor, als ob er versucht, mit seinem Schatten zu verschmelzen. Der arme Junge. Wir können nur hoffen, dass er am Wochenende alles nachholt, wenn er bei sich zu Hause ist.«

Kjell Werner pisste nur vorsichtig auf dem Klo, wenn er sicher war, dass es frei war, und wusch sich danach ganz schnell die Hände. Er duschte dort nie und wusch auch keine Kleider. Und er kochte nie in der Küche, was eigentlich in Ordnung war, denn er hatte die halbe Stunde nach Aud Jensen, wenn sie noch spülte und die ganze Zeit redete, nicht mit Mama, sondern auf Mama ein, ohne Unterbrechung. Dann musste ich mich mit meinen Hausaufgaben ins Wohnzimmer setzen, das nicht geheizt wurde, denn es war jetzt für uns alle drei zum Schlafzimmer geworden.

Wir hatten ein Sofa und zwei Matratzen auf dem Boden, Mama schlief auf dem Sofa. Unsere Kleider lagen in zwei Kommoden. Es war eigentlich ziemlich gemütlich, aber natürlich konnte ich keine Freunde mit nach Hause bringen. In diesen Jahren hatte ich nie Besuch, ich war bei den anderen, vor allem bei Tove einen Aufgang weiter. Sie hatten zudem Fernsehen, und das hatten wir nicht. Aber es machte keinen Spaß, im Winter im Wohnzimmer Hausaufgaben zu machen, auch wenn ich mich in Elins und in meine eigene Decke wickelte, während ich hörte, wie Aud Jensens Stimme wie ein summender Motor das Klappern des Abwaschs überlagerte. In derselben Sekunde, in der sie in ihr Zimmer ging, war ich wieder in der Küche.

»Ich lasse sie einfach reden«, sagte Mama zu Frau Wold, »weil nichts davon, was sie sagt, für mich interessant ist. Ich interessiere mich weder für Nordnorwegen noch für Fische, Probleme mit Nagellack und Schreibmaschinen, oder für

Männerfang. An dem Tag, an dem ich ihr kündigen kann, werde ich glücklich und erleichtert sein. Kein Schlafzimmer zu haben ist das eine, aber das Schlimmste ist, wie sie sich in Bad und Küche breitmacht. Reißt alles an sich, als ob es ihr gehört. Sind die im Norden vielleicht alle so?«

Es war trotzdem eine geräumige Küche, mit Platz für einen großen Esstisch und einen Sessel in der einen Ecke. Und hier wohnten wir, wir feierten hier sogar den Heiligen Abend und hatten Platz für einen kleinen Baum neben dem Sessel.

Aber auch zwei Untermieter brachten nicht genug ein.

»Mit der Sozialhilfe können wir überleben, aber mehr auch nicht«, sagte Mama, sie informierte mich über alles, was mit unserer Finanzlage zu tun hatte.

Deshalb legte sie sich nicht nur ein, sondern gleich drei Tageskinder zu, zwei davon waren Geschwister, alle noch in Windeln. Es waren Stoffwindeln, innen Gaze und außen Musselin. Von nun an standen immer zwei Windeleimer im Badezimmer, wo die Windeln geleert oder über der Toilette ein wenig gesäubert wurden, ehe sie nach jedem Wechsel eingeweicht wurden. Im Badezimmer war kein Platz für einen Wickeltisch, deshalb wurde das eine Ende des Esstisches zu diesem Zweck benutzt. Elin war natürlich längst aus den Windeln hinaus, kein Kind, das älter als ein Jahr war, benutzte noch Windeln, alle Mütter nahmen das Töpfchentraining sehr genau, um sich die Arbeit des Windelwaschens zu ersparen.

Wenn ich aus der Schule nach Hause kam, aß ich in der Küche meine Brote, wo mindestens ein Kind aus voller Kehle brüllte, der Boden war bedeckt von Essensresten, und Elin lief herum und redete ununterbrochen und kam sich vor wie ein großes Mädchen in einer Schar von Wickelkindern.

Alle drei wurden um kurz vor fünf abgeholt, wenn Aud Jensen ihren Einzug in der Küche hielt.

Die Abende waren Mamas Zeit. Dann las und strickte sie, löste Kreuzworträtsel und hörte Radio. Samstags und sonntags wusch sie unsere Kleider und bügelte unsere Bettwäsche, putzte die Fenster, putzte die Treppe, schrieb lange *bookletters* an Audrey und las Elin und mir vor, immer Hans Christian Andersen auf Dänisch. Ich selbst konnte sehr gut allein lesen, ich las manchmal auch Elin vor. Nachdem Mama die drei Tageskinder bekommen hatte, kaufte sie für Elin und mich auf Raten »Meine Schatzkammer«, ein zehnbändiges Werk, das mit Reimen und Geschichten für kleine Kinder anfing, die späteren Bände aber richteten sich an Jugendliche. Mama hatte Papa sehr früh verboten, mir norwegische Märchen vorzulesen, sie fand sie bestialisch und vulgär.

»Trolle mit abgehackten Köpfen, kleine Jungen, die andere dazu bringen, sich selbst den Bauch aufzuschneiden. Was habt ihr Norweger bloß immer mit den Trollen? Das ist widerlich! Ach, übrigens, die Brüder Grimm kannst du auch gleich vergessen, Martin. Anne kann sie selbst lesen, wenn sie älter wird, aber damit darf man ihr nicht den Kopf füllen, wenn sie schlafen soll. Rotkäppchen und Hänsel und Gretel … Pfui! Sollen kleine Kinder denn Angst haben müssen, sie könnten gefressen werden?«

Papa hatte sich nach diesen Tiraden an Thorbjørn Egner, Astrid Lindgren und Anne-Cath Vestly gehalten, während Mama sich von Onkel Ib ihre alten Andersen-Bücher schicken ließ, die bis dahin in den Bücherregalen ihres Elternhauses in Amager gestanden hatten. Sie war eine gute Vorleserin, sie änderte ihren Tonfall mit dramatischem Effekt und flüsterte oder rief, wie es gerade zur Stimmung passte.

Elin war zu klein, um die Geschichten zu verstehen, hörte aber trotzdem aufmerksam zu. Ich liebte jede einzelne Geschichte, und ich weinte bitterlich, immer wenn Mama »Das Mädchen mit den Schwefelhölzern« oder »Das hässliche Entlein« las, und dann weinte auch Elin.

»Ist das nicht fantastisch«, fragte dann Mama, »dass man sich so hineinsteigern kann! Das schafft nur große Literatur, Anne. Denk daran. Wenn du Bücher hast, bist du niemals einsam.«

Sie war vermutlich der einzige Mensch in dieser Wohnsiedlung am Stadtrand von Trondheim, der gegen Ende der Sechzigerjahre abends das Gilgamesch-Epos las. Und in diesen Jahren sprach sie erstmals über etwas, das sie »unbekannte Sehnsucht« nannte.

Das erste Mal war ein Sonntagnachmittag, sie schaute aus dem Küchenfenster, und plötzlich hatte sie Tränen in den Augen.

»Was ist los, Mama?«

»Nichts. Ich hab nur eine solche unbekannte Sehnsucht.«

»Wonach denn?«

»Ich weiß nicht. Dann wäre sie ja nicht unbekannt. Ich sehne mich einfach weg von hier, nach einem anderen Leben, einem neuen Anfang für alles.«

»Aber du hast doch Elin und mich.«

»Das habe ich. Das stimmt«, sagte sie und schaute mich an und verzog ihren Mund zu einem schwachen Lächeln, an das ich kein bisschen glauben mochte.

Die unbekannte Sehnsucht überkam sie oft am Ende des Wochenendes, wenn alle Hausarbeit erledigt war, und sie schaute aus dem Fenster der Woche entgegen, die jetzt kam, einer Woche, die fast immer eine Wiederholung der vorigen war.

»Hast du jetzt eine unbekannte Sehnsucht, Mama?«, fragte ich dann.

»Ja. Aber das geht sicher bald vorbei.«

Ich selbst hatte eine Fluchtmöglichkeit. Schon mit fünf Jahren war ich jeden Sommer Ende Juni allein mit dem Flugzeug nach Bergen gereist, wo die Mutter meines Vaters mich am Flughafen abholte und mit zu ihrem Hof in Hardanger nahm. Da verbrachte ich dann einen ganzen wunderbaren Sommer, mit eigenem Schlafzimmer, großen Zimmern und viel Verwandtschaft. Nachdem Papa ausgezogen war, bezahlte meine Großmutter jedes Jahr für mich die Reise. Nur ich besuchte sie. Anfangs war Elin zu klein, als sie älter wurde, wurde diese Möglichkeit nicht erwähnt.

Mama brachte mich immer zum Büro der Fluggesellschaft Braathens SAFE im Zentrum, wo das Gepäck aufgegeben und die Bordkarte ausgestellt wurde. Den Rest musste ich allein schaffen, wenn ich dann am Flughafen Værnes war, ich wusste, ich brauchte nur zu der Zahl auf der Karte zu gehen, und dort warteten das Flugzeug und freundliche Stewardessen.

Als ich zum ersten Mal zur Großmutter fuhr, nachdem Papa ausgezogen war, war es schon so weit gekommen, dass Mama tagsüber nicht mehr weinte, aber sie ging noch nicht zum Sozialamt, wir lebten noch immer von dem Geld für die Dinge, die Frau Wold kaufte, und von Papas unregelmäßigen Briefumschlägen.

Ich war allein. Ich freute mich so sehr auf den Besuch bei dieser Oma, dass mir ganz schwindlig wurde, wenn ich nur daran dachte. Tief unten in meinem Hals steckte ein wildes Lachen, und ab und zu kam es als Lächeln heraus.

Mama sah mich lange an, als ich vor dem Flughafenbus von

einem Fuß auf den anderen trat und zusammen mit den anderen Fluggästen ungeduldig darauf wartete, dass sich die Türen öffneten, und dann sagte sie:

»Du hast ja keine Ahnung, Anne, wie tief es mein *Mutterherz* schmerzt, dass du dich so sehr darauf freust, uns zu verlassen, hier wegzudürfen.«

Ich hatte sicher gerade wieder gelächelt, obwohl ich mir alle Mühe gab, das nicht zu tun.

»Das kann ich dir sagen, Anne, ich tue mein Bestes, und das kannst du deiner Großmutter von mir ausrichten, auch wenn sie nicht einmal mehr mit mir telefonieren will.«

»Soll ich das sagen?«

»Ja. Sag ihr das. Dass ich mein Bestes tue. Ob sie das nun glaubt oder nicht.«

Ich kniete mich auf den Sitz und winkte aus dem Busfenster, ich winkte, bis wir auf die Kjøpmannsgate abbogen und ich sie nicht mehr sehen konnte, Mama, die allein zurückblieb, mit der kleinen Elin an der Hand, allein mit ihrer unbekannten Sehnsucht. Jetzt konnte ich das Lachen nicht mehr unterdrücken, und ich schämte mich fürchterlich.

IV

SIEBENUNDVIERZIG JAHRE, NACHDEM PAPA ausgezogen war und nun gerade die düstersten Zeiten auf uns lasteten, erhielt Mama ihren allerersten Inkassobrief. Er war an Elin weitergeleitet worden, die Mamas Testamentsvollstreckerin war, da sie ebenfalls in Oslo wohnte.

Es war eine Rechnung aus dem Pflegeheim Furuset, für die vielen Wochen Verpflegung, und *es sei nicht zu erkennen, dass die Rechnung bezahlt sei,* deshalb sei die Forderung an eine Inkassofirma abgetreten worden.

Hier wird nicht massiert.

Die Rechnung und die folgenden Mahnungen mit immer höheren Mahngebühren waren an Mamas stillgelegten Briefkasten geschickt worden, nachdem Elin und ich nach Ostern ihre Wohnung ausgeräumt hatten und neue Menschen eingezogen waren und fremde Post vermutlich einfach in den Mülleimer geworfen hatten.

Elin rief an und fragte, ob wir denn wirklich für einen Aufenthalt bezahlen müssten, der ihr das Leben gekostet hatte, und sofort wurde die Rechnung annulliert.

»Wenn sie das wüsste!«, sagte Elin. »Inkassobrief! Großer Gott. Sie wäre vor Schande gestorben.«

»Ja, Gott sei Dank, dass sie das niemals erfahren wird.«

Es gab so vieles, das sie niemals erfahren würde, es war eine seltsame Tatsache, dass es so lange dauerte, sich daran zu gewöhnen, wie ein Lernprozess, der parallel zum Trauerprozess verlief. Mindestens ein Mal jeden Tag wollte ich sie anrufen, weil ich etwas im Radio gehört oder in der Zeitung gelesen hatte, etwas, wonach ich sie fragen wollte: Wie hieß denn noch gleich Muhammeds Schwester in Istanbul? Liegt Bukarest in Rumänien oder Ungarn? War das Christian IV., der Norwegen so unendlich liebte, dass er jedes Jahr herkam? Ich hatte es fast als die größte Selbstverständlichkeit betrachtet, nur einen Tastenklick entfernt ein wandelndes Lexikon zu haben. Sie war ja so belesen und zugleich auf alles versessen, was gerade passierte, sie las jeden Tag drei Zeitungen, surfte im Netz, war auf Facebook aktiv, googelte immer, wenn sie etwas wissen wollte, ich ließ mir oft bei meinen Recherchen von ihr helfen, sie gab sich nie geschlagen, solange sie nicht das gefunden hatte, was ich brauchte. Die Neugier trieb sie an, sie hatte nie das Gefühl, ausgelernt zu haben.

Ich verspürte das Bedürfnis, sie anzurufen, wenn skandalöse oder auch schöne Dinge die Nachrichten füllten. Als Lance Armstrong seinen Gang nach Canossa antreten musste, wegen Dopings, war ich froh, dass sie das nicht miterleben musste, wenn ich an all die Stunden dachte, in denen sie seine Karriere verfolgt hatte, die Enttäuschung hätte sie umgebracht.

Aber es kam auch vor, dass ich es tat, dass ich sie anrief und auf ihrem Anrufbeantworter mit seiner fröhlichen Mitteilung landete, und dass mir erst dann alles wieder einfiel. Einmal kaufte ich ein Buch für sie, ich fand es in einem Antiquariat, es ging um dänische Internate in den Vierzigerjahren, einer Zeit, in der Mama selbst in ein Internat verwiesen worden war, nur wenige Kilometer von ihrem Elternhaus entfernt, weil Oma ihre Anwesenheit nicht ertragen konnte und sie nicht einmal an den Wochenenden nach Hause kommen ließ.

Ich warf das Buch auf meinen Schreibtisch und kochte mir erst einmal eine Tasse Kaffee, ich dachte, ich würde es später in einen Umschlag stecken und aufgeben, wenn ich mit dem Hund losging, und erst dann fiel mir ein, dass sie tot war.

Sie konnte Elin nicht mehr im Fernsehen sehen, als Elin beim Terroristenprozess zwei Tage lang aussagen musste. Mama war genau einen Monat zu früh gestorben.

»Sie wäre ganz schön sauer gewesen, weil sie dir den Ton weggedreht haben«, sagte ich zu Elin.

»Das wissen wir nicht. Ich hatte sie darauf vorbereitet, dass es so starker Tobak sein könnte, dass sie es bei der Übertragung zensieren würden. Aber sie wäre trotzdem stolz gewesen.«

Sie erlebte auch das gewaltige Wohlwollen nicht, das Elin und ich bei ihrem Tod gleich vor Palmsonntag erlebten, wir waren beide total erschöpft vor Trauer, Sorge und Frustration. Elin war zudem überarbeitet und musste über Ostern an den Vorbereitungen für den Prozess arbeiten. Sollten wir sie einfach in aller Stille einäschern lassen und die Sache mit der Asche in Amager später arrangieren?

Doch dann wurden die Damen aus Mamas Block aktiv, ältere Damen in Mamas Alter, die ebenfalls in Sozialwohnungen lebten. Sie wollten uns helfen, wir könnten den Tisch im Gemeinschaftsraum im Erdgeschoss decken, und die Fossum-Kirche lag ja nur zwanzig Meter von der Haustür entfernt. Am Dienstag vor Ostern konnten Elin und ich deshalb mit Hilfe von Mamas Nachbarinnen auf wundersame Weise eine Beisetzung in die Wege leiten. Elin hatte eine Freundin, die Floristin war, und die wunderbare Gestecke um die Bahre herum anbrachte, die Tochter einer Nachbarin betrieb einen Cateringservice und wollte für Speis und Trank sorgen, und dem Pastor wurde mitgeteilt, er sei nur für die Liturgie zuständig, ich würde dann alles sagen, was über Mama gesagt werden müsste.

Die guten Nachbarinnen liefen hin und her und deckten und schmückten und stellten Kerzen auf, die gleich danach angezündet werden würden, sie machten die Kaffeemaschinen bereit und brachten das Essen auf die Tische, sodass später nur noch die Frischhaltefolie entfernt werden musste, und dann kamen sie zur Kirche geeilt.

Obwohl Elin und ich noch keine Todesanzeige aufgegeben hatten, das machten wir erst nach Ostern, mit einem Gedicht von Emily Dickinson, war die Kirche voll. Die Buschtrommel hatte sie ohne lange Vorankündigung füllen können. Sogar zwei von Mamas Tageskindern fanden sich ein, sie waren wieder in Kontakt gekommen, als Mama sich bei Facebook angemeldet hatte.

Der Empfang danach wurde zu einem echten Leichenschmaus, bei dem ein Gast nach dem anderen sich erhob und muntere und irrwitzige Anekdoten erzählte, die mit Mama zu tun hatten, und Elin und ich lachten und stießen an und dachten uns einige Monate in der Zeit zurück, ehe alles zugrunde gegangen war. Und die ganze Zeit dachte ich: Mama wäre jetzt glücklich, denn das war eine Trauerfeier so ganz in ihrem Sinn, vielleicht gerade, weil wir keine Zeit gehabt hatten, ruhig und still und andächtig zu planen.

Aber zum Glück brauchte sie nicht mehr zu erleben, wie der Kampf endete, den Elin und ich gegen das norwegische Gesundheitswesen geführt hatten. Denn wir ließen auch nach ihrem Tod nicht locker. Wir zeigten den Stadtteil Stovner wegen seiner Pflichtversäumnisse an und meldeten Mamas Krankengeschichte dem Bezirksarzt. Es wurde eine Untersuchung eingeleitet. Deren Ergebnis gab in bittersüßer Weise

Mama recht in all ihrer pessimistischen Haltung gegenüber der norwegischen Altenfürsorge, ein Pessimismus, den ich immer als grob übertrieben erlebt hatte, geprägt von Sentimentalität und Todesangst. Alte Menschen müssen doch an irgendetwas sterben. So hatte ich gedacht.

Aber dann lasen wir es schwarz auf weiß: *Das Recht auf notwendige Gesundheits- und Pflegedienste beinhaltet nicht das Recht auf optimale Wahrung des Lebensstandards, soll jedoch einen gewissen Mindeststandard nicht unterschreiten.*

Da gaben wir auf.

Elin holte die Urne mit Mamas Asche und stellte sie in ihr Schlafzimmer. Sechs Monate stand sie dort, wo Elin ihr jeden Abend Gute Nacht sagen konnte, dann funktionierte endlich die Logistik, und Mama konnte ihre allerletzte Reise antreten.

DIE MORGENZÜGE NACH KOPENHAGEN waren verspätet.

»Das sind die Oberleitungen«, sagte Tante Lotte. »Die Leute stehlen nachts das Kupfer, das ist jetzt ein Riesenproblem.«

Die Fahrgäste in unserer Nähe mussten zur Arbeit und zur Schule. Unsere kleine Gruppe fiel sicher ein wenig auf, so, wie wir da saßen, dicht nebeneinander, dreizehn an der Zahl, Erwachsene und Kinder, mit großen gelben Rosensträußen in der Hand. Elin hatte Mamas Urne im Rucksack, und wir alle hatten Taschen mit zusätzlicher Kleidung bei uns, für den Fall, dass es kühl würde, es war Oktober, und wir würden doch aufs Meer hinausfahren.

Zuerst hatten wir die Asche am Strand von Amager verstreuen wollen, wir wollten einfach ans Wasser gehen und die Urne leeren, aber Søren und Peter hielten das nicht für eine gute Idee.

»Da sind vielleicht Hunde und Kinder, die im Wasser spielen, und jede Menge Menschen, wenn schönes Wetter ist, und was machen wir dann?«, fragte Peter.

»Und Landwind«, fügte Søren hinzu.

Wir sahen ein, dass wir aufs Meer hinausfahren mussten.

Deshalb hatte ich die Mira gemietet, einen neunzig Fuß langen Schoner vom Ende des neunzehnten Jahrhunderts.

Die Mira wartete schon auf uns, stattlich wogend am

Admiral Kai in Christianshavn, mit turmhohen Masten und goldenem Holz vor weißen Segeln, die noch in Erwartung des Windes auf offener See gerefft waren.

An Deck standen Schüsseln mit Käse und Obst und Broten, Thermoskannen mit Kaffee und Tee, und Limonade für die Kinder. Unten würden sie uns ein Mittagessen servieren, wenn die Asche verstreut wäre.

Die Sonne schien, und es war überhaupt nicht kalt. Wir legten ab und sahen der Mannschaft zu, die mit Segeln arbeitete, deren Namen wir nicht kannten, und Tauwerk, dessen Verwendung wir uns nicht vorstellen konnten. Der Kapitän hatte versprochen, so dicht am Ufer zu segeln wie möglich, ganz am Rande des Steilhangs unter Wasser. Dann wollte er die Mira so legen, dass eine Seite im Lee wäre.

Als wir den inneren Hafen verlassen hatten, setzte die Mira volle Segel und hielt nach Osten. Wir packten die Rosen aus und holten die Urne hervor, und ich hatte auch eine Flasche Eierlikör und Gläser mitgebracht. Die Gläser hatten Mama und ich in Krakau gekauft, wunderschöne Likörgläschen aus geschliffenem Kristall.

»Was ist in der Flasche?«, fragte der kleine Lasse, Sørens Jüngster.

»Eierlikör«, sagte ich. »Aber der ist nur für die Großen. Und für deine Tante Birte. Die hat so gern Eierlikör getrunken.«

»Aber jetzt ist sie doch tot.«

»Sie kriegt trotzdem ein ganz volles Glas«, sagte ich.

Mama liebte den Strand, sie war hundert Meter davon entfernt aufgewachsen und im Wasser wie ein Seehund gewesen. Damals in Oman verbrachte sie jede freie Hotelminute im Schwimmbecken, während ich am Rand saß und mir die

Zeit mit einem Gin Tonic und einem geräumigen Aschenbecher vertrieb.

»Du ahnst ja gar nicht, was du versäumst«, sagte sie. »Bei deiner albernen Wasserscheu.«

»Du hast gut reden. Wenn ich eine Panikattacke kriege«, sagte ich. »Dann ertrinke ich, kann nicht atmen. Hast du keine Angst, im Wasser zu ersticken?«

»Nein. Im Wasser muss man richtig atmen. So einfach ist das. Im Wasser fühle ich mich frei. Ich schwebe, Anne. Und dann kann ich richtig atmen.«

Der Kapitän legte die Mira auf eine Seite, wie er es versprochen hatte, und zwar nach Steuerbord, mit dem gesamten Øresund im Rücken.

Auf dem Strand waren viele Menschen, alle schauten jetzt zu uns herüber, zu diesem prachtvollen Schiff, das so seltsam nah an Land lag. Elin öffnete die Urne, und wir sahen zu, wie sie sich über die Reling lehnte und den Inhalt ins Wasser leerte. Die Asche ergoss sich in langen hellen Wellen und folgte der Strömung im Wasser. Ich füllte Gläser für die Erwachsenen mit Eierlikör und noch eins dazu.

Wir stießen an und tranken, warfen Mamas gefülltes Glas der Asche hinterher und ließen unsere leeren danach in der Tiefe verschwinden. Am Ende warfen wir die Rosen ins Wasser. Sogar die Kinder, die bisher johlend an Deck herumgetollt hatten, waren jetzt ganz still und schauten den einzelnen Rosen hinterher, die sie selbst geworfen hatten. Das einzige Geräusch stammte von den Segeln, die im Wind hin und her flappten, und den Wellen, die gegen das alte Holz des Schiffsrumpfes schlugen.

Jetzt konnte Mama endlich atmen, umgeben von gelben Rosen und Eierlikör.

In den Häusern in Strandnähe hatten ebenfalls viele das Schiff entdeckt und riefen einander aufgeregt an, um sich gegenseitig auf diesen Anblick aufmerksam zu machen. Ein Gespräch endete bei Amalie, einer Kindheitsfreundin von Mama. Sie hatte am Morgen noch mit Tante Lotte gesprochen und wusste Bescheid.

»Das ist nur Birte«, sagte sie. »Das ist Birte, die heimgekehrt ist.«

»DA BIST DU JA, Liebes. Hat die Zigarette geschmeckt?«

»Jepp, das hat sie.«

»Was für eine Vorstellung, dass die Angestellten hier nicht auf dem Balkon rauchen dürfen, Patienten und Angehörige aber wohl. Was sich die Leute blind und stumm gefallen lassen. Darüber staune ich immer wieder.«

»Sie rauchen sicher, wenn niemand sie sieht.«

»Das wollen wir hoffen. Jedenfalls nachts«, sagte Mama. »Das würde ich tun. Wenn ich rauchte und an diesem schrecklichen Ort arbeitete.«

»Hast du dich schön ausgeruht?«

»Ja. Wunderbar.«

»Weißt du übrigens noch, oben in Stovnerskogen, wie du mir von einem Trick erzählt hast? Um in einer Art wachem Zustand auszuruhen, mit geschlossenen Augen, glaube ich.«

»Ich dachte, das hättest du vergessen, Anne.«

»Es ist mir gerade eingefallen. Und du wolltest nicht verraten, wie du das machst.«

»Jetzt kann ich es ja sagen. Es spielt ja doch keine Rolle mehr.«

»Dann sag schon.«

»Ich stelle mir eine … eine Decke vor, eine Decke mit ganz vielen Farben, Anne. Mit *tausend* Farben, sie funkeln und leuchten, und die Decke ist weich und leicht, und ich ziehe sie über mich, bis über meinen Kopf, über alles, sodass ich darunter verschwinde. Alle Farben haben in sich Bilder, tief in sich, ich weiß nicht ganz, wie ich das erklären soll, aber dann nehme ich das Bild und die Farbe, in die ich hineinwill, und es sind Dinge, die ich erlebt habe, gute Dinge, nicht die schlimmen. Und dann erlebe ich es genau so, wie es war, mit allen Gerüchen und Geräuschen. Ich bin da. Es ist besser als Kino, besser als das, was ich erlebt habe, als ich noch Bücher lesen konnte, es ist fast besser, als es in Wirklichkeit war.«

»Wo warst du denn jetzt? Als ich draußen auf dem Balkon war?«

»Da war ich auf Tresco und habe einen Schwan zubereitet.«

»Ach ja. Natürlich.«

»Ja, das kannst du wohl sagen. Der Generalmajor war doch ein leidenschaftlicher Jäger, alles mit Flügeln musste abgeknallt und verspeist werden. Und er und seine Kumpel waren auf Entenjagd an einem See mitten auf der Insel und jagten ein Schwanenpaar auf. Der eine flog in eine Stromleitung und fiel tot zu Boden, und die Jäger wurden hysterisch, denn alle Schwäne in England gehören der Königin, und es ist streng verboten, auf sie zu schießen oder sie zu quälen oder sie überhaupt nur anzufassen. Und sie hatten den Schwan getötet, da kannst du dir die Aufregung ja vorstellen. Schwanenpaare bleiben ihr Leben lang zusammen, und das machte alles noch dramatischer. Weil der andere, der überlebende, wütend über ihre Köpfe flog, als sie den Schwan in einem Moor vergruben und kleinlaut nach Tresco Abbey zurückgingen. Dort schickten sie sofort ein Telegramm an den Buckingham-Palast, ehrlich, wie sie waren, denn es konnte sie ja jemand gesehen und verraten haben, und sie bedauerten diesen peinlichen Zwischenfall. Sie liefen ruhelos in der Bibliothek herum und tranken schweineteuren Cognac und warteten voller Spannung auf die Absolution. Und dann kam ein Telegramm, unterzeichnet mit *Queen Elizabeth.* Mit einem Wort …«

Mama schob sich den Y-Schlauch hart in die Nase und sog Sauerstoff ein, um ihn dann aus dem Mund entweichen zu lassen, mehrere Male.

»Und dort stand?«

»Aufessen.«

»Echt?«

»Sicher doch. Echt.«

»Und du musstest ihn zubereiten.«

»Gott soll mich schützen, ja. Ja, das kannst du mir glauben. Sie stürzten allesamt zurück zum Tatort und gruben den Schwan in Nullkommanichts wieder aus und kamen zurück und knallten ihn mir mit großer Geste auf den Küchentisch. Großer Gott, was für eine Arbeit, so ein Tier zu rupfen! Ich habe den Schwan mit Zwiebeln und Backpflaumen und Äpfeln und kleinen Würfeln aus Schweinespeck und allen möglichen Leckerbissen gefüllt, die ich im Schrank fand, und natürlich mit Salbei und Petersilie und reichlich Salz und Pfeffer, und ich habe Hals und Ende vernäht und die Brust mit Speck bedeckt und ihn langsam gebraten, er hätte fast nicht in den Ofen gepasst, deshalb musste ich die niedrigste Temperatur nehmen und ihn immer wieder übergießen, die Brust war schneller gar als die Schenkel, weißt du, deshalb muss sie mit Speck belegt und feucht gehalten werden, man kann sie begießen oder einen feuchten Lappen darauflegen, egal, wenn sie nur vor der Hitze geschützt ist, das gilt auch für Truthahn, weißt du, Anne. Spätnachts konnte ich den königlichen Schwan endlich servieren, mit weißen Papiermanschetten um die Beine, auf einem Bett aus gebratenen Speckröllchen und Kastanien, und dazu *mashed potatoes.* Großer Gott, die haben vielleicht gefressen! Ja, nicht gegessen, sondern gefressen! Alle kamen danach in die Küche, um sich zu bedanken. Wirklich, so war das. Sie hatten noch dazu einen Cognac mitgebracht, den ich trinken sollte. Ich! Ha, ha! Wo ich doch fast nie Alkohol trank! Der stieg mir sofort zu Kopf, das kannst du dir ja denken, so kaputt, wie ich war. Aber in England gibt es nicht viele, die einen Schwan der Königin zubereitet haben. Das kannst du mir glauben, Anne.«

»Und daran hast du gedacht, als du dich eben ausgeruht hast.«

»Ich habe nicht daran *gedacht,* Anne. Ich war da. Und es war so fantastisch, es noch einmal zu erleben, den Duft aus dem Ofen, die Stimmung in der riesigen Küche, die frisch gebügelte Schürze um meinen Leib, die Geschwindigkeit meiner Hände, und dass ich alles im Blick und unter Kontrolle hatte. Ich war einfach … souverän! Ach, du hast ja keine Ahnung, Anne.«

Anne B. Ragde

Die Nummer-1-Bestseller-Serie aus Norwegen!

Ein Schweinezüchter, ein Dekorateur, ein Bestattungsunternehmer. Was haben die drei gemeinsam? Nichts – außer einer Mutter, die im Sterben liegt. Und einem Vater, der endlich reinen Tisch machen will …

Eine furiose Familiensaga aus Skandinavien.

Das Lügenhaus

Roman, 336 Seiten, btb 73868

Einsiedlerkrebse

Roman, 336 Seiten, btb 74022

Hitzewelle

Roman, 320 Seiten, btb 74161

»Nach dem Rezept für einen Bestseller gefragt, hat die Norwegerin Anne B. Ragde gesagt: ›Du darfst auf keinen Fall über drei Brüder auf einem Schweinzüchterhof in einem Kaff bei Trondheim schreiben.‹ Sie hat gelogen.«

Brigitte

btb

Anne B. Ragde

Ich werde dich so glücklich machen

Roman

288 Seiten, *btb* 74835

Aus dem Norwegischen von Gabriele Haefs

Eigentlich könnte das Leben in der Neubausiedlung am Rande Trondheims nicht angenehmer sein: Die Zeit des Nachkriegsmangels ist endgültig vorbei, die Wohnungen bieten modernen Komfort; und Tütensuppen, Staubsauger und Tiefkühltruhe erleichtern den Hausfrauen den Alltag. Doch was tun mit der neugewonnenen Freizeit? Mal sehen, was die Nachbarn treiben – schließlich muss man doch informiert sein, was unter dem eigenen Dach so vor sich geht. Putzt Frau Åsen aus dem Erdgeschoss etwa schon wieder die Treppen im ersten Stock? Muss der Sohn von Rudolfs seine Musik so laut aufdrehen? Und was treibt eigentlich die unverschämt gutaussehende Peggy-Anita Foss aus dem Dritten, wenn ihr Mann auf Geschäftsreise ist?

»Anne B. Ragde gelingt, was nur wenige vermögen – sich von Buch zu Buch zu steigern.«

Buchmarkt

btb

Sofi Oksanen

Stalins Kühe

Roman

496 Seiten, *btb* 74364
Aus dem Finnischen von Angela Plöger

Der erste Roman der finnischen Bestsellerautorin!

Anna hat alles im Griff. Sie dient einer »Herrin«, der Bulimie, denn es gibt nichts Wichtigeres für sie, als einen vollkommenen Körper zu besitzen und unangreifbar zu sein. Annas Eltern trennen sich, als ihre Mutter Katariina herausfindet, dass ihr Mann sie betrügt. Sie, die Estin, verleugnet ihre Herkunft, weil sie weiß, welch schlechtes Ansehen Estinnen in Finnland haben. Und während Anna lernen muss, dass sie wirklich krank ist, erfährt der Leser die Hintergründe der Familiengeschichte und Ursache für Annas Leiden …

»Der neue Stern am nordischen Literaturhimmel heißt Sofi Oksanen.«

NZZ

Claudie Gallay

Die Brandungswelle

Roman

557 Seiten, btb 74313

Der Bestseller aus Frankreich

Ausgezeichnet mit dem Grand Prix de Elle

La Hague im Nordwesten der Normandie: Nur wenige wohnen hier, am Ende der Welt, am Meer, dort, wo die Menschen ebenso schroff sind wie die Natur und das Leben vom Wind, vom Wetter, von den Gezeiten bestimmt wird – bis eines Tages Lambert auftaucht.
Fremde, die hier länger bleiben, gibt es selten. Aber Lambert ist nicht wirklich fremd, irgendwie gehört er dazu. Vor 40 Jahren starben seine Eltern und sein Bruder bei einem Bootsunglück. Nun ist er zurückgekommen, um das Unglück von damals aufzuklären. Und allmählich bröckelt die Wand des Schweigens, hinter der jeder Dorfbewohner ein Geheimnis zu verbergen scheint …

»557 Seiten, aber keine zuviel.«
Christine Westermann

»Ein durch und durch sinnliches Buch.«
NDR